P的密室

島田莊司——著

郭清華——譯

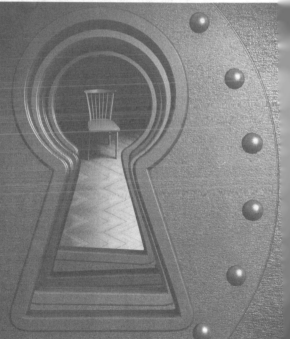

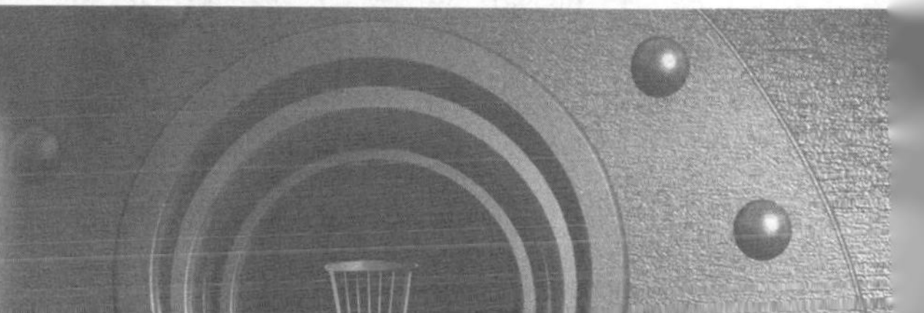

【總導讀】

新本格推理小說之先驅功臣島田莊司（七次增補版）

推理評論家◎傅博

●《占星術殺人魔法》是新本格推理小說的先驅作品

說到日本之新本格推理小說的發軔時，誰都知道其原點是一九八七年，綾辻行人所發表的《殺人十角館》。但是少有人知道黎明前的那段暗夜的故事。凡是一個事件或是現象的發生，都有原因的，不是平空而來的。新本格推理小說的誕生也不例外，現在分為近、遠兩因來說。

一九五七年，松本清張發表《點與線》和《眼之壁》，確立社會派推理小說的創作路線，之後，新進作家都跟進。之前以橫溝正史為首的浪漫派（又稱為虛構派）推理小說（當時稱為偵探小說），隨之衰微，最後剩下鮎川哲也一人孤軍奮鬥。

但是稱為社會派推理作家的作品，大多是以寫實手法所撰寫之缺乏社會批評精神，甚至不少作品變質為風俗推理小說，到了一九六〇年代後半就開始式微，於是第一波反動勢力抬頭，就是幾家出版社之浪漫派推理小說的重估出版。

最初是一九六八年十二月，桃源社創刊「大浪漫之復活」叢書，收集了清張以前，被稱為偵探作家之國枝史郎、小栗虫太郎、海野十三、橫溝正史、久生十蘭、橘外男、蘭郁二郎、香山滋等代表作，獲得部分推理小說迷的支持。之後由幾家出版社分別出版了「江戶川亂步全集」、「夢野久作全集」、「橫溝正史全集」、「木木高太郎全集」、「濱尾四郎全集」、「山田風太郎全集」、「大坪砂男全集」、「高木彬光長篇推理小說全集」等精裝版不下十種。

另外，於一九七一年四月由角川文庫開始出版的橫溝正史作品（實質上是文庫版全集，達一百卷），與角川電影公司的橫溝作品的電影化之相乘效果，引起橫溝正史大熱潮，合計銷售一千萬本。象徵了偵探小說的復興，但是沒有出現繼承撰寫偵探小說的新作家。此為遠因之一。

遠因之二是，一九七五年二月，稱為「偵探小說專門誌」以重估偵探小說、發掘偵探小說之新人作家、推動推理小說評論為三大編輯方針的《幻影城》創刊。

《幻影城》於一九七九年七月停刊，在不滿五年期間，以特輯方式，有系統地重估了偵探小說，確立了從前不被重視的推理小說評論方向，並舉辦「幻影城新人獎」，培養出一批具「新偵探小說觀」的新進作家，如泡坂妻夫、竹本健治、連城三紀彥、栗本薰、田中芳樹、筑波孔一郎、田中文雄、友成純一等。

《幻影城》停刊後，浪漫派推理小說復興運動也告一段落，只泡坂妻夫等幾位幻影城出身的作家，以及《野性時代》出身的笠井潔陸續發表偵探小說而已。代之而興起的，就是被歸類於推理小說的冒險小說。一九八〇年代，日本推理小說的第一主流就是冒險小說。

近因是帶著《占星術殺人魔法》登龍推理文壇的島田莊司的影響。《占星術殺人魔法》原來是於一九八〇年，以《占星術之魔法》應徵第二十六屆江戶川亂步獎的作品，雖然入圍，卻沒得獎。改稿後，於八一年十二月以《占星術殺人魔法》，由講談社出版。

占星術是把人體擬作宇宙，分為六部分，即頭部、胸部、腹部、腰部、大腿和小腿。各由不同行星守護。又每人依其誕生日分屬不同星座，特別由星座守護星祝福其所支配部位。一九三六年幻想派畫家梅澤平吉，根據上述占星術思想，留下一篇瘋狂的手記，被殺害陳屍於密室。手記內容寫道，自己有六名未出嫁女兒，其守護星都不同，如果各取被守護部位，合為一個完美的處女的話，生命實質上已終結，其肉體被精練，昇華成具絕對美之永遠女神，變為「哲學者之后（阿索德）」，保佑日本，挽救神國日本之危機。

之後，六名女兒相繼被殺害分屍，屍體分散日本各地，好像有人具意識地在繼承梅澤的遺志。但是梅澤的手記沒人看過，何來有遺囑殺人呢？兇手的目的是什麼？四十年來血案未破，成為無頭公案。

四十三年後的春天，事件關係者寄來一包未公開過的證據資料給占星術師兼偵探的御手洗潔，請他解決這一連串的獵奇殺人事件。名探御手洗潔如何推理、解謎、破案之經過，請讀者直接閱讀本書，這裡不饒舌，只說本書是一部蒐集古典解謎推理小說的精華於一書的傑作。

故事記述者石岡和己是名探的親友，完全承襲柯南道爾的福爾摩斯探案；御手洗潔根據四十年前的資料做桌上推理，是沿襲奧希茲女男爵的安樂椅偵探；書中兩次插入作者向讀者的挑戰信，是踏襲艾勒里・昆恩的「國名系列」作品；炫耀占星術、分屍的獵奇殺人，是繼承約翰・狄克森・卡爾的浪漫性和怪奇趣味。

本書出版後毀譽褒貶參半，否定者認為這種古色古香的作品，不適合社會派（實際上是寫實派）的推理小說時代，卻不從作品的優劣作評價。肯定者即認為是一部罕見的本格推理傑作。這些肯定者大多是年輕讀者。

處女作是作家的原點，至今已具三十年作家資歷的島田莊司，其作品量驚人，已達七十部以上，非小說類之外，都是本格推理小說，而大多作品都具處女作的痕跡。

●島田莊司的推理小說觀

在日本，小說家寫小說，評論家寫評論，各守自己崗位，工作分得很清楚；不像台灣的作家，人人都是天才，詩、散文、小說、評論樣樣寫，產品卻都是垃圾一大堆，但是有例外。現在日本推理文壇，也有例外，二位作家——島田莊司和笠井潔，卻是雙方兼顧的作家。

笠井潔的評論著重於理論與作家論（有機會另詳說），島田莊司的評論大都是宣揚自己的「本格mystery」理念。

那麼島田莊司的本格推理小說觀是怎樣的呢？我們可從一九八九年十二月，島田莊司所發表的長篇論文〈本格ミステリー論〉（收錄於講談社版《本格ミステリー宣言》一書裡）可獲得解答。

島田莊司的推理小說觀很獨自，把八十多年來的日本推理小說，大概按時代分為三種類，以不同名稱稱呼，意欲表達其內容的不同：清張（一九五七年）以前的作品群稱為「探偵小說」，即偵探小說也。清張為首的社會派作品稱為推理小說。自己發表《占星術殺人魔法》以後之推理小說稱為「ミステリー」，即mystery的日文書寫。以下引用文，一律按其分類名稱書寫，筆者的文章原則上統一為「推理小說」。

島田莊司對「本格」的功用定義如下：

——「本格」並非為作品的優劣之基準而發明的日本語。同時也非要衡量作品的社會性價值的尺子，只是要說明作品風格，並與其他小說群做區別分類之方便性而登場的稱呼而已。

繼之說明本格的構造說：

——「本格」就是稱為推理小說這門特殊文學發生的原點。並且具有正確地繼承這種精神的作家，在歷史上各地區連綿不斷地生產本格作品，而且從這些本格作品所發散出來的精神，也不斷地引起本格以外之「應用性推理小說」的構造。

島田莊司認為推理小說的原點是「本格」，由本格派生出來的作品就是「應用性推理小說」，他故意不使用「變格」字樣，他說：

——在前文使用過的「應用性推理小說」，就是指具有愛倫・坡式的精神，屬於幻想小說系統以外之作家，運用自己獨特的方式撰寫的犯罪小說。

島田莊司一面承認二次大戰前，被稱為「本格探偵小說」的作品就是「本格」，而另一面卻認為部分作品是非本格作品，但是沒有具體舉出作品名說明。

而二次大戰後，部分人士所提倡的「推理小說」名稱，他認為是「本格探偵小說」的同義語，在「推理小說」上不必冠上「本格」兩字。至於清張以後的「推理小說」，是從「本格」派生的，屬於「應用性推理小說」，所以「推理小說」群裡沒有「本格」作品。

——現在因這些理由，「本格推理小說」這名稱，在出版界廣泛使用。可是，現在所使用的這語言，是否對上述的歷史，以及各種事項具正確的理解，然後才合理地使用，這就很難說了。

島田莊司認為清張以後的冒險小說、冷硬推理小說、風俗推理小說、社會派犯罪小說都是從「推理小說」派生出來的（前段引文的「這些理由」、「上述的歷史」、「各種事項」就是指推理小說的派生問題）。因此「推理小說」本身要與這些派生作品劃清界線，方便上稱為「本格推理小說」而已，實質上並不具「本格」涵義。由此，島田的結論是「本格推理小說」原來就不存在，名稱是誤用的。

——那麼，「本格」或是「本格ミステリー」是什麼？

——已經理解了吧。「本格mystery」不是「應用性推理小說」，是指極少數的純粹作品。從愛倫・坡的〈莫爾格街之殺人〉的創作精神誕生，而具同樣創作精神的mystery就是。

最後，島田莊司認為愛倫・坡執筆〈莫爾格街之殺人〉的理念是「幻想氣氛」與「論理性」。所以島田的結論是，「本格ミステリー」須具全「幻想氣氛」與「論理性」的條件。

島田莊司的這篇論文，饒舌難解，為了傳真，引文是直譯，不加補語。

●島田莊司的作品系列

話說回來，島田莊司，一九四八年十月十二日出生於廣島縣福山市，武藏野美術大學商業設計科畢業後，當過翻斗卡車司機，寫過插圖與雜文，做過占星術師。一九七六年製作自己作詞作曲的ＬＰ唱片〈LONELY MEN〉，一九七九年開始撰寫小說，處女作《占星術殺人魔法》就是根據自己的占星術學識撰寫的作品，出版時是三十三歲。一九九三年移居美國洛杉磯。

以《占星術殺人魔法》登龍文壇之後，島田莊司陸續發表本格推理小說已達七十部以上，非小說約二十部。以偵探分類，可分為三大系列，第一是「御手洗潔系列」，第二是「吉敷竹史系列」，第三是「犬坊里美系列」與一群非系列化作品。這是方便上的分類。島田所塑造的配角，如牛越佐武郎刑事、中村吉藏刑事，在各系列露面。現在依系列，簡介島田莊司的重要作品，書名下之括弧內的「傑作選Ｘ」為皇冠版島田莊司推理傑作選號碼。

一、御手洗潔系列

御手洗潔，這姓名很奇怪。「御手洗」在日本是實有的姓名，但是很少。當一般名詞使用時，是「廁所」之意。「御手洗潔」即具清潔廁所之意。作家往往把自己投影在作品的登場人物，不一定是主角，有時候是旁觀者。日本的「私小說」主角，大多是作者的分身。在島田作品裡，這種現象很明顯，不只是御手洗潔，記述者石岡和己也是島田莊司的分身。

據島田的回憶，小學生的時候被同學叫為「掃除大王」，甚至譏為「掃除廁所」，理由是「莊司」的日語發音 souji 與「掃除」同音。所以把少年時的綽號，做為名探的姓名。御手洗潔的本行是占星術師，島田曾經也是占星術師。石岡和己是御手洗潔的親友，並非作家，記述御手洗潔破案經過的《占星術殺人魔法》以後，改業做作家。島田也是發表《占星術殺人魔法》後成為作家的。

御手洗潔也是一九四八年出生。勇敢、大膽不認輸、具正義感、唯我獨尊、旁若無人的言動等性格，也是與島田莊司共有的。

01《占星術殺人魔法》（傑作選1）：

一九八一年二月初版、一九八五年二月出版第二次改稿版。「御手洗潔系列」第一集。長篇。初版時的偵探名為御手洗清志，記述者是石岡一美。不可能犯罪型本格小說的傑作。

02《斜屋犯罪》（傑作選15）：

一九八二年十一月初版。「御手洗潔系列」第二集。長篇。北海道宗谷岬有一座傾斜的房屋流冰館，連續發生密室殺人事件，辦案的是札幌警察局的牛越刑事，他不能破案，向東京救援，被派來的是御手洗潔。島田莊司的早期代表作，發表時也只獲得部分推理小說迷肯定而已，但是對之後的新本格派的創作具深大影響，就是「變型公館」的殺人。如綾辻行人之《殺人十角館》等「館系列」，歌野晶午之《長形房屋之殺人》等信濃讓二的房屋三部曲，我孫子武丸之《8之殺人》等速水三兄妹推理三部曲都是也。

03《御手洗潔的問候》（傑作選12）：

一九八七年十月初版。「御手洗潔系列」第三集，收錄密室殺人之〈數字鎖〉、具向讀者的挑戰信之〈狂奔的死人〉、寫一名上班族的奇妙工作之〈紫電改研究保存會〉、綁架事件、密碼為主題之〈希臘之犬〉等四短篇的第一短篇集。

04《異邦騎士》（傑作選2）：

一九八八年四月初版。一九九七年十月出版改訂版。「御手洗潔系列」第四集。長篇。以御手洗潔探案順序來說，是最初探案。一名失去記憶的「我」，尋找自己的故事。屬於懸疑推理小說。《占星術殺人魔法》之前的習作《良子的回憶》之改稿版。

05《御手洗潔的舞蹈》（傑作選31）：

一九九〇年七月初版。「御手洗潔系列」第五集。收錄三篇中篇：〈戴禮帽的伊卡洛斯〉寫掛在二十公尺高之電線上的男人屍體之謎、〈某位騎士的故事〉寫四名癡情的男士，為一名女人殺人及其方法之謎、〈舞蹈症〉寫每逢月夜，一名老人就扭腰起舞之謎。此三篇之外，另一篇〈近況報告〉，是以石岡和己的視點記述同居者御手洗潔的日常生活、個性、思想、行動，對御手洗的粉絲來說，是一篇至高的禮物。御手洗潔的中短篇探案不多，至今只出版三集，書名踏襲柯南道爾的福爾摩斯短篇探案集的命名法。即「御手洗潔的問候」、「御手洗潔的舞蹈」、「御手洗潔的旋律」。

06《黑暗坡的食人樹》（傑作選5）：

一九九〇年十月初版。「御手洗潔系列」第六集。長篇。江戶時代，橫濱黑暗坡是刑場，有很多陰慘的傳說。樹齡二千年的大樟樹是食人樹，至今仍然有悲慘事件發生，與黑暗坡的藤並一族的連續命案是否有關？本書最大的特色是全篇充滿怪奇趣味。四十萬字巨篇第一部。

07《水晶金字塔》（傑作選18）：

一九九一年九月初版。「御手洗潔系列」第七集。長篇。一九八四年在澳洲的沙漠，發現一具被燒死的屍體，從其駕照得知，他是美國軍火財團一族的保羅·艾力克森。他是美國紐奧良南端的埃及島上的巨大玻璃金字塔的建造者。建造這座金字塔的目的是什麼？與他之死有關係嗎？一九八六年來到這座金字塔拍外景的松崎玲王奈，首日看到狼頭人身的怪物，牠與傳說中之埃及的「冥府使者」很相似。之後不久，保羅之弟李察·艾力克森，陳屍在金字塔旁的高塔之密室內，死因是溺斃。兄弟之不尋常死亡意味什麼？四十萬字巨篇第二部。

08《眩暈》（傑作選9）：

一九九二年九月初版。「御手洗潔系列」第八集。長篇。故事架構與處女作有點類似，一名《占星術殺人魔法》的讀者，留下一篇描寫恐怖的世界末日之手記：古都鎌倉一夜之間變成廢墟，出現恐龍，死人遺骸都呈被核能燒死的現象，而由一對被切斷的男女屍體合成的置錯體復醒。「幻想氣氛」十足的四十萬字巨篇第三部。

09《異位》（傑作選19）：

一九九三年十月初版。「御手洗潔系列」第九集。長篇。在《黑暗坡的食人樹》與《水晶金字塔》登場過的好萊塢日籍女明星松崎玲王奈，於本書成為綁架、殺人嫌疑犯。玲王奈最近時常夢見自己的臉噴出血的惡夢。有一天有名的女明星失蹤，當局懷疑是玲王奈的作為。不久，被綁架的幼兒都被殺，全身的血液被抽盡，恰如傳說上的吸血鬼之作為。難道玲王奈是吸血鬼的後裔嗎？御手洗潔會如何推理，為玲王奈解圍呢？四十萬字巨篇第四部。

10《龍臥亭殺人事件》（傑作選10、11）：

一九九六年一月初版，「御手洗潔系列」第十集。長篇。御手洗潔一年前到歐洲遊學，岡山縣貝繁村之龍臥亭旅館發生連續殺人事件時，他不在日本，探案的主角是石岡和己。岡山縣在日本是比較保守的地區，橫溝正史之《獄門島》的連續殺人事件舞台，就是岡山縣的離島，一九三八年日本最大量（三十人）的殺人事件舞台也是岡山縣。本書是目前島田莊司的最長作品，他花了八十萬字欲證明其「多目的型本格 mystery」（多目的型是指在一個故事裡有複數的主題或作者的主張）。如在下冊插入四萬字以上的「都井睦雄之三十人殺人事件」，原來這事件與故事是沒關係的。「多目的型本格 mystery」的贊同者不多。

11《P的密室》（傑作選32）：

一九九九年十月初版，「御手洗潔系列」第十二集。收錄兩篇中篇：〈鈴蘭事件〉與〈P的密室〉。這兩篇都是御手洗幼年時代的探案。在〈鈴蘭事件〉開頭，記述者石岡和己寫道：本篇是呼應御手洗的粉絲要求而撰寫的。事件發生於一九五四年，御手洗五歲，在幼稚園上學，同學的父親橫死，警方判斷是事故死亡，御手洗獨自調查找出真凶。〈P的密室〉是御手洗七歲時解決的密室殺人事件。畫家與有夫之婦陳屍在密室，雖然女人之丈夫被捕，御手洗提出異論而破案。五歲的名偵探，可能是世界推理小說史上，最年輕的偵探。島田莊司神話，信不信由你！

12《俄羅斯軍艦幽靈之謎》（傑作選23）：

二〇〇一年十月初版。「御手洗潔系列」第十四集。長篇。一九九三年八月，即御手洗潔赴歐洲一年前，他收到松崎玲王奈從美國轉來一封她首次到美國拍「花魁」電影時，影迷倉持百合寄給她的舊信，內容說，前個月九十二歲的祖父倉持平八的遺言，希望在美國的玲王奈向住在維吉尼亞州之安娜・安德森・馬納漢轉達：「他對不起她，在柏林，實在對不起。」但是他卻不透露對不起的理由。他又希望她能夠到箱根之富士屋飯店，看到掛在一樓魔術大廳暖爐上的那一張相片。

於是御手洗帶石岡來到富士屋。此相片攝於一九一九年，箱根蘆湖為背景，一夜之間湖上出現一艘俄羅斯軍艦時的幽靈相片。直接關係者都已死亡的歷史懸案，御手洗如何解決？

13《魔神的遊戲》（傑作選6）：

二〇〇二年八月初版。「御手洗潔系列」第十六集。長篇。五、六十歲的女人連續被殺分屍事件，在御手洗潔遊學英國蘇格蘭尼斯湖畔發生，掛在刺葉桂花樹上的「人頭狗身」的怪物意味些什麼？

14《螺絲人》（傑作選20）：

二〇〇三年一月初版。「御手洗潔系列」第十九集。長篇。本書採取橫排與直排交互排版的特殊方式，可說是作者之新嘗試，是否成功讓讀者判斷。故事發生於瑞典與菲律賓兩地，發生的時間相差也有一段距離。全書分四大章，第一、第三章橫排，是御手洗的手記，寫他在瑞典的醫學研究所接見一位年齡與自己差不多的失去部分記憶的中年人馬卡特的經過。

第二章直排，馬卡特撰寫的幻想童話〈重返橘子共和國〉全文，主角艾吉少年出遊，來到巨大橘子樹上的鄉村，博學、長壽的老村長，有翼精靈……第四章橫直排交互出現，御手洗根據這本童話，推理馬卡特失去部分記憶的原因，因此發現在菲律賓發生的事件。

15《龍臥亭幻想》（傑作選13、14）：

二〇〇四年十月初版。「御手洗潔系列」第二十集。長篇。龍臥亭事件八年後，當時的本事件關係者在龍臥亭集會。在眾人監視的神社內，業餘的年輕巫女突然消失，三個月後，從地震後的地裂出現其屍體。之後，發生分屍殺人事件。這樁連續殺人事件與明治時代的森孝魔王傳說有何關係？吉敷竹史在本書登場，與御手洗潔聯手解決事件。

16《摩天樓的怪人》（傑作選21）：

二〇〇五年十月初版。「御手洗潔系列」第二十一集。長篇。一九六九年御手洗潔在紐約哥倫比亞大學任教（助理教授）。住在曼哈頓摩天大樓三十四樓的舞台劇大明星，因患癌症，臨死前向他告白，於一九二一年紐約大停電時，她在一樓射殺了自己的老闆。這棟大樓曾經發生過複數的女明星在房間內自殺，劇團關係者被大時鐘塔的時針切斷頭，又某天突然吹起大風，整棟大樓的窗玻璃都破碎，本大樓的設計者死亡等事件，都與住在這棟大樓的「幽靈（怪人）」有關。

她要御手洗推理，告白後即去世。幽靈的真相是什麼？

17《利比達寓言》（傑作選25）：

二〇〇七年十月初版。「御手洗潔系列」第二十三集。收錄兩篇十萬字長篇。表題作〈利比達寓言〉寫二〇〇六年四月，在波士尼亞赫塞哥維納共和國莫斯塔爾，四名男人同時被殺害，其中三名是塞爾維亞人，三人之中兩名的頭被切斷，另一名是波士尼亞人，頭同樣被切斷之外，胸腔至腹部被切開，心臟以外的內臟全部被拿走。此外四名的男性器都被切斷拿走。北大西洋條約機構（NATO）之犯罪搜查課之吉卜林少尉來電，要「我」（克羅地亞人。御手洗潔的朋友，本事件記錄者）聯絡在瑞典的御手洗潔，請他到莫斯塔爾來解決這次獵奇殺人事件。另一長篇是〈克羅埃西亞人的手〉，同樣是蘇聯崩壞後，獲得獨立的小獨國內的民族糾紛為題材的本格推理小說。

二、吉敷竹史系列

島田莊司發表第二長篇《斜屋犯罪》後，風評與處女作一樣，毀譽褒貶參半。島田認為「本格 mystery」尚未能被一般推理小說讀者接受，須擬出一套戰略計畫，推擴「本格 mystery」。島田的策略之一，就是撰寫擁有廣大讀者的旅情推理小說，先打響自己的知名度，然後再回來撰寫「本格 mystery」。另一策略就是到全國各所大學的推理文學社團宣揚「本格 mystery」。島田的兩個策略，算是都成功了。他在京都大學認識了綾辻行人、法月綸太郎、我孫子武丸等人，鼓勵他們寫作，並把他們的作品推薦給讀者，而確立了新本格推理小說。

另一方面，島田莊司從一九八三年開始，以短篇寫御手洗潔系列作品，長篇寫旅情推理小說，而塑造了離過婚的刑事吉敷竹史。其離婚妻加納通子偶爾會在「吉敷竹史系列作品」露面，是一位重要配角。他們離婚前的感情生活，作者跟著故事的進展，借吉敷的回憶，片段地告訴讀者。所謂的「旅情推理小說」大多具有解謎要素，但是它與解謎要素並重的是，描述地方都市的人情、風光。故事架構有一定形式，住在東京的人，往往死在往地方都市的列車內或地方都市。辦案的大多是東京的刑事。

吉敷竹史是東京警視廳搜查一課殺人班刑事，一九四八年出生，與島田莊司、御手洗潔同年，只從年齡來說，就可看出吉敷竹史也是作者的分身，所以其造型與寫實派的平凡型刑事不同。長髮、雙眼皮、大眼睛、高鼻梁、厚嘴唇、高身材，一見如混血的模特兒。這種素描就是島田莊司的自畫像。

01《寢台特急1／60秒障礙》（傑作選7）：

一九八四年十二月初版。「吉敷竹史系列」第一集。長篇。被殺害剝臉皮陳屍在浴缸裡的女人，在其推定的死亡時刻後，卻在從東京開往西鹿兒島的寢台特別快車隼號上被目擊。是一人扮二人？抑或是二人扮一人的詭計嗎？

02《出雲傳說7／8殺人》（傑作選8）：

一九八四年六月初版。「吉敷竹史系列」第二集。長篇。被分屍成八件肉塊的女性，其胴體、兩腕、兩大腿、兩小腿分別放在大阪車站與山陰地區的六個地方鐵路終站，找不到頭部而且其指紋全部被燒燬。兇手的目的是什麼？

03《北方夕鶴2／3殺人》（傑作選3）：

一九八五年一月初版。「吉敷竹史系列」第三集。長篇。事件是五年前的離婚妻加納通子打來的電話為開端，東京的刑事吉敷竹史，被捲入北海道的連續殺人事件。通子最初被誤認為從東京開往北海道的「夕鶴九號」列車殺人事件的被害者，其次成為釧路的公寓殺人事件的加害者。吉敷竹史在查案過程中，發現兩人結婚前之通子的重大秘密。吉敷獲得札幌警察署刑事牛越佐武郎的協助，終可破案。是一部社會派氣氛濃厚的旅情推理小說之傑作。

04《奇想、天慟》（傑作選17）：

一九八九年九月初版。「吉敷竹史系列」第八集。長篇。行川郁夫只為了十二圓的消費稅，刺殺了雜貨店女老闆，行川被捕後一直閉嘴不說出殺人的真正動機。吉敷竹史深入調查後，發現行川三十年前曾經出版過一本推理小說集《小丑之謎》，是寫一名矮瘦小丑，在北海道的夜行列車廁所開槍自殺，被發現後，廁所門再次被打開時，屍體消失無蹤……吉敷又由札幌警察局刑事牛越佐武郎告知，三十多年前北海道發生過類似事件，吉敷於是重新調查此事件。是一部本格推理融合社會派推理的傑作。

05《羽衣傳說的回憶》（傑作選26）：

一九九〇年二月初版。「吉敷竹史系列」第九集。長篇。吉敷竹史偶然在東京銀座的畫廊看到叫做「羽衣傳說」的雕金。他懷疑是離婚妻加納通子的作品。他回憶一九七二年，初次遇到她時的情景：她為了搶救一隻將被車撞死的小狗，反而自己受傷，吉敷把她帶到醫院治療，之後兩人開始交往，翌年結婚。結婚當天通子向吉敷說：「如果結婚的話，我將會死掉。」結婚後通子的行動漸漸不正常，七九年兩人離婚。吉敷至今一直不能忘記與通子相處的這六年。在「吉敷竹史系列」加納通子繼《北方夕鶴2／3殺人》登場的作品。

之後，吉敷到羽衣傳說之地，京都府宮津市辦案時，偶然遇到通子，吉敷又被捲入與通子母親有關的離奇死亡事件。

06《飛鳥的玻璃鞋》（傑作選28）：

一九九一年十二月初版。「吉敷竹史系列」第十一集。長篇。住在京都的電影明星大和田剛太失蹤第四天，被切斷的右手腕寄到他家裡。十個月後事件尚未解決，吉敷對這件管區外的事件發生興趣，向上司要求，讓自己去京都辦案，上司不允許，討價還價的結果，上司開出一個條件，限定一個星期的期間，要他解決事件，不然的話要辭職。

吉敷如何對付這事件？一篇具限時型懸疑小說的本格推理小說。日本的警察制度，不允許越境辦案，吉敷為何賭職辦案呢？這與離婚妻加納通子來電有關嗎？

07《淚流不止》（傑作選30）：

一九九九年六月初版。「吉敷竹史系列」第十五集。八十萬字大長篇。開頭兩個不相關的故事分別進行。最初是吉敷的離婚妻加納通子三次登場，這次與前兩次不同，這次完全是通子不幸的半生之紀錄。作者詳細記錄通子在盛岡之少女時期的性幻想，以及遭遇過多次的非尋常的死亡事件，通子決心接受精神治療，欲究明自己的過去之經過。

另一個故事是吉敷有一天，在公園內，看到一位老婦人向著噴水池，大聲獨白的光景，她說，三十九年前在盛岡發生的河合一家三人（夫妻與女兒）的慘殺事件的真兇，不是丈夫恩田幸吉，恩田是無辜的。吉敷聽完後，詳細質詢老婦人，然後決定單獨重新調查一家三人殺人事件。

書後附錄一篇編輯部之訪問記〈代後記——島田莊司談《淚流不止》〉。由本文可看出作者之寫作動機與作者之正義感。

三、犬坊里美系列

二〇〇六年島田莊司新創造之第三系列。主角犬坊里美對讀者並不陌生，在《龍臥亭殺人事件》首次登場後，當時她還是一名青春活潑的高中生。之後在御手洗潔探案中出現過，甚至御手洗出國時，在《御手洗誻模園地》裡，與石岡和己合作解決過事件，可見她稍早就具有推理眼。跟著時光的推移，里美高中畢業後，在橫濱之塞里托斯女子大學法學部學習法律，畢業後在光未來法律事務所上班，並準備司法考試，考試及格後到司法研修所受訓，研修後被派到岡山地方法院實修。

01《犬坊里美的冒險》（傑作選22）：

二〇〇六年十月初版。「犬坊里美系列」第一集。長篇。故事從二〇〇四年夏天，二十七歲的犬坊里美為司法修習，來到岡山地方法院報到寫起。被派到這裡的修習生有六位，實修第一階段是律師事務，於是她與五十一歲的芹澤良，被派到丘隣之倉敷市的山田法律事務所實習。

他們兩人到山田法律事務所上班第一天，就碰到一個之前被殺、屍體消失，而前幾天腐爛屍體突然出現五分鐘，然後又消失的怪事件，而當局當場逮捕一名屍體出現時，在屍體旁邊的流浪漢藤井寅泰，他對殺人經過、動機一句不說，里美認為必有驚人的內幕，她開始調查。

四、非系列化作品

島田莊司的非系列化作品，占小說作品之三分之一以上，與其他本格派推理作家比較，其比率為高，作品領域也廣泛，有解謎推理、有社會派推理，也有諧模（戲作）作品。

01《死者喝的水》（**傑作選29**）**：**

一九八三年六月初版。第三長篇。非系列化作品第一集。前兩篇不可能犯罪型長篇，不能獲得廣大讀者支持，於是作者在本篇，改變創作路線——不在犯罪現場型推理。偵探是在第二長篇《斜屋犯罪》以配角身分登場的札幌警察局之牛越佐武郎刑事。他與社會派推理的刑警一樣，靠著兩隻腳搜查被害者，實業家赤渡雄造於旅行中被殺，其後被分屍，裝在兩只皮箱寄回家裡的獵奇事件。文中作者對「水」展現衒學。

02《被詛咒的木乃伊》（**傑作選4**）**：**

一九八四年九月初版。長篇。原書名是《漱石與倫敦木乃伊殺人事件》。明治大正時代的文豪夏目漱石為主角之福爾摩斯探案的諧模作品。夏目漱石留學英國時，每晚被幽靈聲音騷擾，他去找名探福爾摩斯，由此被捲入一樁木乃伊焦屍案。全書分別以福爾摩斯助理華生與夏目漱石兩人之不同視點交互記載事件經緯。夏目漱石眼中的英國首屈一指的名探是怪人。諧模推理小說的傑作。

03《火刑都市》：

一九八六年四月初版。長篇。連續縱火殺人事件為主題的社會派本格推理小說之傑作。中村吉藏刑事唯一為主角的作品。都市論——東京，與推理小說的「多目的型本格 mystery」。

04《高山殺人行1／2之女》（傑作選16）：

一九八五年三月初版。長篇。旅情推理小說第四長篇，但是與上述三作品不同的是非吉敷竹史系列作品。一般旅情推理小說不能或缺的是列車、飛機、船舶等交通工具與其時間表。日本特有之旅情推理能夠成立的最大因素是，這些交通工具之運行時間的正確性。但是本書並不使用這些工具與時間表。所使用的是島田平時喜愛的轎車。上班族齋藤真理與外資公司的上級幹部川北留次有染。

某天，川北從高山別墅來電說，殺死妻子初子，要她替他偽造不在犯罪現場證明，要她打扮成初子，駕車來高山，途中到處留下初子的印象。「兩人扮演一人」的詭計是否成功？故事意外展開，讓讀者意想不到的收場。

05《開膛手傑克的百年孤寂》（傑作選24）：

一九八八年八月初版，二〇〇六年十月出版改訂版。長篇。一八八八年，英國倫敦發生令人心寒的連續獵奇殺人事件。五名被害者都是娼妓，她們被殺後都被剖腹拿出內臟。事件發生至今已一百多年，倫敦警察當局尚未破案。島田莊司不但取材自這件世界十大犯罪事之一的「開膛手傑克事件」，並加以推理、解謎（紙上作業）。開膛手傑克事件的百週年之一九八八年，東德首都東柏林也發生模仿開膛手傑克的連續娼妓獵奇殺人事件。名探克林．密斯特利（Clean Mystery，島田莊司迷不陌生吧！）如何解釋相隔百年的兩大獵奇事件呢！

06《伊甸的命題》（傑作選27）：

二〇〇五年十一月初版。收錄兩篇十萬字左右的長篇。表題作〈伊甸的命題〉所指的是：「由男性的細胞核所創造的複製人，是否能夠具備卵巢這種臟器」的疑問。由此可知本篇乃以懸疑小說形式討論複製人的小說。

另一篇〈Helter Skelter〉，是島田莊司於二〇〇一年發表論文〈二十一世紀本格宣言〉，重新宣揚自己的本格理念，然後請幾位作家撰寫符合其本格理念的推理小說，而本人也寫了一篇示範作品，分發給每位參與的作家做參考。這篇作品就是〈Helter Skelter〉，本文不提示其內容，讓讀者去欣賞島田莊司的二十一世紀推理小說。（其實二〇〇一年以後的島田作品，很多是這類小說。）

【導讀】島田莊司神探的誕生

推理作家、評論家◎既晴

I

自《世紀末日本紀行》（講談社，一九九三年）起，島田開始關注死刑、冤罪等日本社會議題，長達七年的時間，不斷以小說創作、罪案紀實作品、書信集、對談集、論述文集發表個人研究，倡議廢除死刑。《淚流不止》的發表，象徵島田莊司在此一議題上，終於有了里程碑的成果。

面臨世紀即將交替之際，島田莊司重新將焦點轉回本格推理創作。在「新・御手洗」系列所強調的篇幅巨篇化、類型大嵌合的發展，已經達到極限之後，島田必須針對御手洗系列的最後狀態，去思考未來的演化路線，以決定下一步能夠引領風潮的嶄新方向。

最後，島田思索出兩個新方向。其一是《季刊・島田莊司》❶（二〇〇〇年）。這項以推理作家之名為期刊的人膽嘗試，跨越了傳統收羅眾多作家新作、新訊的文學期刊，讀者必須從中耗時費力地尋找、篩選出所愛作家的門檻，可以說是一種作家的「專屬MOOK」。而對於作家而言，能夠在充分的篇幅裡暢所欲言、不受篇幅上限與編輯選材的制約，除了小說以外，更可以刊載關於更多作家人生觀、價值觀的隨筆、雜記。以《季刊・島田莊司》為據點，島田陸續發表了多部以御手洗潔

❶《季刊・島田莊司》（原：季刊・島田荘司）（原書房，二〇〇〇年至二〇〇五年）

為主角的探案作品：〈山手的幽靈〉❷（二〇〇〇年）、〈俄羅斯幽靈軍艦〉（二〇〇〇年）、〈聖尼可拉斯的鑽石鞋〉❸（二〇〇〇年）、《最後的一球》❹（二〇〇五年），其後，這些作品也大多經過改稿、加筆，以長篇型式重新正式發表。

其二，正如同二十多年前島田提攜綾辻行人、歌野晶午等後進作家，觸發了「新本格浪潮」一樣，為使陷入困境的日本新本格推理，能有一個新的依循方向，島田提出了「以二十一世紀的尖端科學研究成果，來做為本格推理題材」的實踐方式，亦即「二十一世紀本格」。在島田主導企劃的短篇小說合集《二十一世紀本格》（二〇〇一年）中，他不但廣發推理英雄帖來撰寫「二十一世紀本格」，自己也寫了一篇〈Helter Skelter〉做為個人詮釋的示範作品。

處於這個從「冤獄問題」，回歸到「正統解謎」的作家生涯轉折時期，島田莊司的第一步，即是賦予御手洗潔的傳奇人生。本書《P的密室》（一九九九年）是御手洗潔探案的第四部短篇集，發表於吉敷竹史探案最後一部巨篇推理《涙流不止》（一九九九年）之後，正位在他從社會派切回本格派的關鍵點。亦即，本作是島田創作重新投身本格推理的前哨作。

Ⅱ

為了建構御手洗潔的神探原點，並能符合「二十一世紀本格」的發展走向，御手洗潔的「學者設定」是勢在必行。當然，如此一來，御手洗潔與石岡和己的連袂辦案時期，就成為御手洗潔離開學界、暫時性的「自我放逐」了。不過，從「新・御手洗」以來，御手洗與石岡的智力差距擴大所導致的漸行漸遠，直到《龍臥亭殺人事件》（一九九六年）分道揚鑣，這樣的安排亦是順理成章。

《P的密室》所收錄的第一篇作品〈鈴蘭事件〉（一九九九年），首次發表於《小說現代》一九九九年五月號的〈梅菲斯特〉增刊號。這篇故事不但開宗明義地揭露了御手洗潔的童年概況，也讓御手洗在五歲那年破解了生平的第一樁謎案。

故事中提及，御手洗潔出身於高級知識分子的家庭，雙親都是教授，但由於父母分居之故，童年的他是由經營女子大學的姨媽養育，在橫濱度過的。這篇作品除了表現了御手洗潔早熟、早慧的推理天份，也暗示了諸多御手洗性格構成的原因，例如為何他嫌惡女性、為何不認同日本警察的權威地位。

關於御手洗的父親，島田在〈天使的名字〉❺裡有進一步的介紹。原書房所出版的《島田莊司讀本》（一九九七年）由島田親自擔任責任編輯，邀請岸洋一、千街晶之、福井健太等推理評論家，撰寫島田作家生涯十數年的全作品導覽文，可說是縱觀島田創作歷程的最佳入門書。為了這部文集的出版，島田還撰寫了一篇御手洗與石岡的短篇故事〈SIVAD SELIM〉。〈SIVAD SELIM〉後來被收錄於《御手洗潔的旋律》❻（一九九八年），而講談社在出版文庫本《島田莊司讀本》（二〇〇〇年）時，原來空出來的小說篇幅，則增加了這篇〈天使的名字〉。

這是一篇以第二次世界大戰為主題的歷史小說，故事裡談到御手洗潔之父御手洗直俊，曾受命擔任東條英機內閣的外交官秘書一職，當時他極力建議日本絕對不可向美國宣戰，然而，日本卻仍然決定偷襲珍珠港，結果導致美國在日本廣島投下原子彈，終使日本戰敗的經緯。

❷〈山手的幽靈〉（原：山手の幽霊）後收錄在《上高地の切り裂きジャック》（上高地的開膛手傑克）（文藝春秋，二〇〇六年）。

❸〈聖尼可拉斯的鑽石鞋〉（原：セント・ニコラスの、ダイヤモンドの靴）（講談社，二〇〇四年）。

❹《最後的一球》（原：最後の一球）（講談社，二〇〇九年）。

❺〈天使的名字〉（原：天使の名前）收錄於《島田荘司読本》（島田莊司讀本）（講談社，二〇〇〇年）。

❻《御手洗潔的旋律》（原：御手洗潔のメロディ）（講談社，二〇〇二年）。

第二篇作品〈P的密室〉（一九九九年），首次發表於《小說現代》一九九九年九月號的〈梅菲斯特〉增刊號中，是御手洗潔首次挑戰密室殺人事件。當時他雖然只是個小學二年級生，但已經能說服固執、不知變通的警察來破案了。

島田莊司鍾愛不可能犯罪，固然為人所熟知，單以狹義的密室殺人來看，光是御手洗潔的長篇探案，就有《占星術殺人魔法》（一九八一年）裡畫家梅澤平吉的死亡畫室、《斜屋犯罪》（一九八二年）中流冰館的連續密室殺人案、《水晶金字塔》（一九九一年）裡埃及島上金字塔旁高塔的溺殺密室、《龍臥亭殺人事件》中發生火災的密室槍殺案、《摩天樓的怪人》（二〇〇五年）裡距離地面一千公尺高的大廈密室。短篇亦有〈數字鎖〉（一九八五年）、〈克羅埃西亞人之手〉（二〇〇七年）等作。

經過了這兩篇作品的磨鍊，御手洗潔「生而為神探」也更加明確，接著，描述他離開日本、旅居瑞典，任職斯德哥爾摩烏普薩拉大學教職的《蘿蔔奇聞》❼（一九九九年）、《魔神的遊戲》（二〇〇二年）陸續推出，「世界的御手洗」正式啟動。

❼〈蘿蔔奇聞〉（原：大根奇聞）收錄於《最後のディナー》（最後的晚餐）（文藝春秋二〇一二年）。

目錄

鈴蘭事件

1

只要是和御手洗潔有關的事件，不分大小，不管難易度，更不論是幼稚園時代還是托兒所時期的事件，都請說給我們知道吧！最近讀者發出這樣要求的聲浪越來越大。這些讀者們一定是認為「御手洗潔是腦袋型人類，所以小時候不管是玩積木的時候，還是看著魚缸裡的金魚的時候，腦子裡一定也在進行著某種推理。」儘管讀者們如此要求，但那麼久遠以前的事，即使是我，也是不知道的。

雖然有讀者提出御手洗潔幼稚園時代冒險經驗的企劃，但我覺得這是讀者在開玩笑，所以沒有認真去思考。不過，不是常有人說「事實經常比小說更加離奇」嗎？最近我突然知道了他幼稚園時代發生的事情。對我來說，那完全是超乎我想像的事件。

當然了，告訴我這個事件的人，或許下意識地知道御手洗潔已是世上某種程度的知名人士，所以用詞多少做了些修飾。但是，我是十分了解朋友的人，所以很能明白那樣的情形。我只能說：御手洗潔這個男人呀，就是天生擺脫不了和刑事搜索糾纏的命運。

雖然說是幼稚園時代發生的難解事件，卻不是什麼小朋友們在沙坑內玩耍時的爭吵，也不是五歲小孩子們搶糖果的糾紛之類的麻煩事情。那是發生在成人的世界裡，讓警方焦頭爛額，而且帶著喜劇性，成為新聞事件的大事件。而且，這個事件有著相當難以理解的要素，其奇妙之處絕對不亞於以前介紹過的許多奇聞軼事。

況且，這個事情的謎題至今還沒有被解開，已經退休的當時警官在和我見面時，還在為這個謎傷腦筋。事實的真相只有還是幼稚園小朋友的小潔知道，但是，讓這個謎題一直成謎的，似乎就是這個像大人般的幼稚園小孩。如今，這個孩子雖然已經長大成人，卻抱著幼年時期的惡作劇真相遠赴北歐，所以說，現在全日本中，找不到知道這個事件事實的人了。

因此，我要開玩笑地說：這次的稿子算是回應許多讀者的要求了。因為這次的事件發生在他的幼年時候。開始介紹御手洗所做的事情至今大約二十年，我自己作夢也沒有想到寫稿子竟會變成我的工作。這次的事件不僅有奇妙謎題讓人感到興趣，讀者們也可以藉此事件，了解到經常對我提問的，關於我的朋友御手洗潔的血統、成長環境、雙親等等的問題。這一點也是我決定公開這個稿子的理由。這次的稿子，應該能夠某種程度地滿足這類讀者的要求吧！

事情的開始，還是源自於那位犬坊里美小姐。我最近發生的事情，經常因為里美起。御手洗潔從馬車道消失的事情，已經全日本皆知了，所以再也沒有人來敲我簡陋的住處大門。如果沒有里美，我就是一個被世人遺忘，過著埋頭於整理陰暗的資料和獨自散步生活的人。因為龍臥亭事件而認識的女大學生里美，讓我這個過著接近隱居老人生活的人，也能得到外面世界的新資訊。

那是平成九年（一九九七年）十一月底的事情。那天的橫濱已經進入真正的冬季，天氣非常冷，我希望整天都可以窩在棉被裡不要出來，但是她打電話來，我不得不從被窩裡出來接電話。一拿起電話，就聽到里美興奮的聲音。好像每件事都能夠讓她感到興奮，什麼事件對她來說都宛如十年才辦一次的慶典活動。她那爽朗的個性，總是能讓我心情愉快。不過，自從去年她去英語學校上課後，對人終於稍微有點警戒之心。

「老師！您好嗎？」

像平常一樣的，她好像在很遠的地方說話般，在電話裡大聲喊著。電話剛剛被發明的時候，人們說電話時，好像都是以這樣的方式說話，但是，科技進步，即使是耳語般的聲音，也可以清楚地傳遞到電話的另一端了。雖然我個人一直希望自己活得很精神，但是，從她說話的口氣聽來，在年輕的她眼中，我好像是一個看起來快死的人。

「嗯，我很好。」

我有氣無力地說。

「有個大消息唷！我正在想要不要告訴老師您呢！」

她的聲音聽起來越發地興奮，好像開心到難以控制的樣子。

「哦？什麼大消息……」

話說到此，我突然有著不太好的預感。我是個小心翼翼的人，凡事老愛往不祥的方向猜測，總是只做負面的思考。尤其是現在這個時候，更是完全陷入只求沒事就好的心理狀態，一心希望不要有什麼奇怪的事情發生，所以什麼消息也不想聽。自從和里美熟識以來，她已經佔據了我生活的大部分，一想到里美可能離開我，我覺得自己可能會得到憂鬱症。我只希望能繼續現在這樣的生活狀態，即使只能多持續一個月，或多一個星期也好。

我現在最害怕的，就是聽到里美有男朋友的消息。從她無比興奮地說有「大消息」的聲音聽來，我馬上聯想到的，就是這件事。對我來說，那就是世界末日來臨的宣告，是我要開始過著整理陰暗的資料，和鬱悶老人生活的鈴聲。所以我說：

「算了，我不想聽。妳就把妳的大消息放在心裡吧！」

我的話好像讓里美非常訝異。

「什麼——！」

里美高聲地說：

「老師總是太消極了！為什麼不想知道呢？您是因為不知道，所以才會不想知道。我現在就去您那裡，在十號館見面可以嗎？」

「啊！現在嗎？可是……妳突然這麼說……」

我猶豫了。我的心理還沒有準備好。

「什麼？不行嗎？真的是一件不得了的消息唷！絕對會讓老師嚇一跳的！」

可是，我不想嚇一跳呀！

「妳說的大消息，是指……」我膽戰心驚地問。

「唔？」

「所以說……那個，也就是說……」

「老師到底想說什麼？請說明白一點。」

「那個……是和妳有關的消息嗎？」

「和我有關？不，不是的。」

「啊！是嗎？那麼幾點？三十分鐘後嗎？可以呀！事情正好告一段落，現在就可以過去。」

我鬆了一口氣，人立刻變得精神起來，便迫不及待地表示。

「啊……？我現在還在學校裡，離石川町的車站有點距離，所以還是三十分鐘後在十號館可以嗎？老師。」

「可以，當然可以。那麼，我在那裡等妳。」

三十分鐘後，我坐在十號館靠窗的位子上等待，看到里美穿著焦糖色的短外套現身。里美以前告訴過我，這種雙排釦的毛呢短外套也叫做pea coat。里美的下半身穿著則是超短的格子迷你裙，黑色的褲襪和平底鞋。她走進店內的那一瞬間，所有人的目光都聚集在她身上。

店外面的天氣陰沉沉的，好像隨時都會飄下雪花。今天的橫濱好像搬到北國了。

「讓您久等了。」

里美大聲說。她的聲音趕跑了我沉悶的心情。然後，她把手上的大手提袋，「砰」的一聲扔在我旁邊的位置上，才徐徐地坐在我的對面。我好像看到外星人般，看著精神飽滿的她。里美點了咖啡歐蕾後，一刻也等不了似的身體向前傾，對我說：

「老師知道御手洗先生小時候的事嗎？」

里美一邊嚷嚷地說著，一邊上半身向後靠，困難地脫掉大衣。位置實在太窄了。她身上的純白色套頭毛衣，與細心化過妝的迷人臉龐，耀眼得讓人張不開眼睛。

「御手洗小時候的事？我好像以前也被這樣問過……」

我顧左右而言他地回答。受到朋友的影響嗎？最近連里美也御手洗長御手洗短地談論御手洗的事情，讓我有點不愉快。

「不知道吧？老師。」

里美笑著說，聲音還是很興奮。她稍微起身，把脫下來的大衣輕輕疊起來，放在椅子上。

「因為那傢伙從來不肯告訴我，所以我當然什麼也不知道，反而是女粉絲們知道得更多。」

「那麼，我知道的比老師多了。」

「妳也是粉絲嗎？」

「只要看過老師的書的人，都會變成御手洗先生的粉絲呀！」

這我就不懂了。我只是照著事實描述御手洗而已，像他那種彆扭的人，這世界上不會有第二個了。對十分清楚御手洗行徑的我而言，覺得御手洗是一個索然無味的人，但和我一樣明白御手洗行徑的女孩子們，卻非常喜歡他。我總是無法理解這是為什麼。

「妳知道他小時候什麼事了？」

「這件事已經變成大新聞了啊。」

里美說著，從手提袋裡，拿出一個原本好像是裝化妝品用的白色塑膠提袋，袋子內有一本相當大的書。里美很慎重地把書從袋子裡拿出來。那是一本黑色皮革封面的相薄。相簿已經很老舊，所以書角已經翻起、起毛邊，可以看到皮革原本的淺褐色。

里美把相簿放在桌上，翻開它。排列在相簿裡的，是有點泛黃的黑白照片。相簿裡的照片大多是女學生們的合照，或上課時的照片，大都屬於紀念性的照片。里美翻到貼著便條紙的頁面，然後把相簿轉了一個方向，放在我的眼前給我看。

「老師，您看。這個男孩子，是還在讀幼稚園的小孩。」

里美的興奮情緒還沒有冷卻下來。她說的男孩子被一個外國女性牽著，並且穿著幼稚園幼童穿的罩衣，臉上掛著天真無邪的笑容。

「還有，看這裡啊！」

里美的手指著寫在照片旁邊的英文字。那是很流暢的英文草寫字體，讀起來有點困難，但是仔細看，還是可以看出寫的是：

<KIYOSHI MITARAI>

「哦？這是什麼？這不是御手洗嗎？」

我大吃一驚。

「嘿，老師果然嚇一跳了。」

里美興奮得臉都紅了，眼睛還張得老大。我真的被嚇呆了。照片裡表情天真無邪的男孩，有點像現在那個讓人厭煩的男人，又有點不太像。不過，從模樣看來，確實應該是同一個人。

「這個，是哪裡來的？」

同住在一個屋簷下時，他從來沒有拿過這種東西給我看。話說回來，他也沒有相簿。

「還有別的啊！看這張。哇！好可愛啊！」

里美翻著相簿，果然在別的頁面裡，也有同一個男孩和同一個外國女性的照片。

「上面寫著一九五四年。這是上了小學以後的照片。」

「這本相簿是從哪裡來的？」

「老師認為是從哪裡來的呢？」

里美說。她一邊笑，一邊看著我的眼睛。

「答案並不難。妳見過這個女人了嗎？是從這個女人的家裡拿到的？」

「答錯了。這本相簿來自我的學校啊——大學的。」

「大學？塞里托斯女子大學？」

「對！在大學的資料館裡發現的。這個消息已經轟動推理社了。透過網路的傳播，全國各地都有人來詢問，想要看這本相簿。這個消息很厲害吧？」

「可是，御手洗的照片為什麼會在這裡？這個外國女人又是誰？」

「她的名字叫瑪格麗特．威金斯。似乎是英國人——好像是以英文教師的身分，在昭和二十九年（一九五四年）的時候，到我們大學教書的啊。」

「哦？我第一次聽說這件事。那傢伙從來不說這種事，所以我完全不知道。不過，照片是在哪裡拍的呢？這裡是哪裡？」

「是我們學校呀！這些照片好像都是在校園裡拍的。有的在大講堂，有的在做禮拜的教堂裡，有的在噴水池旁邊。照片裡的地方現在都還在啊。」

「塞里托斯女子大學是從什麼時候開始的？」

「好像是大正十年（一九二一年）開始的。是私立的學校，聽說校地原本是『S氏族』的。」

「S氏族？」

「這本相簿上有那樣的記載。是威金斯小姐寫的。這本相簿好像也是威金斯小姐的所有物。所謂『氏族』，說的就是諸侯藩國吧？關於這一點，只要稍微調查一下就可以明白。我一年級的時候不在塞里托斯，所以不知道。不過，S氏族應該就是S藩，所以是島津藩——也就是薩摩藩吧？」

「這麼說來，塞里托斯女子大學的校舍，原本是藩主的藩邸。」

我說。這是以前從沒有想過的事情。

「是啊。藩邸變成大學的校園了。明治時代以後，諸侯藩國統統成了貴族。那時一位叫做康德爾的英國建築師為藩國貴族設計建造的大宅，現在變成了大講堂，而大宅旁邊附屬的洋房，就是今天的禮拜堂。不過，這些都是我聽說來的。」

「可是，御手洗為什麼會和這裡有關係？這裡是女子大學的校地吧？昭和二十九年起，這裡就是女子大學了吧？」

「是啊！是啊！大家都說：御手洗先生是在塞里托斯女子大學裡長大的。這真的是不得了的大發現啊！」

「哦？是真的嗎？」

如果真的這樣，那麼的確是一個大發現。

「為什麼會這麼說？」我問。

「聽說現在的資料館，以前是大學理事長住的地方，位於校園的一角。御手洗先生好像就是在那棟房子裡長大的。這是根據威金斯小姐的記載翻譯出來的。」

「相簿裡也記載了這些嗎？」

「嗯，相簿裡寫了很多啊。寫了很多小潔的事情。威金斯小姐好像很喜歡小潔，常常和小潔在一起，和他說話。因為小潔能說英語。」

「小潔為什麼能說英語？」

「御手洗先生是在美國出生的，老師這樣寫過。他是後來才到橫濱的。」

「這麼說來，御手洗是塞里托斯女子大學理事長的兒子嗎？」

「這倒不是。一九五四年的時候，塞里托斯女子大學的理事長確實是一位女性，但是，根據威金斯小姐的記載，小潔是那位女性的妹妹所生的孩子，是寄放在理事長家的小孩——可憐的孩子呀！」

「那麼，小潔的媽媽呢？」

「媽媽是一位數學家，也是一位大學教授。但是她好像忘了自己生了小潔的事，後來完全沒有再回來看孩子。」

「若真是那傢伙的母親，那倒是不無可能……他的父親呢？」

「他的父親是政府機關的人員。聽說一九四一年二次大戰還沒有結束以前，在東京的總力戰研究所裡任職，進行日美戰爭勝負的模擬研究，能進入那個研究所的人，都是絕對的精英分子。聽說他靠著冷靜的數字，預測日本戰敗。」

「噢！還有呢？」

「戰後一切成空，他離開單位，有一段時間裡四處遊蕩，經常酗酒度日；但後來飛到舊金山，成為音樂大學的教授。」

「哦？音樂人也會跑去政府單位工作嗎？」

「嗯。他好像有兩個大學的學位。」

「嗯——果然和御手洗很像，不斷地在讀不同的大學嗎……對了，我記得曾經聽御手洗說過，他父親很早就死了。」

「昭和二十九年的時候，小潔的父親好像已經不在日本了，所以小潔是孤單一人的啊！威金斯小姐也是獨身一人，所以好像和小潔特別投緣。」

「御手洗這個姓，是來自父親的嗎？」

「是的。」

「這麼說，他的父親不是入贅的女婿，也不是貴族之後了？」

「好像是那樣沒錯，他的母親才是貴族之後。」

「意思是：他的母親是貴族的有錢人家，父親是窮人囉？」

「父親是不是窮人不知道。不過，聽說母親的祖父是一個不得了的人物，好像是明治政府的要人，年輕時還曾經留學過倫敦。為我們的大學留下不少建築物的康德爾，好像也是鹿鳴館的設計者，據說他就是小潔母親的祖父在倫敦時的同學。是小潔的祖父把他介紹給日本政府的。」

「嘿！想不到御手洗還是不得了的名門之後。」

「不過，小潔的父親因為落魄了，所以不太和小潔成長的家庭聯繫，還說很怕那位阿姨。」

「嗯，所以御手洗等於變成了母親家的繼承人。」

「是啊。不過，這不是我說的。」

「總之，這是不得了的發現。」

「是嘛？我也嚇了一跳。」

「這本相簿竟然被留在這裡。那位威金斯小姐回去英國了嗎？」

「大概吧。」

「她為什麼沒有把這本相簿帶回去呢？這不是很棒的回憶紀錄嗎？」

「我也想過這個問題。我想，如果是我的話，會怎麼做呢？或許是她有好幾本相簿。」

「哦？」

「所以把其中的一本留在學校裡了。因為這一本相簿裡，威金斯小姐本人的照片並不多，感覺上比較像是大學的相簿。」

「原來如此啊。不過，讓御手洗成長的這個家，顯然是資本家的家庭，難怪御手洗不想說。」

「不過，那些好像是小學二年級夏天以前的事。那些年他不是住在父親的家，也不是住在母親的家。他住在阿姨的家，阿姨的家和母親成長的家是不一樣的。」

「他阿姨的丈夫呢？」
「聽說結婚三個月就離婚，男方回去自己原本的家。」
「那麼，阿姨就又單身了？」
「是的。」
「所以御手洗就和阿姨，兩個人住在一起？」
「不是，還有阿姨的父親，也就是御手洗先生的外公。他們三個人住在一起。外公是大學的前任理事長，他在妻子過世後，便賣掉原先住的房子，搬去阿姨的房子，和阿姨同住。威金斯小姐的相簿裡還記載著：那個房子裡也養了很多貓和狗。」
這時咖啡歐蕾被送上來了。里美先喝了一口，再加入一點點砂糖，用湯匙攪拌。
「那，小學二年級以後，他去哪裡了？」
「好像是去美國了。關於這點，相簿上只寫了這麼一句。」
「美國的哪裡？」
「相簿上沒有寫。」
「噢。那，那間房子呢？」
「還在。在大學裡，現在變成大學的資料館。」
「資料館嗎？——那房子很大嗎？」
「很大。感覺上現在也還像是有人在住的房子。從打開的正面門走進去，就是大廳，裡面有寬闊的階梯；爬上階梯，就是二樓的迴廊。聽說大廳也是弦樂四重奏樂團的演奏廳。」
「哦？這麼華麗呀！」

簡直就像歐洲的貴族。

「那房子和當時一模一樣嗎？」

「基本上可以說是一模一樣。當然了，這些年來當然也經歷過一些補強工程或重新粉刷，和加裝玻璃櫃、架子等的小工程。那是一棟漂亮的建築物，非常可愛，我很喜歡。對了，那裡的二樓還有和室喔。」

「已經沒有人住在那裡了吧？」

「現在沒有人住了，只是單純的資料館。」

「現在的理事長和御手洗是有血緣關係的人嗎？」

「好像沒有。學校已經換人經營了。」

「哦？那是為什麼？」

「好像是大家都死了。在昭和二十九年當理事長的阿姨後來死了，學校還舉辦了盛大的喪禮。阿姨之前的理事長當然更早之前就死了，而御手洗先生的父母好像也已經亡故，他們都沒有留下別的孩子。」

「只有御手洗一個孩子嗎？這麼說來，他是『獨生子』了。」

「好像是的啊。」

所以造成他如此任性妄為的個性嗎？我如此想著。

「嗯。要是他能繼承就好了。」

「繼承女子大學的理事長之職嗎？絕對不可以唷！我才不要他當我們大學的理事長。」

聽到里美這麼說，我點頭表示同意。說得也是呀！他是世界上最不適合擔任女子大學理事長的男人。

「御手洗先生討厭女人的原因，一定和小時候住在女子大學裡有關。雖然女學生們很喜歡小潔，但是小潔卻常常躲起來，讓女學生們找不到他。相簿裡有寫到這一點。」

「嗯，有道理。這種幼時的經驗，是一定有的吧！不過，學校換人經營時，他沒有拿到遺產吧？」

「沒有拿到遺產嗎？石岡老師沒有聽他說過遺產的事嗎？」

「沒有聽他說過什麼遺產的事。不過，他好像曾經說過在某個地方有資產之類的話。一定是在某個地方擁有一大筆錢，難怪他不會為錢煩惱，從來沒有聽他說過因為錢而擔心的話。」

「在瑞士的銀行裡藏著一大筆錢嗎？」

「嗯，如果是他，這倒是不無可能。他總是那麼悠哉游哉，不需為生活煩惱的樣子。不過，這確實是個大發現。要我把這個寫出來嗎？」

「老師，發現到事情不只這些喔。」

「哦？還有什麼？」

「威金斯小姐還寫了很有意思的事，說那時的小潔就擁有好幾個崇拜者了。」

「那時就有人崇拜他了？」

「嗯。很了不起吧？威金斯小姐寫說小潔是非常聰明的孩子，因為玩數字遊戲而讓她感到震驚。她還寫說：這個孩子是天才，意志力也很堅強，擁有吸引人的魅力，將來一定會成就一番事業，很快就會成為世界上的名人。」

「他確實成名了。」

「果然成名了——威金斯小姐的預言成真了啊。」

「剛才說的數字遊戲是什麼？」

「關於這件事，威金斯小姐寫下一段文字——有一天，小潔要我在腦子裡隨便決定一個數字，然後將那個數字乘以二再加二，與乘以五再加五的答案說出來。結果我一說出答案，小潔立刻就說出我最初腦子裡設定的數字。」

「欸，那麼厲害！幼稚園的小孩而已呀！」

「那種事真的辦得到嗎？」

「那——還有什麼？不是說還有崇拜者嗎？」

「附近有個叫惠理子的女生是他的女朋友，整天纏著他。」

「哦？玲王奈❽小姐這麼早就有情敵了？」

「還有一位叫 YOKOYAMA，表演 PICTURE STORY SHOW 的男人……」

「什麼是 PICTURE STORY？」

「我想大概就是拉洋片、連環畫劇吧！還有一個叫做UMAYAKAWA 的刑警，更是經常拿著糖球去找小潔，很認真地向小潔打聽什麼事情。」

「UMAYAKAWA？是日本人嗎？」

「好像是的。」

「名字怎麼寫？」

「不知道。因為威金斯小姐都是用羅馬字寫的。她說小潔好像在幫這位刑警解決案件。」

「讓幼稚園的小孩幫忙解決案件？」

「是的。」

「嘿，老師不想知道御手洗先生幼稚園時代的事件嗎？」

「真的嗎？」

「我當然想知道。」

不管怎麼說，我是御手洗潔的研究者，也是御手洗潔的介紹者呀！不過，那到底是怎麼樣的事件呢？一個幼稚園的小孩能解決的事件，值得特地去調查、了解嗎？

「不過，該不會是圖畫上被誰惡作劇地亂畫了之類的事吧？如果是那樣的事，就……」

「才不是那樣的事呢——說是連報紙都大幅報導了的事件。」

「真的？」

「嗯。於是呢，我就去問了一下我認識的刑警先生。問說昭和二十九年時，山手柏葉町的警察局或派出所裡，有沒有一位叫做UMAYAKAWA的警察，能不能查出那個人住的地方。」

「哦？妳有認識的警察朋友？」

聽到我這麼追問，里美顯得有些窘迫。

「啊，嗯。」

原本很興奮、很有精神的聲音，這時突然變小聲了。

「那是誰？」

「唔，就是那個……」

❽松崎玲王奈，御手洗潔的仰慕者。

「就是哪個？我認識的人嗎？」

「嗯，認識吧……」

「除了和我在一起的時候以外，妳還有機會認識警官嗎？」

里美不說話了。

「不會是蓮實刑警吧？」

大概是被我一語道破，里美馬上垂下頭來。果然被我說對了。

「嗯，是……」

里美說。我覺得心臟好像突然變冷了。我所擔心恐懼的事情，果然在一步步地進行著。

蓮實是因為去年春天的事件而熟識的磯子署刑警，是一個年輕有活力的男子，長相也不差。

我和里美一起見到他的時候，心裡馬上產生一種不愉快的預感。

「妳和蓮實很熟嗎？」

「啊，不是特別熟。不過……」

「不是特別熟，但是，有電話上的往來。」

「嗯，會打電話。」

「常常嗎？」

「偶爾。」

「不是偶爾，一定是常常吧？」

「不是那樣的。」

「真的嗎？」

「老師——」

「啥？什麼事？」

「你在意嗎？」

我沉默了。一想到蓮實刑警是不是對里美有意，我的心就受到強烈的打擊。因為那是很有可能的事。

「妳啊，喜歡蓮實先生嗎？」

「那個，老師，不是那樣的呀。」

「對方呢？」

「什麼？」

「對方對妳的感覺如何？」

「我怎麼會知道嘛！」

「妳不可能不知道吧？他已經對妳說過喜歡妳了吧？」

「才沒有那樣對我說呢！」

「約會過幾次了吧？」

「老師，您不要再問這些了。」

「約會過吧？」

「沒有。」

「一次也沒有？」

「不要再討論這個啦！」

「一次也沒有嗎?至少有一次吧?」

「就是一起吃過一次飯。」

「我就說嘛。」

「不是你想的那樣,我只是有事情想請教他,打電話給他的時候,就說一起吃個飯,所以只有那麼一次。」

「打過好幾次電話吧?」

「是打過幾次電話。」

「為什麼沒有告訴我呢?」

「因為不是什麼非告訴老師不可的事情呀!老師,您這麼在意嗎?」

「那果然是……」

我的心情突然急遽下沉。原來深感興趣的御手洗幼稚園時代的事件,變得索然無味了。

「你們交往到什麼程度了……?接過吻了嗎……」

我像趴在地面上亂竄、亂轉的鼴鼠一樣,情緒持續低落,有氣無力地說著。

「老師,我明明白白地說吧!我和蓮實先生之間什麼事也沒有。還有,我對他更是一點意思也沒有。」

里美很乾脆而且大聲地說著。

「真的嗎?」

「真的。這樣可以了嗎?」

「唔,總之是……」

「所以我問過蓮實先生後，得到的答案是：那時的當地員警名簿已經沒有了，但是橫濱地區的全部員警名冊應該還在。他說他會幫忙調查。我和他說的話就是這些。」

「噢。那麼，調查的結果是……」

「大概明天才會知道。」

「噢噢，明天嗎……」

我帶著不安的表情點頭。為了了解調查的結果，里美和蓮實會再一起吃飯吧？我這樣想著。

2

第二天的上午十點，里美打電話來了。因為太早了，讓我連讓自己的情緒焦躁起來的時間也沒有。

「老師，我知道了哦。已經知道UMAYAKAWA先生的家在哪裡了。在港北區的新吉田町，位於橫濱那邊。聽說是搬家後才住在那裡的。」

「啊，真的呀！不過，里美，妳用不著這麼大聲啦，我聽得到的。」

「——什麼？」

「那個……喂，喂……」

「老師，我這裡的電話聽不清楚。我現在馬上要去了。」

「唔？要去哪裡？我這裡嗎？」

我嚇一跳地說。

「不是，當然是 UMAYAKAWA 的家呀！」

「什麼？現在就去？這樣不會太突然了嗎？」

「聽說 UMAYAKAWA 先生已經退休了，隨時都有空呀！」

「噢，是嗎？不過，我們還是先碰個頭，告訴我是什麼情況吧！」

「那麼，三十分鐘後在關內站的票口見。」

嘟！電話掛斷了。好像是里美那邊的電話故障了。

這天也是個寒冷的陰天。我穿著防寒夾克，站在剪票口等著，一下子就看到里美快步從階梯上下來。她的手上提著昨天一樣的大提包，身上穿著和昨天一樣的焦糖色短大衣。但今天下半身穿的是苔綠色的超迷你短裙和同色系的褲襪。因為大衣的鈕釦是鬆開的，所以大衣內的晃動可以說是一覽無遺。她一看到我，就大聲喊道：

「老師，快點進來這裡。」

於是我連忙跑到自動售票機前面，迅速買了票，通過自動剪票口。因為不知道要買到哪一站，所以買了最近區間距離的車票，出去時再去補票就好了。

「老師，我們現在要先搭到新橫濱。」

我走到里美的身邊，里美立刻如此說。

「新橫濱？為什麼？」

「先去那裡吃個午餐，再搭計程車去。UMAYAKAWA 先生會在家裡等我們。」

里美簡直就是一個能幹的秘書，行程都安排妥當了。

「可是，妳怎麼知道他會在家裡等我們？」

「我剛剛打過電話了。不過，是他的太太接的電話。她說UMAYAKAWA先生得了阿茲海默症，晚上很早就寢，傍晚的時候就要吃晚餐了，所以希望我們在兩點……最晚三點以前去。」

「噢。」

「對了，UMAYAKAWA先生的名字，寫出來的字是動物的『馬』，晝夜的『夜』，河川的『川』，就是『馬夜川』。很少見的姓吧？」

「嗯，『馬夜川』嗎？真的很少見。」

走到月台，上了橫濱線的直達車後，我也問了蓮實的事情。

「馬夜川先生的住址是蓮實告訴妳的嗎？打電話問的嗎？」

「是啊。他很快就告訴我了。」

「他沒有邀妳一起吃飯嗎？」

「完全沒有。他好像很忙。」

「噢。」

這倒讓我有點意外，但也覺得放心了。

「這麼容易就調查到馬夜川先生的住處了？」

「出動警察去調查住址，還會有難嗎？」

「馬夜川先生是怎麼樣的人？」

「好像是很親切的人，但是說話很慢，已經完全是一位老先生了。還有，他也知道御手洗先生和老師您呢！」

「哦？知道我？」我嚇著了。

「嗯。他好像看過老師寫的書。」

「哦？是真的嗎？想不到呀！」

一般人知道御手洗的名字不算什麼，竟然也知道我的名字，讓我感到訝異。雖然至今為止我已見過許多人了，但是，我還沒有見過這樣的一般人。因為馬夜川是和警方有關係的人嗎？如果是現役的警方人員的話，或許有人看過我寫的書。

「馬夜川先生多大年紀了？」

「他好像是大正年間出生的人，我想應該接近八十歲了吧。」

「那麼，昭和二十九年時，他應該是三十幾歲的人。」

「我也是這麼想的。老師，您知道新橫濱車站前面的拉麵博物館嗎？」

「不知道。那裡是展示拉麵的地方嗎？」

「拉麵博物館的建築物內有一座大模型，那是重現了某個時期街景風情的立體透視模型。因為那個時期的街角經常有拉麵店，所以那個模型裡也有許多拉麵店。還有那些拉麵店都是真的，人們可以在那裡吃到真正的拉麵。現在正好是吃午餐的時間，我們去那裡吃拉麵吧？」

從新橫濱車站走到拉麵博物館，只需幾分鐘。我們買票進入小而整潔的建築物內，一樓是這個時代的劃時代發明——速食麵，和各地區代表性拉麵的展示場，同時也是土產、紀念品的販賣場。從一樓下到地下樓，就是里美所說的與實物等比率的立體街景風情透視模型。

首先看到的是地下一樓的小巷透視模型。像迴廊一樣的小巷弄，圍繞著館的外圍，沿途有令人懷念的象牙色金屬製公共電話亭，有派出所、圓筒形的郵筒，旁邊是剪紙老爺爺的店。

模型街景設定的時間好像是黃昏。黃色燈光照明下的巷弄背後昏昏暗暗的，有一間入口狹窄，面對路面的酒吧裡，正傳出酒客們的歡鬧聲——那應該是錄音機的效果。這酒吧有著塗成深棕色的木頭門，和做成撲克牌的形狀，鑲嵌著毛玻璃的小窗戶。巷子裡還有屋簷下垂掛著水槍和各種尪仔標，有木格子玻璃門的童玩雜貨店。當然也有招牌暖簾已經洗得泛白的澡堂，寒酸的市區外圍小電影院，和屋簷很低，二樓晾著衣物的兩層樓矮房。我一邊看著這些風景，一邊繞了一圈迴廊。

「嘩！」

我不禁感嘆出聲，這些都是我記憶裡令人懷念的風景。小時候橫濱山口街區的巷弄裡，就有這樣的風景。不管是巷弄裡還是郊區，所謂車站前的熱鬧景象，大致上就是一樣。那個時代的日本還很貧窮，即使是東京也差不多是這個樣子。不知道里美對這樣的風景有何感想？這些風景不屬於她的時代，是在她出生很久以前的事。

「里美覺得這裡怎麼樣？」

「令人懷念呀！」

「妳會覺得懷念？為什麼？」

「因為貝繁銀座也好，新見市的街區也好，在我還是小孩子的時候，也是這個樣子的——」

「哦？這樣嗎？」

「說到了貝繁，好像現在也還是這個樣子。那裡雖然是都會，卻好像落後現代三十年呢！」

「噢，原來如此。」

「所以，難得來到這裡，我也……」

說起來確實是這樣。里美故鄉的人現在所過的生活，和這個立體透視模型時代很相似。我覺得好像找到里美為何會和我這個年紀的人往來的一點理由了。這或許就是我們兩個人的共通點。里美乘坐著時光機，從三十年前來到我的面前。

回到剪紙老人家的店前，我向老人家打了招呼，付了錢，讓他剪一張里美的側臉。里美站好，讓老人家看她的側臉。老人家在我還在看里美的側臉之時，一邊看里美，一邊已經迅速地拿出剪刀，在黑色的紙上剪起來了。他沒有打草稿，在我的注視下，很快就完成了留著半長髮的里美側臉剪影圖。實在太厲害了，剪影圖和里美真的非常像。老人家把完成的剪影圖夾進透明賽璐珞和襯紙之中。

「嘩！好棒呀！」

里美歡呼地說。

「老師，謝謝您了。」

看到里美把剪紙圖緊抱在胸前的模樣，我連忙離開現場。我可不想在這裡上演援交般的短劇。

從眼前的水泥階梯往下走，就是地下二樓。地下二樓是一個大廣場，那裡設定的也是黃昏的時間。屋頂的中央是浮著雲彩的藍色天空，但是天空的周圍是逐漸暗淡了的天色。廣場上有長椅子，四周排著許多家拉麵店。因為現在正是午餐時間，所以每家拉麵店前都有人在排隊。拉麵店上面的看板上，畫的東寶映畫或日活❾的電影廣告。當「地球防衛軍」這幾個字映入我眼中時，我霎時覺得內心激動得彷彿臉都要紅了，於是快快挪開視線。那是迎合兒童的科幻電影，雖然我是一個鄉下孩子，卻非常狂熱地愛上那個電影。

肚子餓了，我們立刻來到寫著「蔥拉麵」的店前排隊。

「老師，這裡是餐券制的。」

里美說著，很快跑到自動販賣機前，買了兩張「蔥拉麵」的券後，回到隊伍的最後面繼續排隊。排隊的時候閒著無聊，只能東張西望一番。黃昏的光線下，這個街景看起來頗為寒酸，看不到新的事物，眼前所見都是舊的東西，而且所有東西看起來都是小小的、有點灰灰髒髒的。不知道從哪裡傳來叫賣豆腐的喇叭聲，竟讓我有種聽到廣播連續劇主題音樂的心境。玩累了的我在這樣的光線中，一邊聽著那樣的聲音，一邊走在回家的路上。

我想起來了，確實就是那樣。生活在日本這個國家裡的我們，確實都經歷過那樣的日子。即使戰爭結束後，還聽得到那樣的聲音。我們的生活都非常簡單，一天的生活費用只須幾個銅板就可以解決。

實在是感觸良多，很想說點「這裡真好呀」之類的話，但轉頭看里美，她站在排列的隊伍裡，一直在看自己的剪影圖看得入神了。

馬夜川先生的家位於新興住宅區內。鋁合金窗框的窗戶和漆成白色的牆壁，在在給人房子還很新的印象。滿頭白髮，個子嬌小，氣質優雅的馬夜川夫人先出現在我們的面前。她帶我們到西式的客廳。客廳裡有使用瓦斯的暖爐，暖爐上放著獎杯，獎杯上方的牆壁有一幀框起來的獎狀。那是述說馬夜川先生警官時代榮譽的代表吧！

馬夜川夫人先送茶來，向我們道歉，請我們等一下後，才扶著一位銀髮老人的手肘，走進客

⑨東寶映畫和日活株式會社皆為日本具代表性的電影公司。

廳。不過，這位老先生看起來步履還算穩健，並沒有搖搖晃晃的樣子。老先生看到我們了。

「好，好。歡迎歡迎。」

他大聲地說。

老先生戴著銀框眼鏡，笑容和藹，從外表看起來，完全看不出有癡呆的症狀。後來在和我們說話的時間裡，他的表現也很正常，一點異狀也沒有。說起來，反而是御手洗的樣子比較不正常。老先生動作緩慢地坐在我們對面的沙發上，夫人也靜靜地坐在他的身邊。

「對不起，失禮了。但是，雖然他白天的情況比較穩定，但有時突然說出奇怪的話，如果我不在旁邊的話，恐怕也麻煩兩位。」

夫人說。看來她是相當謹慎的人。

「啊，老師您好。謝謝老師大駕光臨。」

馬夜川非常有禮地說，但我卻下意識地想回頭看。因為除了里美以外，沒有人會叫我「老師」了，所以我以為有什麼了不起的人站在我後面。原來是在對我說話。

「啊，請別這麼說。是我們冒昧來打擾了，非常抱歉。」

我惶恐地說。

「我看過老師寫的書了。書裡面寫到我認識的小時候的御手洗，我覺得很有趣。啊，很懷念他呀，他真的變了不起了。我就知道他一定會成為了不起的人。但是，他現在在哪裡呢？」

「他現在在瑞典，可以用電話聯絡。」我說。

「啊！是嗎？」

馬夜川這麼說，眼鏡後面的眼睛眨了眨。他的嘴唇好像還輕輕顫抖，眼角也濕潤了。不過，我認為這是老人家常有的生理狀況，並不是因為感傷。

「這邊這位是犬坊里美小姐，是塞里托斯女子大學的學生。」

「啊，您好，打擾您了。」里美說。

「塞里托斯女子大學嗎？我以前常常去那裡見他。那時他還是一個很小的孩子吶！那所學校沒有改變，還是和以前一樣吧？」

「沒有改變。您說的以前，是這個時候嗎？」

里美從包包裡拿出相簿，翻開到有御手洗幼稚園時期照片的那一頁。老先生舉高臉上的眼鏡，又放低眼鏡，垂著眼睛仔細看。

「啊，沒錯，這就是他，還這麼小的時候。我去那裡的時候，常看他獨自抱著小貓，坐在水池邊的大石頭上，孤零零的樣子。」

「御手洗嗎？」

我反問。因為他說的御手洗的模樣，讓我感到意外。

「是的，那個孩子經常是孤零零一個人，很寂寞的樣子。他的周圍淨是年紀比他大很多的女生，根本沒有朋友。有的話，也只有小動物。真的很可憐呀！」

「哦——」

里美也說話了，老先生形容的御手洗和她認識的御手洗不一樣。

「他那麼寂寞嗎？」

「至少在我們的眼中，他是一個寂寞的小孩。他是父母不在身邊，被寄放在親戚家的小孩。或許因為當時我是警察，樣子又比較凶，所以他也不會主動接近，因此在我的眼中，他就是一個寂寞的孩子。」

「他不是一個活潑的孩子嗎？」我問。

「這個嘛，他也有活潑的一面，玩的時候也很會玩。他有時會跑到我工作的派出所，提出種種意見；我因為他是小孩子而不把他說的話當作一回事，可是他總是不罷休。他的膽子也很大，一般的小孩子根本不會跑去，尤其是那個時代的派出所，可以說是令人畏懼的地方，即使是大人也不會想靠近。不過，平常他給人的印象，仍然是乖巧而孤獨的孩子，尤其是拍攝這張照片的時候。」

「是那樣的嗎？」

里美說。我也想像不出那樣的情景。我腦子裡的御手洗，總是吵吵鬧鬧，自信滿滿的樣子。

「嗯。我到現在都還記得他突然跑來用英語和我說話的事情。我問他為什麼要說英語，他說突然覺得用日語說話很辛苦。那時他好像想去美國，因為他的父親在美國的關係吧！」

「噢！」

我覺得我的心好像被揪住了一般。原來御手洗也有那樣的時期嗎？我完全不知道。那時的御手洗，就像現在的我一樣。我真的無法想像。

「聽說你會帶糖球給御手洗。真的嗎？」我問。

「糖球？有的，但那是什麼時候……哈哈。總之，我和那孩子的交情還不錯，他也常到山手柏葉町的派出所來找我。」

「御手洗幼稚園的時代，好像發生過什麼引起新聞報導的重大刑事案件。是嗎？」

「引起新聞報導的……啊，啊……有的！是那個小酒吧事件。那個小酒吧呀——那是……是什麼事呢？妳記得嗎？」

馬夜川問太太。

「小酒吧嗎？我不知道。」

「那是我剛被派到柏葉町的派出所不久後所發生的事件。那個酒吧的老闆死了……」

老先生一隻手放在頭髮已經全白的頭頂上，上半身向前傾地思索著。想了好一陣子後，才又開口說：

「嗯，嗯，想起來了。那個案件很奇怪，一直到今天都還存在著沒有解決的部分。沒錯，沒錯，就是這樣，我想起來了。因為還有沒有解決的地方，所以後來我才會常常跑去女子大學找那個孩子，問他到底是怎麼一回事。可是他不告訴我，只叫我去找關係人。那是一個奇怪的事件。」

「奇怪的事件……」

「嗯，很奇怪。我做了將近四十年的警察，只遇到一次那種事情，不知道為什麼會那樣。我當然追問過關係者了，不管是酒吧裡的那位女士，還是拉洋片的，甚至那位女士的小女兒。那個小女孩常和御手洗在一起。對了，那個女孩叫什麼名字呢……」

「是不是叫惠理子？」里美說。

「對、對，就叫做惠理子這個名字，沒錯沒錯。那女士叫什麼的名字是……呢……忘了呀！

老師，您也想寫這個事件嗎？」

「嗯，如果那個事件有趣味性的話，我一定會把它寫出來，但如果只是幼稚園的事情，那就……」

「不，絕對不是幼稚園的事件。在我將近四十年的警察生活裡，那是數一數二的奇怪經驗。

我覺得寫成書很好。」

「那到底是怎麼樣的事件呢?如果馬夜川先生能想得起來,請一定要告訴我。」

「我知道。為了御手洗先生,我會想起來的。不,對我來說,那也是不想忘記的事情,之前我也常常想要想起那件事。所以,我會好好回想的,請您稍等。」

馬夜川說著上半身又向前傾。

像這樣的情形,讓這次的訪問取材實在說不上順利,而且採訪的時間只能到五點,我們也只能得到五點之前馬夜川先生想起來的情報。馬夜川先生好像在那個事件結案後,因為還有想不通的地方,所以又獨自調查了一段時間。但他的能力有限,似乎還是沒有掌握到有完全把握的答案。

不過,馬夜川先生還是提供了相當多的訊息。四十三年前的這個事件,果然怎麼看都不像是已經解決的案件。以下,是我以我自己的方法,將內容做了一番整理後,認為可以提供給讀者的事件經過。熟悉我記述方式的讀者們,或許可以順著御手洗的視線,順利地了解到事件的始末,進而作出自己的判斷。然而,馬夜川先生也不明白的地方,因為我也無法寫,所以還是屬於不清楚的狀態。

我試著這樣記述時,覺得自己在做一件奇怪的事,好像在進行一場缺少了數片零件的拼圖遊戲。不過,這次的執筆工作,也讓我莫名其妙地升起了懷舊之情。我覺得在訪問馬夜川先生之前,很偶然地踏入模型博物館,和這個奇妙的事件,好像在昏黃的光線中重疊融合在一起了。

3

文明開化⑩以來，受到近代化波濤的洗禮，位於橫濱山手柏葉町的原S藩藩邸土地，變成塞里托斯女子大學的校地，而坐落這個校地一角的原理事長住宅，竟然是御手洗潔成長的房子。因為第一代理事長——小潔母親那邊的祖父，是S藩的後裔，他於大正時代在祖傳的土地上創立了女子大學，自己理所當然地做了初任的理事長。不過，小潔幼稚園時期，初任理事長把理事長之職移交給女兒，也就是小潔母親的姊姊。

小潔在美國出生，父親在戰後成為音樂家，母親是一位數學學者。後來因為父母回國，所以他也回到日本。但父親把他放在日本後，又去了美國，他被寄放在橫濱的阿姨家裡。小潔的母親在日本的大學裡執教鞭，和小潔的父親處於分居的狀態，兩個人都有工作，卻顧不了孩子，因此小潔形容被父母硬塞給已經離婚的單身阿姨。但小潔依舊維持父親的姓，也不知這一點是基於誰的堅持。

一走進塞里托斯女子大學的校門，就可以看到一座漂亮的噴水池，池內有一座人魚的銅像。噴水池後面，就是大講堂的正面。大講堂原本的建築設計是貴族起居用的豪邸，但大正年間女子大學成立後，就增建改裝成授課用的大講堂。位於噴水池左後方的建築物是禮拜堂。這棟西式的建築現在雖然比較為世人熟悉，但在明治年間剛建好之時，它只是現在是大講堂的豪邸附屬小屋，大正年間才增建改裝成禮拜堂。

前面所說到的建築物的設計師，就是設計出鹿鳴館的名英國建築設計師喬塞亞・康德爾先生。喬塞亞・康德爾先生在工部大學任教，可以說是日本近代建築學之祖，他是小潔母系那邊的

⑩指明治時代大量引進西洋文化，在日本社會各層面引起劇烈改變的現象。

曾祖父在倫敦大學留學時的朋友，經由小潔曾祖父的介紹，來到日本，為當時的日本政府工作。

沿著禮拜堂旁邊開始的草坪中的小路前進，就是建築在校園內的大學理事長的住家。這棟房子與康德爾無關，是昭和初期的建築物，美國南方風格的房子，從正面玄關進去後，就是大廳，廳內有大鋼琴，大廳正面是一座緩緩彎曲，有如舞台裝置的大階梯。階梯與可以俯看整座大廳的二樓迴廊相連接。

小潔的父親原本是官方的精英人物，於昭和十六年（一九四一年）日美開戰數月前加入「總力戰研究所」，他預測到日本將會戰敗，也預測到日本將會損失多少船艦、多少飛機，甚至預測了日本的能源、軍費或國民總生產的數值。但那時的總理大臣東條英機無視小潔父親提出的建言，無力阻擋開戰的趨勢。

戰後，小潔的父親辭去官方的工作，無所事事了一段時間後，單身赴美，憑著自己喜愛的鋼琴與音樂理論，成為舊金山音樂大學的老師。一般認為他去舊金山的原因，是他的妹妹在那裡。然而此時在日本的御手洗家族已經沒有了，所以他也沒有再回到兒子所在的橫濱的家。不過，嚴格說起來，他好像是對小潔的阿姨敬而遠之。

小潔的母親是東京大學的教授，是一位數學家，住在校園內的宿舍裡；但她好像忘了自己生過小孩，從不曾回到兒子住的地方。因為父母都太奇怪了，所以小潔是住在阿姨家，與動物們一起長大的。

阿姨以前專攻植物學，曾經是女子大學裡生物學的老師。不過，當時她已經不再教學，只專心理事長的工作。阿姨雖然結過婚，但婚姻只維持了三個月，就以離婚收場，此後就過著單身的生活，獨自管理宅邸與大學，是一位個性堅強的女性。理事長的宅邸有兩個通勤的幫傭，還僱有一位司機，屋子裡還住著貓、狗及牠們的家族。宅邸和女子大學交界的地方是水池，水池裡棲息著鯉魚一家和鴨子一家，池畔還有一群雞。因為少有人會到這個地方，所以對小潔而言，這個地方似乎是他很喜歡的場所。

大學的校園內有各種花圃與樹木，很多地方都保持著舊S藩藩邸時的自然面貌。位於校舍後方不向陽的地方，有鈴蘭與風鈴草的花圃，因為橫濱少有這樣的花圃，所以經常有人參觀。這些花都是小潔的阿姨精心獨自栽種的品種。

住在理事長宅邸內的，除了小潔和阿姨外，就是妻子已經先過世的前任理事長，也就是小潔的外公。住在宅邸內的雖然只有三個人，但卻常有女子大學的學生來訪，所以宅邸內總是非常熱鬧。二樓的和室是阿姨教女學生們茶道、花道的場所。阿姨雖然很快就離婚了，但在教導女孩子們如何成為淑女。

阿姨頭腦清晰，個性乾脆，卻有相當的潔癖，尤其是道德潔癖，很愛說教。大概是受了這樣的理事長的影響，女學生們也偶爾會干涉小潔的言行。不過，小潔不會去反駁她們，也不會特意逃離她們的視線。因為就算躲過了家裡的女大學生們，出了家門，還會有更多的女大學生。

穿著掛有名字吊牌的幼稚園藍色罩衣和黑色的五分褲的小潔，就讀位於山丘下的幼稚園，走路上學的話，是一段相當長的距離，所以總是由理事長的勞斯萊斯接送上下學。但是，小潔原本就不喜歡自己被安排好的資產階級環境，不能忍受被勞斯萊斯接送上下學這種事。幼稚園時代的小潔堅持要走路上學，但對五歲的幼童來說，那段路是太遠了些，因此不被允許。於是，小潔只好在接近幼稚園的十字路口時，趁著紅燈逃出車子，再狂奔跑進幼稚園。

不僅上學的時候要辛苦擺脫勞斯萊斯車，放學的時候也很辛苦。每當載著他的勞斯萊斯進入大學的校園時，那些女大學生們就會發出歡呼的聲音圍上來。從美國回到日本的小潔深受女學生歡迎，是女學生們練習英語會話的好對象。黑色的勞斯萊斯車非常醒目，即使是不懂車子的人，也遠遠地就可以辨識出來，因此小潔總要在車子進入大學校門之前就擺脫勞斯萊斯車，再從離正門遙遠的地方爬牆進入校園。就某種意義而言，他過著每天都在進行冒險的生活。

小潔逃脫車子的行為，實在是太危險了，有一天，勞斯萊斯的後座車門終於被安裝上不能自己開車門的鎖，完全變成了小潔的護送專車。從此過著每天放學回家時，必須拚命躲開女大學生們的逃脫生活。

整天追逐著小潔的，並非只有女大學生。塞里托斯女子大學正門前的路，通稱是女子大學路。離大學正門約一百公尺的女大學路上，有一家叫做「鈴」的小酒吧。這家小酒吧經營者的女兒名叫鈴木惠理子，她很喜歡小潔，總是纏著他，並和他讀同一所幼稚園，想和他一起坐車上幼稚園，所以經常到大學裡找小潔。

可是，因為她的父母是小酒吧的經營者，所以阿姨並不歡迎她到大學裡。阿姨認為那個女孩到學校的目的是想要自己的花，並且是受到了她母親的指使。對道德觀強烈的阿姨而言，自己的學生必經的馬路上有小酒吧的存在，是一件痛苦的事情。

在惠理子的央求下，小潔經常和惠理子在大學的校園裡活動。校園裡有水池、樹木、花圃，這些都是女孩子喜歡的場所。但是，小潔也了解阿姨的想法，所以，為了惠理子，他們只好躲開阿姨的視線。

一走到花圃附近，惠理子一定會問小潔：可以摘花回家嗎？這是因為她家經營的小酒吧需要花來做裝飾，但家境又不富裕，如果可以從花圃裡摘花回家，就可以省去買花的錢了。小潔當然能夠了解這一點，但是，一旦被阿姨發現了，就會陷入窘境，被阿姨抱怨說：培育那樣的花圃，要花很多錢的呀。

惠理子想要什麼花，答案很清楚。她要的是鈴蘭、風鈴草、沉香百合、山百合等，形狀像「鈴鐺」一樣的花，因為她的父母經營的小酒吧的名字，就叫做「鈴」。阿姨後來了解了這樣狀況，便去數花的數目，然後把數目告訴小潔，並且宣告：如果哪天發現花的數目不對，就會認為那個女孩子偷摘花，並且去派出所報警來抓偷花賊。不過，阿姨從來沒有告訴小潔鈴蘭的數目。因為鈴蘭太小，而且數目很多，根本沒有辦法數。因此，後來小潔只能讓惠理子帶鈴蘭回去。

其實，幼稚園時代的御手洗本身，並不會期待和惠理子玩。一來擔心被阿姨發現，二來家裡附近多的是可以成為玩伴的對象，因此他從來也沒有去過惠理子家。他也不喜歡和惠理子一起坐勞斯萊斯去幼稚園上學，如果因此而讓人認為他們是一對，那就是天底下最糟糕的事了。

另外，對小潔來說，橫濱的幼稚園也很無趣。一個紅豆麵包和一個果醬麵包加起來，總共是幾個麵包呢？幾乎每天都會被幼稚園的老師問這樣的問題，這讓小潔煩不勝煩。這個時候的小潔已經開始在家裡彈奏莫札特的音樂，也會做因數分解的數學題了。好想去其他的地方呀！他好像是每天都會坐在庭院的角落裡，沉思這個問題的孩子。

小潔很聰明，也很有彈奏樂器的天分，所以大家都喜歡他。但是，他的周圍沒有人真正了解他的實際能力。他的想法與阿姨的道德觀經常有所牴觸；他也不想再忍受每天都被一堆女大學生監視著的生活。他不喜歡過有錢人的日子，每天都在期待可以去別的地方，過自由的日子。

以上那些事的內容，幾乎全部來自威金斯小姐寫在相簿裡的文字。把那些內容和退休老警察馬夜川說的話，再加上從某位女性那裡得到的關於這個事件的後半情報，終於可以把這個事件串連起來。以下就是這個事件的說明。不過，要先從馬夜川先生說的內容開始。

昭和二十九年六月的某一個下雨天。鈴木惠理子全身濕淋淋地衝到小潔家的門前。因為她知道小潔的媽媽（她以為阿姨是小潔的媽媽）不喜歡自己，因此不敢自己去開玄關的門，只能在門外等著小潔出來開門。因為這樣，小潔必須常常注意著門外的情形。阿姨看到小潔不斷注意門外時，神經也會被刺激到。那種時候阿姨總是以嘲笑小潔的方法，來表示自己的不高興。

不過，那一天阿姨正好不在家。看到惠理子後，小潔便拿著傘走到玄關門。一看到小潔，惠理子便哭著說：我爸爸死了。他說要去買魚，今天中午便一個人去磯子，但他開車出了差錯，車子就從碼頭掉到海裡了。可是，我絕對不能相信那種事。我媽媽也是這麼說的。因為我爸爸以前在汽車公司上班時，做的就是試車的工作，駕駛技術很好的。這個事情太奇怪了。小潔，你告訴我為什麼。惠理子一邊哭，一邊說著。

於是小潔問她；妳怎麼知道妳爸爸死了？惠理子便說：是警察說的。剛才警察到店裡來，一直在問我媽媽話，卻只是姑且聽聽而已，警察就說：那只是一件意外的事故。我媽媽不相信那是意外，而且現在店裡的情形也很奇怪，所以你和我一起去店裡看看吧！惠理子這麼說，並且拚命拉著小潔的手。小潔只好無可奈何地跟著惠理子，在細雨中走到「鈴」小酒吧。

小酒吧面對女子大學路上的木頭門是開著的，但是入口已經被圍繩封鎖起來，不讓人進去裡面了。不過，對幼稚園的小孩子來說，這種圍繩所做的封鎖線，哪能圍得住他們？他們輕易就鑽過去了。

寫著「小酒吧．鈴」的看板，垂掛在屋簷下。惠理子漂亮的媽媽以手帕按著眼角，站在看板下面的網子內側，正在與穿著制服的警察說話。警察的聲音很大，臉上的表情相當嚇人，但因為對方是個漂亮的女人，所以也不時露出笑臉。但是一看到兩個小孩鑽進封鎖線內來到自己的腳邊時，馬上恢復成緊繃的表情，還發出威嚇聲想趕走他們。

「啊，惠理子。」

因為媽媽叫喚了孩子的名字，所以警察知道是這一家的孩子，便輕易地讓他們鑽進封鎖線內。警察會作這種判斷，大概是因為沒有把惠理子父親死亡一事，視為犯罪事件的關係吧。

惠理子的媽媽穿著一襲長到腳踝的長裙，沒穿襪子的腳上套著涼鞋。從她的腳邊看過去，可以看到店內的情形，就如同惠理子所形容的，十分奇怪，鋪著薄石板的地板上，散落著許多玻璃碎片。

因為是下雨天，店內顯得很暗，所以警察先將半個身子探入店內，打開了電燈，滿地的玻璃碎片立刻在燈光下閃爍著光芒。碎片的數量相當多，鋪滿了地面，讓人沒有立足之地。小潔張大了眼睛，認真地觀察裡面的情形。

大人們在店內吵架了嗎？還是剛才發生地震了？但也太奇怪了，因為那些碎片呈現出奇怪的樣子。首先，被打破的全部都是玻璃杯。因為後面和右手邊的架子上，還有吧檯上面，有很多一點損傷也沒有的陶製的茶杯和菸灰缸。另外，排列在架子上一瓶瓶的威士忌，也毫髮無傷。

同時，店內的椅子也安然無恙，整整齊齊地站立在原本的位置上；收納玻璃杯的架子上的玻璃門，也是一片也沒有破。掛在牆壁上畫框也端端正正的，一點歪斜的狀況也沒有。完全不是有人在這個地方吵過架後會有的畫面。

還有一點也該覺得奇怪，那就是所有的碎片都是透明的。沒有陶瓷品的碎片，也沒有有色玻璃的碎片，甚至看不到毛玻璃的碎片。

關於這些異常的情形，小潔雖然問過惠理子為什麼會那樣，得到的答案卻是「不知道」，還說以前從來沒出現過這樣的情形，父母親一直以來，都不會因為吵架而破壞物品。

好像在等待警察問自己話一樣，小潔非常仔細地聽著頭上大人們的對話。但警察始終專注於與店內客人的談話，還表示自己剛被轉調到這個地方，不太清楚這附近住戶的人際關係。

等了好久之後，警察終於提到與店內的異常狀況有關的話題，並且一開始就懷疑那是夫妻吵架所造成的情況。不過，惠理子的媽媽和女兒一樣，立刻否定警察的猜測。惠理子的媽媽表示：丈夫人很溫和，不會有粗暴的舉動，結婚以來就算是夫妻吵架，也僅止於言語上的爭執，從來不會動手破壞物品。何況，這樣大肆破壞做生意用的玻璃杯，明天還能開店做生意嗎？他比誰都明白這一點，所以絕對不可能那麼做的。惠理子的媽媽如此斷言。

警察又問惠理子的媽媽：如今丈夫走了，妳一個人能獨自繼續經營這間小酒吧嗎？她回答道：如果不僱用幫手的話，就無法繼續經營了。又說：這間小酒吧是丈夫一手創建的，自己在店裡的工作，就是陪陪客人聊天而已。

惠理子母親的這番話，被認為是重要的證言。因為把玻璃杯摔碎的人，應該可以想像得到：如此一來，小酒吧就做不成生意了，起碼得暫時歇業個幾天。也或許是有人想妨礙夫婦賴以為生的生意，而幹下破壞玻璃杯的行為。警方可以往這個方向思考。

然而，如果夫婦都還活著，那麼只要能夠迅速地補足做生意用的玻璃杯，過了一、兩天後，小酒吧還是可以繼續營業。這會不會是知道丈夫已經死了的人，犯下的破壞行為呢？因為這樣就可以讓小酒吧經營不下去了。當然，這也有可能是丈夫為了逃避工作，而故意犯的。

警察似乎也懷疑玻璃杯被打碎與丈夫車禍死亡的事件有關。不過，兩件事會有什麼樣的關聯呢？一時似乎也還找不到頭緒。警察拿這個問題問惠理子的媽媽，請她思考其中的可能關聯性時，她卻因為太過驚訝而一句話也說不出來，因為她心裡實在一點概念也沒有。

那麼，是不是有人想妨礙小酒吧的經營呢？警察接著詢問。從來沒有想過這種問題的惠理子媽媽立刻回答道：並沒有和附近的鄰居或客人有過節，或發生被人威脅等事；而且，儘管向人借過錢，也很順利地還清了，更沒有向客人集資之類的事情，所以想不出有誰會和小酒吧過不去。再說這小酒吧經營近十年了，以前從來沒有發生過這種事。

她說事先已經告訴過她的先生，今天上午要出門買東西，然後去見見老朋友，並且和朋友一起吃午餐，會在下午兩點回家，因為酒商會在兩點的時候送酒來。她猜想：在家裡的丈夫自己料理、吃完午餐後，便開車前往磯子買魚。因為太晚去的話，好的魚就會被先買走，就買不到好魚了。像這樣的情況，以前已經有很多次了。

兩點的時候，惠理子的媽媽回到店裡，看到滿地的玻璃碎片，當然是嚇了一大跳，完全不明白為什麼會那樣。因為擔心被酒商看到店內的模樣，只好在房子後方的外面收下酒商送來的酒。就在無奈地想回到店裡打掃時，就接到警方電話，告訴她丈夫死了的消息。怎麼會這樣？到底是怎麼一回事呢？她這麼說著的同時，又哭了。

警察問，破掉的玻璃杯原本是放在那個玻璃架子上嗎？惠理子媽媽便回答，不是。因為是洗過的杯子，所以大部分都排在吧檯上晾乾。是從那一端開始被打破的，幾乎全部都破了。她又說：為什麼要這樣做呢？我真想知道對方的理由是什麼呀！但是，不管她怎麼問，警察也只能頻頻無言地搖著頭，他們也不知理由為何。

對了，妳先生喜歡開快車嗎？警察好像找新的方向般問道。這兩、三年來曾經有幾次超速被抓，還發生過兩次擦撞車禍。惠理子媽媽老實地如此承認了。她的丈夫一般來說是個沒有大問題的人，唯一的缺點就是迷戀速度。

小潔在店內的牆壁上，發現了好像是惠理子畫的一幅畫。那是兩枝鈴蘭插在紅色花瓶裡的畫。於是小潔轉頭小聲地問惠理子：

「那個，是妳畫的嗎？」

「嗯。」

惠理子回答。

「什麼時候畫的？」

「前天是父親節。爸爸說喜歡我畫的畫，還說要掛在牆壁上給客人看，所以就貼在那裡了。」

小潔環顧店內，看到吧檯上有一個和畫中的花瓶很像的瓶子，但是那瓶子現在是空的，沒有花了。

「惠理子是在店裡畫那張畫的嗎？」

「嗯。在店還沒有開門以前，和媽媽在一起畫的。」

「鈴蘭花呢？」

「不知道，大概已經謝了，所以丟掉了吧！」

「那些鈴蘭是……」

「嗯，那花是從你家拿來的。是小潔給我的。」

「惠理子媽媽，鈴蘭花呢？」

小潔抬頭看惠理子的媽媽，並且大聲地問道。此時警察正好離開了。

惠理子媽媽認識小潔。她看了花瓶的方向說：

「咦？花不見了。」

她好像現在才注意到花瓶裡的花不見了。

「上午離開這裡以前，花在花瓶裡嗎？」

小潔繼續問。

「嗯。我想那時候還在花瓶裡。被惠理子的爸爸拿去丟掉了吧？那花已經枯萎了。」

警察這時不知道從哪裡拿了兩支掃把回來。

「啊！我來吧。」

惠理子媽媽說著，從警察的手中奪走大支的掃把。

「啊，不可以，不可以掃掉。」

小潔不自覺地大聲說：

「那些是很重要的證據呀！」

「走開！小孩子不要在這裡搗蛋。去那邊！」

警察不耐煩地斥責著。但是，惠理子的媽媽倒是暫時停下掃地的動作，好像覺得小潔講的話有道理。

「這些玻璃要怎麼辦？」

小潔問警察。

「怎麼辦？當然是丟掉呀。」

警察回答。

「不可以的，這些玻璃一定要好好調查才可以。」

小潔說。

「調查？要調查什麼？」

警察說。

「因為很奇怪呀！玻璃杯為什麼會破掉呢？警察先生，您還不知道這是為什麼吧？不可以還不知道原因就丟掉了呀！要認真想一想。」

「要想什麼？哪裡奇怪了？小傢伙！不要沒大沒小地對警察亂說話。」

「可是，破掉的全部都是透明的玻璃杯啊！你們看，吧檯上有紅色的玻璃杯，也有藍色的玻璃杯、褐色的玻璃杯。它們都沒事，只有透明的玻璃杯破了。還有威士忌的酒瓶和菸灰缸，它們也都沒被打破。」

於是警察也放眼環視了室內，果然正如小潔所說。

「那又怎麼樣呢？小傢伙。」

警察雖然擺出威嚴的模樣，內心卻忍不住大吃一驚。

「一定有什麼理由吧！」

「會有什麼理由？」

「現在還沒有辦法馬上知道。但是，這裡一定有什麼原因。」

「不要胡說了，快點到旁邊去玩。現在大人要工作。而且，地板變成這樣，能怎麼調查呢？快出去，不要進入店裡，等一下要採指紋，還有很多事要做。」

「要採指紋嗎?」

小潔說。他的話讓警察嚇了一跳,畢竟那是連大人也不見得知道「指紋」這個名詞的時代。

「嘖!小孩子說什麼大話!不知道從哪裡聽來專有的術語,就自以為了不起了。」

警察於是用更嚴肅的語氣大聲說。

「如果覺得這是意外的事件,就用不著採指紋吧?所以,還是仔細地調查一下比較好。這些玻璃碎片,最後會被丟在哪裡呢?」

「啊,是。」

「還用說嗎?當然是垃圾桶。這位太太,請不要太在意小孩子說的話,我們趕快打掃吧。」

「垃圾桶嗎?裡面的?」

惠理子媽媽說著,便走進裡面,從自己眼前的地方開始掃起。

小潔問。

「是的。」

警察忍著怒氣,一邊說一邊鬆開封鎖線的繩索。

「啊,噢。那樣就好。」

小潔說。

「可以讓他出去嗎?這小孩太自以為是了。」

警察對惠理子媽媽說,然後往店內走。

「那個,警察先生,那個紅色的花瓶裡有水嗎?」

小潔問和母親在一起掃地板的警察。但是正在生氣的警察沒有回答。

「阿姨，請妳看看花瓶裡面有沒有水好嗎？」

「要做什麼呢？」

「我想知道。因為這件事或許很重要。」

「一定要知道嗎？」

「喂，到底要做什麼？這個小鬼！並不是個家的小孩吧？到一邊去。」

「阿姨，拜託啦，請看一下花瓶裡面嘛！」

於是惠理子媽媽一邊掃起地上的碎片，一邊繞路往後走，站在花瓶的旁邊。

「啊，太太，還有很多工作要進行調查，妳的手不要碰到花瓶。」

警察說。

「是，我知道。」

惠理子媽媽回答。

「小鬼，走開。真是麻煩！」

警察叫道。但是惠理子媽媽仍舊站在花瓶旁邊，在不碰到瓶身的情況下，從瓶口看裡面，然後說：

「裡面沒有水，是空的。」

「還有一件事。阿姨，鈴蘭會被丟在什麼地方呢？」

大概是想到常常從小潔家裡得到新鮮的花吧？所以惠理子的媽媽十分熱心，她在地板上找了找，也察看了垃圾桶，說：

「沒有耶！好奇怪，會被丟到哪裡呢？」

警察發出喀喀的腳步聲，朝著小潔走去。說：

「小孩子到那邊去！」

接著緊緊關起小酒吧的門，把兩個幼稚園的孩童趕出奇怪的出事現場。

4

接著，小潔便帶著惠理子，查看店周圍的水溝裡面，也繞到屋後，翻垃圾箱裡的東西。當時的垃圾箱大多是用塗成黑色的木板做成的，正面的木板是滑動式的，往上拉起的話，裡面的垃圾就會往前掉出來。這樣的垃圾箱上面，還會有一個木板製的蓋子。不過，新興住宅區垃圾箱也有是水泥做的，但還是木板蓋子。鈴木家的垃圾箱則是木板製的，小潔掀開蓋子，非常認真地看著裡面。那個時候雨已經停了，所以兩人便把傘收起來。

「欸，小潔，你在做什麼？」惠理了問。

「找被丟掉的鈴蘭。」小潔回答。

「為什麼要找？」

「現在還不能說明。但是，妳不覺得奇怪嗎？妳媽咪說上午要出去時，鈴蘭還在花瓶裡的。現在卻不見了。還有，店裡的玻璃杯都破了。」

「什麼是『媽咪』？」

「就是媽媽啦。」

「欸，小潔，惠理子的爸爸會回來嗎？」

惠理子問了自己最關心的事情。

「這個我不知道。去問妳媽媽吧！不過，如果妳媽已經在警察的安排下，看到已經死了的爸爸，那麼就很遺憾了。妳爸不會回來了。」

惠理子聽小潔這麼說，眼眶裡立刻充滿淚水。

「我不要那樣！你要幫我。」

「我也沒辦法。」

「小潔也有辦不到的事嗎？」

「我還是小孩子，很多事情都不是我能辦到的。」

小潔回答。結果還是沒有找到鈴蘭。

「可是呀，就算沒有爸爸媽媽，小孩子還是會長大成人的。那樣的小孩會成為厲害的大人。」

「真的嗎？」

「嗯。我也沒有爸爸媽媽，我是自己一個人生活的。」

「小潔不是有媽媽嗎？」

「啊，那個不是媽媽。是阿姨。」

「是那樣嗎？」

那時，他們聽到了啷噹啷噹的搖鈴聲。

「啊，是垃圾車的搖鈴聲。啊！糟糕了！」

小潔想到什麼地大叫，馬上朝著外面的馬路跑去。

回收廢棄物的卡車停在小酒吧的前面，警察正把印有「Torys Whisky」的瓦楞紙箱交給清潔隊隊員。紙箱發出嘩嘩嘩的玻璃碎片相互碰撞的聲音。

「不行——不可以給——等一下！」

小潔叫著想要阻止警察的動作。但是，威士忌酒的紙箱已經被放上蓋子掀開的卡車載貨台了。清潔隊隊員放下載貨台的蓋子，回到駕駛座，起動卡車了。那時的垃圾車載貨台有好幾個大蓋子，開垃圾車的清潔隊隊員會搖鈴，告訴大家垃圾車來了。

「不要走——等我！」

為了追垃圾車，小潔全力跑著。但是，垃圾車還是越開越遠了。可是小潔不死心，仍然拚命追趕。惠理子也跟著小潔跑，只是很快就跟不上了，她停了下來。

「小潔——我跑不動了——！」

「妳拿著這個！」

小潔把傘丟給她後，獨自繼續跑。

「喂，小潔！你這麼急著要去哪裡？」

此時對小潔出聲的人，是拉洋片的橫山，他騎著腳踏車，從左前方迎面而來。

「啊！叔叔，你來得正好。叔叔快來這裡，讓我坐在你的腳踏車後面！」

橫山先是騎著車到小潔的身後，再回轉來到小潔的身邊。小潔一邊上車跨坐，一邊叫著：

「叔叔，快追前面的垃圾車！」

「啊！唔？什麼？好，快追！」

橫山說，立刻全力踩腳踏車的踏板。但垃圾車已經在很遠的地方，從視線裡消失了。

「不行呀！已經那麼遠了。」

「沒有問題的。因為是垃圾車，所以很快就會停了。」

小潔叫道。受到小潔這幾句話的鼓勵，橫山又努力地踩著踏板。

果然，垃圾車的樣子又變大了。它停下來了。

「垃圾車停了！叔叔，快！」

「好，快、快！」

橫山拚命踩踏板，離垃圾車越來越近了。清潔隊員從駕駛座慢慢下來，一邊搖鈴，一邊收集附近人家的垃圾。在搖鈴聲音的呼喚下，主婦們紛紛拿著垃圾從家裡走到馬路，把垃圾直接丟到垃圾車的載貨台。丟著垃圾的主婦的身影，也變大了。

「可是呀！小潔，你為什麼要追垃圾車？」

橫山大聲說。小潔沒有回答，卻在腳踏車靠近垃圾車時，從腳踏車後方的載物架啪地跳下腳踏車。他以前就常常這樣做，已經很熟練。

清潔隊員一邊搖鈴，一邊走到房子的後面，消失在小潔的視線範圍內。小潔靠近停止不動的垃圾車載貨台，並且爬上去，打開了蓋子。但是，當他正要進入裡面時，被一個清潔隊員發現了，那個清潔隊員連忙跑回來。

「喂，小鬼，你在做什麼？」

清潔隊員這麼說著，從小潔的身後倒剪雙臂地制住他，接著用一隻手就把小潔抱起來，走到離垃圾車後面很遠的地方，才把小潔放倒在地上。倒在地上的小潔很快站起來，並且撲向正要走開的清潔隊員背後。

「不要走！把剛才的威士忌紙箱還給我。那是非常重要的證物！」

「嘖！胡說什麼？走開！不要妨礙大人工作！」

就在小潔與清潔隊員糾纏之際，另一位清潔隊員把垃圾放進載貨台，蓋上蓋子，回到駕駛座。看到同伴回來了，被小潔纏住的清潔隊員立刻推開他，丟下跌倒在地的孩子，匆匆忙忙地回到駕駛座。眼看車要開走了。小潔趕緊站起來，緊緊抱住已經開動的垃圾車的載貨台蓋子，努力攀上載貨台。他想打開蓋子，卻不是那麼容易的事。

「危險呀！小潔！小心！」

橫山大叫。

小潔好不容易爬上載貨台，垃圾車卻突然煞車，後座力讓小潔把蓋子的上面往前方翻倒。一個清潔隊員從副駕駛座下來。

「固執的小鬼！你就乖乖待在這裡吧！」

他抱起小潔，把小潔丟在附近人家的矮樹籬內。雖然是矮樹籬，卻可以讓小小的小潔完全身陷其中，一時掙脫不了。垃圾車趁機開走了。

「喂，沒事吧？」

橫山停下腳踏車，架好車子，靠近把小潔圍起來的矮樹籬。他才伸手想幫小潔，滿身是傷的小潔已經從矮樹籬下自己爬出來，並且馬上大叫：

「追！」

橫山還沒有騎上腳踏車，他已經跨在載貨架上了。

「叔叔，快追！」

「喂、喂，小潔，算了吧！」橫山說。

「不行，絕對不可以放棄！」

橫山無可奈何，只好載著小潔向前騎。

「速度快一點，騎到垃圾車的旁邊。」

小潔命令地說。橫山轉頭看後面的小潔，發現他站在載貨架上。

「啊！幹什麼？這樣很危險呀！」

「不危險。這個速度太慢了。」

「小潔！你這個小孩太頑強不屈了。」

橫山打從心底佩服地說。

腳踏車和垃圾車並行的那一瞬間，小潔跳出去了！他勉強抓住載貨台的蓋子和駕駛座旁的欄杆。接著，他把蓋子的上面往後方移動，掀開蓋子，仔細地觀察蓋子裡面的東西。但是，因為車子在震動，他整個人倒栽進廚餘垃圾堆中了。

「啊！沒事吧？」

橫山叫道。小潔從垃圾堆中站起來，雖然肩膀上有魚骨頭，身上都是黑色的垃圾，但他的雙手緊緊抱著那個威士忌紙箱。

「叔叔，接住這個！」

「沒辦法！我還在騎車子呀！」

橫山死命地叫。這時垃圾車再度突然停車了。

「小鬼！」

隨著這聲怒喝，憤怒的清潔隊員打開車門，從座位跳到路上。

小潔在垃圾車突然停車的作用力下努力站穩，把威士忌紙箱往橫山的方向遞出去。

「好，來了。」

橫山把腳踏車倚靠在垃圾車的後尾，接住威士忌紙箱。

「把那個放在載貨架上，快逃！」

小潔叫著從垃圾車上跳下，然後快速地跑走。另一邊的橫山則是一手按著載貨架上的威士忌紙箱，只靠左手控制腳踏車的把手，拚命追著小潔逃走。

在橫山家的後院裡，小潔把大冒險後所搶奪到的威士忌紙箱倒翻出來。許多玻璃碎片嘩啦啦地掉落在泥土的地面上。

「這是什麼？」

橫山問。於是小潔便把事情的始末，大致地做了一番說明。橫山聽了大吃一驚。

「千繪的丈夫死了？」

「嗯，現在警察正在調查。」

「你說調查？那麼，那不是單純的車禍了？」

「『是車禍吧！』警察是那麼想的。」

「老公的位置空了，這邊有很多男人要高興了。大家都很喜歡『鈴』的老闆娘呀！」

「是嗎？」

「啊！不過，那不是小潔你能明白的事情。」

「我不明白。」

「叔叔我也常常去『鈴』喝酒。『鈴』的老闆娘千繪是美女呀——不過，小潔，你身上都是廚餘的臭味。」

「嗯。」

「回去後要是被那個可怕的阿姨罵了，可不關我的事。」

小潔沒有理會橫山，逕自一片一片地觀察玻璃碎片。

「小心！手不要受傷了。你在做什麼？」

「我在檢查是不是杯子的玻璃。」

「那些不都是『鈴』的地板上的玻璃碎片嗎？當然都是玻璃杯的碎片，不是嗎？不過，是有多生氣呀？為什麼要把所有的玻璃杯都摔破呢？到底是誰這麼做的？」

「就是要檢查一下是不是全部都是杯子的玻璃。」

小潔從撒在地面上的碎片中，接二連三撿起薄薄的、看起來像杯子碎片的玻璃，放回紙箱裡。

「找到了。」

小潔叫道。

「裡面混著這麼厚的玻璃碎片！看，這不是杯子的碎片。」

他用手指捏著那個碎片，拿給橫山看。

「啊！真的耶！比較厚。這是什麼的碎片呢？」

「還不清楚。叔叔，你也來幫忙吧！」

「好呀！但是，要怎麼做？」

「把厚的玻璃碎片挑出來。如果是普通的杯子碎片，就放回紙箱裡。」

於是兩個人挑出厚的玻璃碎片，其他的則全部放回紙箱裡面。除了厚的碎片外，其他全屬於破掉的玻璃杯。

接著，小潔在地上把挑出來的厚玻璃碎片組合起來。雖然有不少缺片，但那些厚玻璃碎片漸漸組合成一個筒狀的物體。那是直徑約十五公分，高約三十公分的筒子。這個由厚透明玻璃做成的筒子的外側表面上，有波浪起伏的圖案。不過，圖案並不是沿著圓筒的圓周方向前進的，而是以垂直的方向，呈縱走的起伏線條。

但是，這個筒子沒有底部。因為底部不見了，所以看起來像一個管子。另一側的開口邊緣，是修飾過的平滑邊，應該是原本就是這個樣子的。另外一邊的開口則是破裂的一邊，直徑比對側稍小。

「到底是什麼東西呢？」橫山說。「要不要用膠帶黏起來看看？」

「不用了。知道大概的形狀就可以了。」

「可是，這個東西到底是什麼？」

「是什麼呢？叔叔覺得這是什麼呢？」

「好像可以這樣直立起來用。是不是花瓶呢？用厚玻璃做的吶。」

「可是沒有底哦。」

「底的部分不見了，原本應該有底吧？這裡，這裡應該有玻璃做的底，只是現在不見了。」

「叔叔，你常去『鈴』嗎？」

「嗯。」

「在那裡見過這樣的花瓶嗎？」

「沒有。從來沒有看過。」

「底不見了，這很奇怪。其他部分都變成了碎片了，而底部不僅不見了，還連一小塊碎片也沒有留下來。真的很奇怪。」

「所以呢？」

「所以，我覺得這個筒子一開始就沒有底部。所以這不是花瓶。」

「那會是什麼？」

「會是什麼嗎？它看起來像什麼呢？」

「唔——燈罩嗎？可是，我也沒有在『鈴』的店裡看過這樣的燈罩呀。」

「燈罩不會用這麼厚的玻璃。還有，看這裡。有白色的東西附著在這裡，而且形成一條線。這應該是曾經被裝在裡面的液體所留下來的痕跡。」

「液體？會是什麼液體？」

「不知道。不過這樣已經讓我知道很多事了。筒子上有白色的附著物，而且只有這邊，表示這邊是下面。因為曾經裝過液體，所以它原本是有底的東西。只是，它的底不是玻璃做的。如果是玻璃做的，一定多少會留下一些碎片。」

「底不是玻璃做的？有那樣的東西嗎？」

「叔叔，這個箱子暫時寄放在你這裡。因為玻璃上面或許會有指紋。不過，這件事可別告訴警察。」

「什麼是指紋？」橫山問。

「我們的指尖皮膚上，都會有紋路，而且每個人的紋路不一樣。在指尖上的紋路就是指紋。」

「噢。小潔，你接下來要怎麼辦？」

「回家。因為已經黃昏了，不趕快回家會挨罵的，而且衣服也髒了。其他的事明天再說吧。」

翌日下午，鈴木惠理子的家，小酒吧「鈴」的二樓裡，辦了一場喪事。惠理子的母親——鈴木千繪身上穿著黑色的和服，臉上化了妝，非常漂亮。很多人前來參加，大部分應該都是店裡的客人吧！

小潔站在惠理子的家門前，看到惠理子在二樓的窗邊，便把她叫下來，拿回昨天寄放在她那裡的雨傘。惠理子說：

「小潔，我看到躺在棺材裡的爸爸了。我摸了爸爸的臉，他的臉是冷的，他已經死了。爸爸再也不會醒了，也不會回家了。」

「嗯。妳爸爸死了。」

小潔說。不過，惠理子已經不哭了。

「可是，沒有爸爸的孩子，長大會更厲害吧？」

「嗯，是呀。」

「真的嗎？一定嗎？」

「絕對會那樣的。」

「因為是小潔說的，所以我要相信。欸，小潔，你知道嗎？那些玻璃杯為什麼會破掉呢？我爸爸為什麼會死呢？」

「嗯，我知道。」小潔說。

「我想小潔你一定是知道的。因為連老師也不知道的事，小潔都知道。小潔，告訴我吧！為什麼玻璃杯會破掉，我爸爸會死掉呢？」

「現在不能說。」

「為什麼？」

「抓到壞人以後才可以說。所以以後才能告訴妳。好了，妳在家裡等著。」

小潔拿了傘，和惠理子說再見，然後走向位於坡道中途的派出所。一位昨天見過的警察正在崗站裡獨自喝茶。看到小潔來了，便說：

「啊，小傢伙呀！又見面了。有什麼事嗎？」

小潔走進派出所，說：

「警察先生，你知道嗎？鈴木惠理子的爸爸是被人殺死的。」

「什麼？」

警察驚訝得張大嘴巴。

「說什麼？未免太突然了吧？」

警察這麼說。他的臉色變了，好像越來越生氣了。

「嘖！小孩子不要胡說八道。」

「我剛從惠理子的家走過來。那裡正在辦喪事。你可以和我一起去抓凶手嗎？凶手一定也會去參加喪禮，我告訴你凶手是誰。」

因為事情實在太突然了，警察好像忘了生氣般，訝異得張大嘴巴。第一次有幼稚園的小孩對他這麼說話，實在是他怎麼樣也想像不到的事情。不過，他很快就從驚訝中醒來。說：

「胡、胡說八道！他是出了車禍死的。」

「解剖過了嗎？」

「解剖？什麼解剖？」

「就是打開肚子。」

「嘖！我當然知道什麼是解剖！不要戲弄大人！快回家唸書去。」

「警察先生，這樣會來不及哦。讓他逃走也沒有關係嗎？」

「誰會逃走？」

「當然是凶手啊！」

「那是車禍！要說幾次才會明白？鈴木音造是個速度狂，早晚都會出事，就算死於車禍也不奇怪。好了、好了，小孩子不要來這裡，快走開，別妨礙大人的工作。」

「工作？你只是在喝茶而已呀！」小潔說。

「我只是剛剛休息一下而已呀！警察的工作忙得很吶。」

於是小潔氣得在派出所裡大跺腳。警察被他嚇了一跳，還倒退了一大步。小潔衝到馬路上，大聲叫道：

「氣死人了！為什麼我是幼稚園的小孩呢？如果我是大人的話，一定就能抓到凶手！明明可以幫助很多人的！」

他怒瞪著無能的警察。但警察輕輕啜飲著，嘲笑地說：

「那就快點變成大人呀！小鬼，再見。」

警察站起來，走進裡面小便。

小潔不得已回到「鈴」，站在道路上叫惠理子出來，並且給她一張摺疊起來的紙。

「這個給妳媽媽。」

「這是什麼？」

「上面寫著凶手的名字。告訴妳媽媽要注意這個人。」

「我也可以看嗎？」

「媽媽看過以後就可以吧！問妳媽媽。還有，看過以後，絕對不可以告訴別人。」

「嗯。也不可以告訴警察嗎？」

「我想告訴他們，但是警察根本不聽我的。因為我才讀幼稚園。」

小潔的眼睛裡閃著淚光。

「欸，小潔，我們以後會變成怎麼樣呢？我是說我和我媽媽。」

「還不知道。不過，我想妳媽媽一定會給妳找一個新爸爸。」

「我才不要那樣。」

「那是以後的事情了。」

「欸，小潔，我可以一直看到你嗎？」

「如果妳叫那個人爸爸的話。」

「好，我會叫。」

「不過，妳不用擔心，因為那是很久以後的事了。不過，不可以叫寫在這張紙上的名字的人爸爸，因為他是壞人。」

「嗯，我知道。」

「我現在能做的，只有這樣了。」

「欸，小潔，你會保護我，也會保護我媽媽嗎？」

「為什麼要對我說這些？」

「因為小潔家是有錢人，而且小潔又很聰明。」

「嗯，是嗎？好吧。」

小潔說完，轉身往自己的家走去。

5

晚餐後，小潔在大廳裡練習鋼琴時，玄關的門開了，一個聲音說道：「晚安。」站在前去應門的阿姨前面的，是今天小潔在派出所見到的制服警察。不過，此時的那位警察滿臉笑容，態度和藹可親，還把脫下來的帽子挾在腋下，所以小潔一時沒有馬上認出他。

「啊，打擾了，這麼晚了還來打擾，真是失禮了。我是馬夜川，動物的馬，夜晚的夜，三條直線的川。這個姓雖然很少見，但還請多多指教。因為前幾日才到這裡的派出所報到，所以來打個招呼。」

他非常低姿態地說。

「哎呀，請不要這麼客氣。」

阿姨也很親切地說。身為女子大學理事長的阿姨，為了學生們放學時的安全，常去位於放學路上的派出所，拜託派出所的員警多多關照。從警察前輩口中得知這樣的情形後，所以馬夜川認為必須前來打招呼致意。小潔這時才知道這個警察的姓，並且也覺得確實是個罕見的姓。

這房子真漂亮呀！馬夜川警察一邊說，一邊巡視著室內，當然也看到了正在彈鋼琴的小潔。他先是露出無法相信的眼神，但隨即一臉尷尬。為了讓理事長提升以後送來的茶點等級，是否應該對這個小傢伙另眼相待比較好呢？他為下午的事感到後悔了。不過，既然已經在這裡看到這個小傢伙了，當然不能裝作沒有看到。

「啊，怎麼是你呀！原來你是這家的小孩。」

因為驚訝的關係吧？馬夜川發現自己的聲音突然變大聲了。而且也注意到自己之前不是叫這個小孩「小傢伙」，不然就是「小鬼」，現在第一次用「你」來稱呼眼前的這個孩子。

「彈得很好嘛！你真了不起，這麼小就能彈得這麼好，以後想當鋼琴演奏家嗎？」

顯而易見的客套話讓小潔覺得厭煩。他停止練習鋼琴，往馬夜川那邊走去，心想：有阿姨在場，或許他會聽我說的話。

「警察先生，你是來問我話的嗎？」小潔說。

「問你話？要問你什麼話？」

「殺死鈴木音造先生的凶手是誰。」

「啊，你說什麼呢？哈哈哈，真是傷腦筋。你在威脅警察嗎？」

馬夜川的聲音更大聲了。

「小潔，你說什麼話？太可怕了。」

阿姨的表情也變了。

「鈴木先生的不幸完全是意外。這是大家都知道的事呀！」

阿姨聲音顫抖地抗議著。竟然從自己的親人口中吐出「殺死」這種低級的言詞，讓她大受刺激。

「你的名字叫潔嗎？啊，府上的小朋友太有想像力了，讓人很訝異呀！最近有很多孩子受到了收音機的不良影響。」

馬夜川警察嚷嚷地說。

「不是想像的，這是Reasoning。」

「Reas……是什麼？」

「Reasoning。這個字還沒有日語，就是有論據的意思。」

「啊哈，那，真是個聰明的孩子。鋼琴彈得那麼好，將來很值得期待呀！那麼，我就告辭了。這麼晚還來打擾，真是失禮了。」

馬夜川彎腰低頭行禮，然後戴上警察帽。

「那我就……」

「不可以！警察先生。不把那個人捉起來的話，說不定惠理子和惠理子的媽媽都會有危險。」

「小潔，到底是什麼事？」

阿姨問了。

「因為不管我怎麼說，這個警察先生就是不肯相信我嘛！我告訴他惠理子的爸爸是被人殺死的。我知道兇手就是住在前面坡道下的角落，中井電器行的那個叔叔。」

「中井電器？」

已經打開門的馬夜川突然停下腳步，他手還握著門把，靜止不動了。

「怎麼了嗎？」

阿姨問。

「是這樣的。中井電器的老闆娘今天早上到派出所報案，說她的先生失蹤了，還查到店裡的錢全部被領走，她的先生還在外面向很多人借了不少錢。從這情況看來，應該是連夜捲款潛逃了。所以中井電器的老闆娘現在非常混亂……」

「糟了！」

小潔喊了一聲，然後突然穿過馬夜川的腋下，往外面跑出去。

「啊，喂，等一下！小朋友！啊，對不起！要去哪裡呀？」

「小潔！」

阿姨和警察同時叫道，但警察馬上拔腿去追小潔。見小潔全速往女子大學路跑，馬夜川拉出停在小潔家門前的腳踏車，慢慢地騎上車。

「明明只是一個幼稚園的小孩子，卻跑那麼快！」

馬夜川一邊唸唸有詞，一邊踩著腳踏車去追小潔。可是，校園內的小路上有階梯，所以速度快不起來。

小潔跑到「鈴一」的前面時，喪禮早已結束。因為一樓的燈光全熄了，所以整棟房子看起來靜悄悄的。二樓的窗口雖然有朦朧的燈光，卻聽不到任何聲音。小潔很快地從小酒吧前面，往房子的後門方向跑。位於後門的前面，有一塊小小的空地，現在那空地上停著一輛汽車，車身上漆有「中井電器」的字樣。

車子裡面沒有人。從汽車停放的位置，可以看到鈴木家二樓的曬衣陽台。曬衣陽台有通往室內的玻璃門和窗戶，兩個地方都透露出燈光。

馬夜川總算在這個時候追上來了。

「喂、喂，小潔，你到底要怎樣？」

理事長的光芒還在他的心裡閃耀，所以他對小潔的稱呼也顯得非常客氣。但就在他說完這句話的瞬間，「哇──」的女性驚叫聲，傳入他的耳膜裡。接著又聽到了「救命啊！」的叫聲。馬夜川立刻緊張起來，連忙架好腳踏車。

「喂、來！小潔。」

馬夜川說。

「是妳說要一起逃走的吧？我信了妳的話。妳知道我在妳身上花了多少錢了嗎？」

馬夜川聽到了男人聲音。不過，小潔卻從他眼前消失了。

「喂、喂，你在哪裡？跑去哪裡了？」馬夜川說。

「在這裡。」

是小潔的聲音，聲音來自中井電器的車子另一邊。

「在那裡做什麼？」

馬夜川很快就聽到「咻──」的聲音。

「我在放掉輪胎的空氣。」

小潔回答。

「為、為什麼？」

「讓這輛車子不能跑呀！」

接著又聽到對面那邊兩個輪胎被放氣的聲音。

「你、你這樣做……真的好嗎？」

馬夜川的思緒亂了。

「前面的右手邊那裡有公共電話，請你叫警察同伴來吧！惠理子的媽媽有危險了，或許會受傷，也有可能被殺死。她一個人太危險了，我在這裡看著。」

「這、這裡會發生什麼事嗎？那個，不是一般的吵架嗎？」

「不是。裡面那個人是中井叔叔，他正想強行帶走惠理子的媽媽，等一下他一定會到這裡來開這輛車。所以，我要放掉輪胎的空氣，讓車子無法開走。那時你們就可以捉住他了。警察先生，你快去打電話。」

「啊，原來如此。」

「因為放氣的輪胎在對面那邊，所以他從房子裡出來時，看不到輪胎的情形，一定會坐上車的。可是，你一個人還是抓不了他，快去叫幫手來吧！」

「噢，對！我馬上去。」

警察點頭，立刻跑去打電話了。公共電話就在附近。小潔獨自留在原地，又聽到屋內傳來吵架聲。

「我是有丈夫的人呀！怎麼可以跟著你走呢？這種事情我早就跟你說過了。」

「可是，妳現在不是沒有丈夫了嗎？」

「這不是問題的重點。」

「那重點是什麼？總之，妳一定要跟我走。」

「我沒有理由非跟你走不可。」

「難道妳以前對我說過的話，都是謊話嗎？」

「因為那樣我才能生活呀！」

「那我的生活怎麼辦？我也要生活呀！」

「我說那些話，全都是工作上的需要。」

「為什麼偏偏找上我！」

「我一直在忍耐，也有相當的付出了。」

「少廢話！妳這個女人太可惡了！」

五分鐘過去，馬夜川打完電話回來了。這五分鐘裡，屋子裡的兩個人就只是吵架，沒有發生什麼變化。不知道從哪裡傳來花的香氣。

「沒有變化吧？」

「什麼事也沒有。你呼叫同伴了嗎？」

「叫了。」

此時又傳來女人的喊叫聲：

「所以你就殺死了我丈夫嗎？你這個凶手！」

女人這麼說，接著立刻傳出小孩子的哭聲。那是惠理子的聲音。

「混蛋！我已經被妳逼到絕路了！都是因為信了妳的話。我完了呀！妳是女騙子、女小偷！」

男人大叫著反擊。馬夜川警察似乎很驚訝。

「喂，那是中井的聲音嗎？」

「是的。」

「你和他很熟嗎？」

「我們家的電器用品大都是在中井電器行購買和修理的。」

「你們算朋友嗎？」

「還好吧。但是，為什麼大家要相信酒吧女人說的話呢？為了錢，她們是會說謊的呀！」

小潔這番話，讓馬夜川露出訝異的表情。

「你怎麼這麼了解女人呢？」

「因為我住在女子大學裡面呀！」

「是嗎？原來如此！」

警察說完這話的時候，他們聽到了更大聲的小孩哭泣聲。

「是惠理子的聲音。中井叔叔還不下來嗎？如果警察叔叔的同伴還沒有來之前，中井叔叔就下來了，那麼叔叔就必須獨自去逮捕他了。」

「啊，你也要幫忙吧！」

「好。」

警笛的聲音從遠遠的地方傳來了。聲音還很小。

「來了！」

馬夜川鬆了一口氣似的說。

「太好了。」

警笛的聲音越來越大。聽聲音，好像來的不只一輛警車。聽到越來越大的警笛聲，甚至淹沒了馬夜川說「來了！來了！」的聲音。

警車從女子大學路的轉角處現身了，刺耳的警笛聲好像爆炸聲一樣地震耳欲聾，附近房子的窗戶玻璃也因此而顫動起來。小潔也雙手掩著耳朵。住在附近的人家紛紛打開自家窗戶，一直在轉動的紅色警笛把附近一帶變成了紅色，窄巷裡硬是擠進了三輛警車。好不容易地，三輛警車的警笛終於都停止鳴笛了。

「叔叔，你好笨！」小潔說。

「什麼！」馬夜川生氣了。

「警笛聲音這麼大，你想在屋裡的中井叔叔還會下來嗎？」

「啊！說得也是。」

「真希望你沒有叫這麼多同伴來。其實，只要來兩個就好了。」

鈴木家二樓的曬衣陽台那裡傳出「嘎啦嘎啦」的拉門聲。穿著喪服的惠理子媽媽出現在曬衣陽台上，一個男人站在她後面，倒扣著她雙臂地箝制著她。

「惠理子！趁現在，快逃！快到下面來。」

小潔大叫。

「喂！中井！警方一開始就知道你的犯行了。不要浪費時間，快點下來！」

馬夜川警察對著二樓的曬衣陽台怒吼。於是中井反嗆道：

「反正都要死了！看到這個了嗎？我現在就要死了，帶著這個女人一起死。你們不要逼人太甚，否則就會變成這個女人先死。」

中井右手拿著菜刀，先是對著天空胡亂揮舞，然後把刀子架在惠理子媽媽的脖子上。惠理子媽媽嚇得「哇——」地放聲尖叫。

「混、混蛋！快放下菜刀！」

馬夜川怒叫。

「要死了！反正我要死了！反正也下不去了！沒有你們的事！你們滾！不要妨礙我！現在就讓你們看男人是怎麼個死活的！」

「不要自以為是！混蛋傢伙！」

馬夜川叫道。

很多警察從警車上下來，他們分散開來跑，大部分警察跑去把鈴木家團團圍住，其中有幾個警察跑向馬夜川。

「哈！我是馬夜川巡查。謝謝，大家辛苦了。」

馬夜川一一向前來支援的同事行禮，還對其中一個深深敬禮。接著，他又對著曬衣陽台大叫：

「喂！你！你的行動已經失敗了！這個房子已經被團團圍住，你逃不了了，乖乖下來束手就擒！」

「滾開！你們都滾開！否則——這個女人就會死！不要阻擋我！我要去死了！」

「喂！害死鈴木音造的人就是你吧！我們都已經知道了！」

馬夜川對著中井大喊剛剛才知道的事情。

「什麼？你們怎麼知道？怎麼知道的？」

中井朝著樓下大叫。馬夜川被問倒，一時答不上話。

「怎麼知道的？」

馬夜川低頭小聲問小潔。

「從厚玻璃碎片上知道的。」

小潔小聲地教馬夜川。

「厚玻璃？那是什麼？」

「你只要這樣說，他就知道了。」

「從厚玻璃碎片上知道的——！」

馬夜川一對著上面這麼吼，陽台先是頓時沉默了，但很快地，中井又吼道：

「可惡！有什麼證據？」

「喂，有證據嗎？」

馬夜川又是小聲地問小潔。

「你說：玻璃碎片上有指紋。」

「玻璃碎片上有指紋——！」

馬夜川雖然不明白這是什麼意思，但還是照著小潔講的話，大聲對著陽台喊。

「可惡！一時失手了！都是因為下雨的關係！」

就在中井這樣語焉不詳地怒吼著的時候，惠理子一邊哭，一邊從一樓的後門跑出來。惠理子成功地逃出來了。

「小——潔！」

惠理子喊著。

「在這邊！」

小潔也叫道。

「下來！」

馬夜川又對著陽台的方向喊道。

「不——！」

中井大聲地回應。

「你到底想怎麼樣？」

「我說過了！我要死在這裡！」

「要死你自己一個人死！放了那個女人！」

馬夜川氣得大叫。

「少囉嗦！」

「小妹妹，妳進警車裡等，這裡很危險。小潔，你也是。」

「我也躲在警車裡嗎？可以嗎？」

馬夜川又被問倒了。

「啊，這個嘛——你——還是暫時待在這裡吧！」

馬夜川有點生氣似的說。

「那我也要在這裡。」惠理子說。

接著又是「下來！」、「不要！我要死！」地來回叫囂個不停。情況就這樣陷入大眼瞪小眼的膠著狀態。

「你們！膽敢闖進來看看！我馬上割了這個女人的喉嚨！」

中井吼完這句話，便退回了室內。陽台的門發出「嘎啦、砰」的聲音，關起來了。事態的演變好像如小潔所說的，變成長期抗戰了。

「警察叔叔，這樣不行呀！繼續這樣下去的話，會僵持到明天早上哦。我現在可以回家了嗎？家裡的人會擔心我的，已經到該睡覺的時間了。對了，我會帶惠理子回家，住在我家，所以警察叔叔不必替惠理子擔心。」

「這，這樣……不好吧？你要一走了之，不管我了嗎？難道沒有什麼好辦法可以解決目前的情況嗎？」

「沒有。就這樣繼續下去，等中井叔叔累了吧！那時你們就可以一起闖進去救人和逮捕中井叔叔了。好了，再見了。惠理子，我們走吧！」

「欸、欸，等一下！」

「我必須回家讀書了。」

「等一下嘛！好，我知道了。剛才是我不好，是我不對，不應該不把你放在眼裡。我知道錯了，向你道歉。如果有什麼好的辦法，請告訴我吧！依中井現在的情況，這事態恐怕到明天早上都還無法解決。」

「我是小孩子，沒有那樣的想像力。」

「不要這麼說……真是的！剛才我不是已經向你道過歉了嗎？你就原諒我吧！」

小潔沉思不語。

「我什麼都聽你的。小潔，你知道什麼我不知道的事情吧？請你告訴我，我什麼都聽你的，我會買糖果給你。剛才你也聽到了不是嗎？那傢伙說他不想活了，他都不怕死了，我們還能怎麼辦？他瘋了。現在的情況是一刻也不能猶豫，萬一他傷害了鈴木千繪，或甚至殺死了她，我都必須負責。因為我的判斷錯誤，我必須寫悔過書。事情就鬧大了。就幫個忙吧！中井那傢伙是來真的，所以請你幫個忙。拜託了。我都這樣拜託你了。」

馬夜川說著，便趴跪在地上拜託小潔。小潔想了又想後，才說：

「警察叔叔，你真的很想現在就解決這件事嗎？」

「當然。總之，最重要的事情，就是不能讓他逃了。」

「我知道了。那麼，從現在開始，你會照著我說的話做嗎？」

「會、會。只要能解決現在這種膠著的狀態，你說什麼我都會做。」

「也可以答應我不問理由嗎？」

「理、理由？不能問理由嗎？……這個……好，我知道了。」

「那我現在先去拉洋片的橫山叔叔那裡，然後再去中井電器。你在這裡等，我很快就會回來。」

「中井電器？要去中井電器做什麼？如果是要找中井電器的老闆娘，我去把她叫來。」

「不是去找老闆娘的，我要找的是垃圾箱。」

「垃圾箱？為什麼？還有，找橫山做什麼呢？」

「叔叔剛才答應過不問理由的。一切交給我就是了，否則會失敗的。」

「知道，知道了。讓警車送你去吧！」

「不用了。坐警車的話，會引起注意的。叔叔在這裡等一下，惠理子，妳也在這裡等。」
「嗯。」
「時間不多，就拜託你了。」
「我知道。不過，警察叔叔，你千萬不要刺激中井叔叔，要好好哄他，讓他安靜地待在屋子裡，在我回來之前，盡量爭取時間。」
「唔，是嗎？好，知道了。」
於是，小潔很快轉身，往女子大學路跑去。
就在小潔的身影消失的時候，一樓曬衣陽台的門發出嘎啦的開門聲。將鈴木千繪的手反剪在背後的中井，再度出現在陽台上。
「喂，你們還不撤退嗎？想讓我殺了這個女人嗎？」
中井怒吼道。
「好、好，我們會撤退的。但是不要急，我們先靜下心來好好談一談吧。你先說說看，事到如今，你有什麼打算？」
「還能有什麼打算？總之，你們快滾回去，不要阻擾我！」
「知道了、知道了。我們會走的，一定會走的，等一下就走。」
「惠理子——！」千繪大叫。
「媽媽——！」惠理子也叫道。
「妳沒事吧？」
「沒事，我現在在這裡。」

馬夜川很快地接著喊道：

「小孩子現在很平安，所以請不要再做危險的事情了。好嗎？」

中井沉默了。

「放開鈴木太太吧！如果你真的想死，就自己去吧！和鈴木太太無關呀！不是嗎？我們不阻擋你尋死，但是孩子需要母親，所以，你就快點放了孩子的媽媽吧！」

「你的姿態變低了嘛！很好、很好。但是，我和千繪可不是沒有關係，事情會變成這樣，是她自己選擇的結果。我的人生反正是完蛋了，但是，只有我死的話，我會不甘心，都是這個女人的甜言蜜語，把我害到這個地步的。一切都是她造成的！所以，我要死的話，一定要拉著她一起死。我這樣做不對嗎？」

中井的話讓馬夜川越聽越生氣。在一旁的惠理子都能感覺到馬夜川的憤怒。

「這傢伙！還真會胡說八道！」

他先是小聲地咒罵，接著：

「這個混……」

馬夜川正想發飆破口大罵時，惠理子拉了拉他的袖子，他馬上把還沒有罵出去的話，吞回到肚子裡。然後重新整理情緒，以平靜的語氣說道：

「是嗎？我能理解你的心情。可是，你只要離開她，就可以切斷和她的關係了呀！」

「你聽不懂我說的話嗎？笨蛋！我剛才已經說過我和她的關係了。」

馬夜川完全被這些話激怒了。即使是夜色裡，也可以看到他氣得臉都紅了。

「警察叔叔，要忍耐。」

惠理子說，又拉了拉馬夜川的衣服袖子。嗯——馬夜川忍住了。因為那些罵人的話，他以前也從上司口中聽到過多次了。

「現在馬上撤退！我只等五分鐘。五分鐘內如果不撤退，我就先殺了這個女人再自殺。」

「等一下，等一下，五分鐘也太……這個事情實在……」

「就是五分鐘！不要再囉嗦了！」

「喂！等一下……」

馬夜川話沒說完，中井就已經押著鈴木千繪退回室內，嘎啦一聲關起門了。

「這樣不行了！看來必須衝進去救人了。準備吧！」

馬夜川說。

「不行呀！小潔說要等他回來。」

「沒辦法，不能再等了。妳去車子裡吧！」

「我不要！那樣媽媽會被殺死的！一定要等小潔回來。小潔，你快回來嘛！」

「真的不能等了，只有五分鐘呀！不管怎麼說，小潔都是小孩子，不能完全依賴他。準備衝進去吧！」

馬夜川對著周圍說。

「叔叔不是說會爭取時間嗎？叔叔要遵守約定呀！」

「妳快進去車子裡！」

「媽媽會被殺死的！會被割斷脖子的！救命呀！」

惠理子雖然掙扎著，卻還是被別的警察帶進警車裡了。警察們已經安排妥當，準備從三個方向進入鈴木家逮捕中井，一部分從後門，一部分從酒吧正面的旁邊，還有一部分要從鄰居家的屋頂跳下曬衣陽台。

指揮這個戰略的，是從本署派來的警部。馬夜川只是地方的警察，在這次的行動中不過是一名小兵。附近所有人家的窗口都是看熱鬧的人頭，大家都屏息注視著情勢的發展。對警方來說，這是只許成功不許失敗的。

「五分鐘了。好，可以行動了吧？」

警部瞄了一眼手錶，對馬夜川說。

「是。沒辦法了。」

但是，就在他們兩個人說話的時候，他們聽到道路那邊傳來小孩子的腳步聲。

「啊，警部，請再等一下。那個孩子回來了。」馬夜川說。

小潔抱著看起來好像很重的大紙袋，從警車的背後，跑進空地了。他氣喘吁吁地喘著氣。警車的門開了，惠理子從車子裡出來。

「小潔，那是什麼袋子？」

馬夜川問。

「這個孩子是誰？」警部問。

「啊，他是中井的……是挾持了女人，躲在屋子裡的那個男人的朋友。」馬夜川回答。

「這個孩子要什麼？」警部又問。

「讓我進去裡面。」

小潔大聲地說。

「什麼？不要亂來。」

已經決定強行進入鈴木家的警部生氣地大吼。

「警部，這個孩子是中井的朋友，而且和中井很熟。如果我們強行闖進去的話，中井可能會用菜刀砍了鈴木太太的頭。要是我們讓被挾持的人質受到傷害，明天的報紙一定……」

警部喝住馬夜川。

「萬一讓這個孩子受傷了，那怎麼辦？」

「不會的。」小潔說：「我不會受傷的。」

「胡、胡說！」警部怒喝。

「真的不會有事，你們在這裡等吧。」小潔說。

「警部，請交給這個孩子處理吧！」

馬夜川說。警部好像氣瘋了似的，吼叫道：

「馬夜川，你可以負責嗎？你要拿你的腦袋負責嗎？」

被警部這麼一吼，馬夜川不知如何是好了。

「啊，這個……」

馬夜川咬著唇，說不出話來了。

「怎麼樣？」

警部逼問，馬夜川握緊了雙手的拳頭，對小潔說：

「小潔，我和我老婆與兩個小孩的將來，可以全靠還在讀幼稚園的你嗎？」

職階只是一名警察的馬夜川滿臉愁苦地看著小潔。但是小潔毫不畏懼，抬頭挺胸地對馬夜川說：

「這和我是幼稚園生還是住在養老院沒有關係，可以解決事情最重要。」

「嘖！為什麼會這樣呢？我豁出去了！這到底是什麼因果啊！好、好吧！不管了。就交給你吧！和讓那個女人受傷一樣！反正我老婆也不喜歡我當警察，我就回去鄉下找別的工作吧！」

於是馬夜川對警部說：

「我會背負全部責任！賭上我的未來了。到時也會提出辭呈。」

「好吧！那就給你三十分鐘！如果三十分鐘後還沒有結果，就要強行闖進屋內。明白了嗎？」警部說。

「潔，警部給我們三十分鐘了。雖然我實在沒有道理這麼說，但是，全靠你了！」

「交給我吧！我幫中井叔叔修理好收音機，他還欠我一個人情。你們等我吧！」

於是，小潔便獨自從後門，走進黑暗的房子裡。

6

「然後呢？後來怎麼樣了？」

我問馬夜川老先生。

「看著小潔走進鈴木家的房子裡，在外面的我實在是後悔死了。萬一他發生了什麼不測之事，我要怎麼對他的母親交代呢？把一個孩子推向危險之中，真的是一種愚蠢的決定。那時我的腦子裡只想著這樣的問題，已經不在乎自己的前程了。還有，那時的我也不知道那是小潔的阿姨，還以為是媽媽。

「不過，雖然我作了不符合常識的決定，但是，那個叫御手洗的小孩就是會讓人不由自主地作出那樣的決定。他有著奇怪的力量，讓人忍不住就想依賴他。他全身散發著一股像磁力一般的能量。」

我點點頭表示了解。關於這一點，我也深有同感。御手洗身上的磁力非常厲害，讓他完成了許多不可思議的事情，這也是他擁有那樣力量的證明。不過，他的超強能力，讓周圍的人全都變成了傻瓜。因為不管做任何事，他都可以獨力完成，不須求助於別人，在他周圍的人就漸漸陷入一種無力感中。這個世界是大家一起協力組成的，誰也不想這個世界上有那樣的人。

總之，那個叫做御手洗的男人，從幼年時期，就具備了那樣的超能力。在我的人生中，也算是接觸過不少人了，但是像他那樣的男人，倒真的只有他一個。

「結果呢？事情發展到讓你後悔的狀況了嗎？」

我問。如果是現在的話，既然是御手洗親口說能解決，那就別無二話，一定能解決。不過，如果是幼稚園時代發生的事情，畢竟是小孩子，總會有想錯或看錯的情況吧？

「若問我有沒有感到後悔的事情，或許還是有的。」

「怎麼說呢？」

「說來話長了。總之我是提心吊膽，心想行動一定會失敗。不管他和中井的交情有多好，或理事長家是中井電器的大客戶，當時的中井已經失去理性，根本可以說是瘋了，不會以正常的態度對待那個孩子。那時我的腦子裡只有這樣的想法。因女人而引起的憤怒，是很可怕的。我們都見過那樣的犯罪例子。色與慾最容易讓人犯罪，但我卻讓一個五歲的孩子，去面對一個深陷色慾困擾的大人。」

「後來到底怎麼樣了？」

「那將近三十分鐘的時間裡，鈴木家非常安靜，可以說是一點聲響也沒有。我一直心急如焚地注意著鈴木家的動靜，聽不到女人的聲音，也沒有任何尖叫。裡面到底在幹什麼呀！我真想這樣大叫。我也想大叫：不管三七二十一，就先闖進去再說吧！但是，這些念頭我都忍下來了。只要一想到：如果我那樣大聲嚷嚷，或許會破壞了一切。所以我一直痛苦地強忍著。或許直接衝進屋子裡大幹一場，還比較痛快些。

「在等待的那段時間裡，我告訴自己必須放棄對警察生涯的期望，甚至想到未來或許得和老婆小孩回鄉下種田，或去哪裡的百貨公司謀個警衛的工作。那或許就是我的命運吧！就在我那樣胡思亂想的時候，曬衣陽台的門發出嘎啦聲地打開了。中井帶著女人，從屋內走到陽台上。

「啊！」

我和里美上半身向前傾，屏息聽著。老先生好像在說古老的故事般慢慢說著，讓急著想知道後情的我們，變得有點坐立不安。

「然後呢？到底怎麼樣了？」

「我到現在也不明白那是怎麼一回事。中井出來後，為什麼會那麼說呢？對我來說，那一直是一個謎。他從後面抱著那個女人，看著在下面的我，說：『喂，你，知道鈴蘭嗎？』」

「鈴蘭？」

我和里美同時發出疑問。

「是的，他就是那麼說的。但那到底是什麼意思呢？我的腦子裡空白，根本猜不透他那麼說是什麼意思，只能像鸚鵡學語般地反問：『什麼鈴蘭？你說的是花吧？鈴蘭花怎麼了嗎？』可能是剛才長時間的等待，讓我的情緒一直處在焦躁的狀態下，所以我接著便語氣欠佳地大吼：『不要廢話了！快下來！』完全沒有想到我的怒吼，可能會再度惹他生氣。」

「結果呢？他生氣了嗎？」

「完全沒有。我那樣大吼後，中井只回答：『再等一下。』」

「哦？」

「當時我還懷疑自己是不是聽錯了，聽不出中井的語氣裡有憤怒的情緒。雖然他還是很粗暴，卻已經沒有最初散發出來的殺氣了，他變得很平靜。那樣的回答，就是表示要我們等他，他很快就會下來的意思吧？」

「是呀。」

「所以，我知道他被那個孩子說服了，也明白這次的行動好像成功了。我在鬆了一口氣的同時，覺得自己好像看了一場魔法秀，心想：那個孩子到底是怎麼辦到的呢？」

「嗯。」

「結果，這就成了謎。」

「謎？」

「沒錯，是謎。因為御手洗先生始終都不肯告訴我，他和中井在屋子裡到底說了什麼話。」

「這一點以後再說吧！那時的現場情形，最後平靜地落幕了嗎？」

「是的，平靜落幕了。中間只有聽到中井一次生氣的怒吼聲，他說：『囉嗦，你就沒有其他話可以說了嗎？』聽到那樣的怒吼時，我擔心得心臟要跳出來了。還好只是那樣而已，因為沒多久之後，一樓的門開了，小御手洗從裡面走出來。才五歲的孩子手上拿著紙袋，走在最前面。」
「紙袋？」
「沒錯。我一看到他走出來，便連忙跑過去，問他怎麼樣了。結果他只是若無其事對我說：中井叔叔要出來了。」
「嗯。那，中井出來了嗎？」
「千繪女士的女兒也跑過來問說：『我媽媽沒事吧？』御手洗便說：『沒事，她也會出來。』果然，中井出來了，並且在我們的面前放下菜刀。」
「噢。」
「事件以這樣的方式結束，我們因此錯失了當英雄的機會，所以總署的警部有點不高興。我快速走到中井身旁，給他戴上手銬。在進入警車前，中井表示要先回自己的電器行一趟。我問他要回去那裡做什麼，他說他想還錢。中井不僅拿走自己店裡的錢，提領出所有的存款，還到處借錢，籌措了一大筆。當時那些錢都在他身上，幾乎還沒有花用。那些錢是為了帶著千繪女士逃亡，和以後兩人共同生活而準備的。但是，因為千繪女士不願意跟著他走，所以錢都還在。他說他要把錢還給老婆和小孩。我同意他的要求，然後讓他上車。」
「嗯。至少錢的問題乾淨俐落地解決了。」
「是的，所以中井至少沒有犯下攜款潛逃和竊盜的罪名。」
「確實是那樣。」
「還有，要上警車的時候，他對小潔說：『小朋友，謝謝你，請你替我向你的家人還有學校裡的人說謝謝了；另外，長大後一定要小心女人，千萬不要變成叔叔這樣。』小潔聽了他的話後，回答說：『嗯，我知道。』」

「噢。」

「後來千繪女士也從屋子裡出來，見到了女兒。中井困守在二樓的事件就落幕了。」

「御手洗手上的紙袋裡，裝的是什麼東西？」

「是裝著砂子的牛奶瓶，或壞掉的玩具之類的破爛物品。都是小孩子遊戲時用的東西。事情結束後，我便騎著腳踏車載那個孩子回家，除了向孩子的阿姨道歉外，還說明了那個孩子在事件中冒險，為警方解決事件的事蹟，並且說警方將會頒發表彰狀給那個孩子。」

「阿姨怎麼說？」

「阿姨是一個很嚴肅的人，她非常地擔心，所以開始的時候表現得很不滿，說了些責備的話語。但是，當我提到警方要頒發表彰狀時，她的情緒立刻好轉。有些人就是這樣，非常在意世人的評價，小潔的阿姨就是這樣的人吧！而且，對私立大學來說，警方頒發的表彰狀，是非常正面的宣傳。阿姨那樣的反應也是無可厚非的事。」

「嗯。那……中井後來的結局如何呢？他的罪狀應該是挾持人質，還有殺害鈴木音造……」

「不，他沒有殺人。因為鈴木音造從碼頭摔到海中的時間是下午兩點左右，而那個時候中井就在他自己的電器行裡。中井的老婆和客人們都可以作證，他們都看到他在電器行裡面。」

「哦？那麼御手洗為什麼說中井殺死了鈴木音造？他是那麼說過沒錯吧？」

「是呀！可是，事件過後，御手洗先生——也就是那時才五歲的小潔，在我問他為什麼時，他說那是『我搞錯了』。」

「搞錯？」

「是的。他就是說『搞錯』。問過他幾次，他都是那麼說的。後來我還去了小潔家好幾次，非常有耐性地想問個明白。他經常在院子裡或水池邊和動物玩耍，我在那裡和他說話。但是他很固執，怎麼樣都不肯說清楚，只是一味說是自己搞錯了。御手洗有時會那樣嗎？不會嗎？石岡先生有過那樣的經驗嗎？」

「或許有過類似的情形。不過，當他那樣說的時候，我認為那絕對是謊言。他是……雖然我和他是成年以後才認識的，但是面對問題時，我認為他絕對不會搞錯，若是事後才說是自己搞錯，那就是謊言。一定是有什麼苦衷吧！」

「是吧！我也是那麼認為的。」

「不過，這件事並不是非問御手洗不可吧？中井本人怎麼說呢？」

「中井嗎？如果中井能開口說話，我也不會那麼辛苦了。中井上警車後，在被帶到警察局前，應他的要求去了中井電器行。但是，中井太太拒絕與他見面。」

「噢。」

「後來中井被帶到警察局了，中井太太也不願意去看他。」

「錢呢？」

「中井太太請警方幫忙把錢還給那些債權人。她應該是完全不想再見到自己的丈夫了，所以才請警方全權代為處理。中井的電器行有一些經營上的債務，賣掉了店的營業權和店面、土地後，確實還清了那些債務，只是也沒有剩餘的錢了，所以中井太太和中井離婚後，便帶著小孩回去茨城的娘家。發生了那樣的騷動，還演變成新聞事件，原因竟是為了別的女人，這種事實在讓做妻子的人無地自容。」

「確實是那樣沒錯，而且電器行大概也經營不下去了吧？」

「所以了，中井的情緒非常低落，在接受警方的查問時，搶了警察的槍，以自殺的方式結束了生命。」

「啊！這種事怎麼可能發生呢？」

「警方太大意了，當警察靠近他，準備制止他的時候，他已經從手槍皮套裡拔出槍，對著自己的頭，『砰』地開槍了。」

「唉！」

「如果妻子願意原諒他，他打算重新努力好好做人的。這是他在警車裡時，對護送他的警察說的話。然而，他的妻子不原諒他，所以他大概認為自己只剩下死路了。總之，因為中井死了，所以有些事情的真相，就此不了了之，例如中井到底對鈴木音造做了什麼事情？那個孩子不願意說的話，我怎麼樣也問不出來。更何況當時我曾經答應過他，不能問他任何原因。這是男人的承諾呀！

「不過，我並沒有放棄調查，還是拜訪了拉洋片的橫山、『鈴』小酒吧的鈴木千繪女士、她的女兒惠理子，和中井的妻子等人，向他們詢問和種種相關的事情。我不喜歡事情不明不白的，那種感覺很不好，所以在拜訪他們的時候，我總是追根究柢地發問。

「從橫山那裡，我明白了那孩子費了多大的苦勁，才好不容易地拿回已經被垃圾車載走的玻璃碎片。但是，為什麼一定要找回那些玻璃碎片呢？目的是什麼呢？我想不明白，橫山也不知道原因何在，千繪女士與惠理子也都不知道。也就是說，除了那個孩子和嫌犯中井外，沒有人知道那些玻璃碎片的重要性到底是什麼，那孩子不願意說，中井又早早就死了，我也答應那個孩子不向他追問。所以，在四十年後依舊是個謎，至今還無解。為了解謎，石岡先生寫的書我全部都看過了，心想：或許可以在那些書中找到答案。結果還是失望了。所以，我想問石岡先生，你能明白那是為什麼嗎？」

馬夜川老先生問我，我用力搖了搖頭，看了看身邊的里美。里美和我一樣，也只是搖頭。

「關於那個事件，我能想到的就是這些了。到了最後，仍然有還沒有解開謎底的奇怪事件。」

里美低著頭，一直在思考著。過了好一會兒，她才這麼說：

「那個——御手洗先生——曾經說過中井殺死了鈴木音造的話，所以我相信一定是那樣的。在小酒吧發生的挾持事件時，御手洗先生沒有處理這個問題，或許是擔心鈴木千繪受到傷害。當時與其逼迫中井承認殺死鈴木音造之事，保護鈴木千繪免於受傷，或許是更重要的事。要是追究中井的殺人罪，鈴木千繪的生命可能也會有危險。鈴木千繪是惠理子的媽，惠理子曾經拜託御手洗先生保護她的媽媽，而且御手洗先生一定也想過：萬一鈴木千繪死了，惠理子她就會變成無父無母的孤兒，那就太可憐了。」

「唔——是吧？或許是那樣吧！」

馬夜川表示同意。

「認為殺人的那件事可以等以後再查辦——但是，後來中井就那樣死了，所以整個事件也就結束了。御手洗先生是那樣想的嗎？既然中井已經死了，所以就閉口不說了。是嗎？」

「幼稚園的小孩會想到這麼多嗎？」我說。

「如果是御手洗先生的話，會想到這麼多的。」

「嗯，或許吧！」

馬夜川又說：

「那個孩子雖然還是一個讀幼稚園的小孩，卻有足夠的思考能力。」

「嗯，可是既然是那樣，又何必閉口不說呢？應該是說了也沒有關係吧？反正中井已經死了，中井的太太和小孩又搬走了，沒有繼續庇護凶手的理由呀！」我說。

「說得也是呀！我也不能理解這一點。御手洗先生既然說『中井殺死鈴木』這樣的話，表示鈴木死亡的那個下雨天，中井和鈴木一定有所接觸。」里美說。

「嗯，沒錯。」我又說：「調查過中井那天的行動嗎？」

「這個我調查了。鈴本音造開車失誤墜海而死的時間，是下午兩點左右。這個時間，中井在自家的店裡。這是很明確的事情。不過，他是在快兩點的時候，從外面回到店裡的。在他回到店裡的十到十五分鐘之間，店裡面沒有人。」

「十或十五分鐘的時間能從中井電器行到磯子？」

「不可能的。不過……」

「鈴木墜海的時間，確實是兩點左右？」我問。

「確實是那個時間沒錯。因為有好幾個人目擊到鈴木開車墜海的那一剎那，他墜海的現場正好有好幾名釣客。」

「車子裡只有鈴木一個人嗎？」

「確實只有鈴木一個人。」

「這樣嗎？」

「至於中井那一天的行動。那天的中午中井不在店內，他說十二點到一點左右他和客人一起吃午飯了。所以，十二點到一點之間的一個小時，和從一點四十分到五十分或五十五分之間的十幾分鐘，那兩段時間他不在店裡。」

「那兩段時間加起來是一小時十五分鐘。那麼這兩段時間的前後呢？」

「之前的上午時段，中井都在電器行裡，之後的時間也是在電器行裡，直到三點左右才離開。那時鈴木音造已經死了，應該是沒有關係了……」

「這麼說來，和中井一起吃午飯的客人，該不會就是鈴木音造吧？」我說。

「我認為就是鈴木音造。那天中午中井到『鈴』小酒吧，和鈴木一起吃午餐，時間是十二點到一點左右。飯後快一點的時候，鈴木離開小酒吧，開車前往磯子，中井則是回到自己的店。『鈴』與中井電器很近，走路兩、三分鐘就到了，快的話，一分鐘也到得了。重點是一起吃飯的那一個小時裡，發生了什麼事。」

「兩個人在小酒吧裡打破玻璃杯嗎？」里美問。

「玻璃杯確實有可能是中井打破的。」馬夜川說。

「自己店裡的玻璃杯被打破了，鈴木還能放著不管，跑去買魚？這個可能嗎？」我說。

「兩點前，中井曾經消失了十五分鐘。說不定玻璃杯是在那個時候被……」里美說。

「不，應該不是那樣。那十五分鐘他應該是去做別的事情了。可能是為了和女人私奔，而出去外面打電話籌錢。因為妻子在店裡，不可能在妻子的面前打那樣的電話。」馬夜川說。

「說得也是。」我也說。

「還有一點或許也很重要。那就是：中井和鈴木千繪之間，好像有親密關係。或許只發生過幾次，但他們兩人偷情的地點，好像就是鈴木音造不在家時的鈴木家。」

「啊！」里美嚇了一跳地說。

「說起來雖然好像不合常理。但利用鈴木音造出門採買小酒吧要用的貨品，不在家的時候偷偷幽會，確實比較容易。」

「因為和鈴木千繪已經有了情人的關係，難怪中井會變成那樣。這是可以理解的呀！」我說。我的心裡有點同情中井。

「不過，鈴木千繪說了，她和中井的關係是工作上的。不是嗎？」里美說。

「工作上的？」

「為了幫小酒吧拉客人，不是嗎？為了幫店裡帶來更多的收入，所以和客人的交際、套交情。這是酒店經營手腕呀。」

「嘿，妳好像很了解鈴木千繪的心情嘛？」

「我自己當然做不來那樣的事，但是是可以推測的。我覺得應該就是那樣的吧！」

「唔……明明已經有丈夫了，還……」

「當然了，我也覺得不可以那麼做的。就是因為她那樣做了，才會鬧出那樣的事情來。」

「對了。中井會不會在鈴木音造吃的食物裡，放進了什麼東西？」我說。

「對！這有可能。」

里美表示同意我的想法。

「沒錯，這一點是很可疑的，所以我們特別調查了一番。那天『鈴』的垃圾桶裡可能是兩人食用過的罐頭空罐、麵包、植物性奶油，還有冷藏庫裡的東西，都被拿出來檢查過了。噢，就是上面放著冰塊的舊式冷藏庫。」

「舊式冷藏庫？那是什麼東西？」

里美訝異地發問。

「妳很年輕，大概不知道那種東西吧！以前的冰箱叫做冷藏庫，通常就是把買回來的冰塊放在冷藏庫的最上面，這樣就可以冰涼下面的食品了。」

「哦，難怪叫做冰箱。」

「不過，那時還不到六月，所以我想冷藏庫裡並沒有冰塊，但裡面有牛奶，還有洗好的盤子、杯子。警方把那些東西都拿去進行檢查化驗了，卻都沒有驗出毒物的反應。」

「垃圾桶裡的空罐頭，確實是那天中午他們兩個人吃過的嗎？」

「不清楚。千繪女士說她不知道，但或許是她丈夫和中井吃過的。」

「關於這一點，中井有說什麼嗎？」

「調查這一點時，中井已經死了，所以他什麼也沒有說。說到可以殺人的毒物，我們所碰到過最有名的，就是鍍金工廠的氫化鉀了。」

「嗯。」

「還有就是除白蟻的藥，和殺蟲劑公司會有的砒霜系毒藥等等，這些都是一般人就可以拿得到的東西。雖然那些是殺蟲劑，但是，人若同時中了那兩種毒素，一定會馬上感覺到痛苦，當然也不可能在中毒之後，還能若無其事地開車。因為根據毒量的多寡，中毒的人會出現嘔吐的情形，量多的時候也會導致死亡，都是劇毒。從吃完午飯後，鈴木音造還能正常地開車到磯子的情形看來，他應該沒有吃到那種毒素的中毒反應。另外，調查與中井電器有往來的公司、工廠，也沒有發現可以讓中井得到類似毒物的廠商。所以那天鈴木音造中午吃的食物中，應該沒有類似的毒物。」

「果然有調查到這一點。」

「當然了，警察也不是笨蛋，該做的調查，一定不會放過。警方還調查了尼古丁系毒的這條線，不過，調查的結果仍然是一無所獲。這一類的毒素相當特殊，但中了這類毒的人，一樣會覺得很痛苦。所以，鈴木音造的死，似乎與中毒無關。」

「哦？是嗎？」

「真的與中毒無關嗎？我很懷疑。」

里美說的和我想的一樣。

「我也一樣感到疑惑。」

「還有，那個呢？厚的玻璃碎片又是怎麼一回事？」我說。

「那也是謎呀！」馬夜川說。

「還有，為什麼會打破那麼多玻璃杯？因為那兩個人吵架了嗎？」

「好像不是那樣。警方問了鈴木千繪，她說不知道厚玻璃碎片是什麼，也不知道玻璃杯為什麼會被打破。首先，她說小酒吧裡，並沒有那樣的厚玻璃物品，不管是酒瓶、菸灰缸、杯子、花瓶，燈罩、電燈泡等等，都與那樣的厚玻璃無關。那是還沒有電視的時代，她完全想不出為什麼會有那樣的厚玻璃，也不知道玻璃杯為什麼全被打破了。更奇怪的是，除了玻璃杯外，小酒吧內的其他物品都好好的，沒有被破壞。遇到這樣的情形，警方也只能舉白旗投降了。」

「對了，小酒吧後來怎麼樣了？」

「町裡的男人幫忙千繪女士撐起了小酒吧，所以儘管沒有男主人了，小酒吧仍然繼續經營了一段時間，生意好像比有男主人時更熱鬧。這實在很諷刺呀……」

「馬夜川先生也會光顧嗎？」里美問。

「是的，我會去。町內朋友間的交際應酬，有時會在那裡。不過，『鈴』重新營業後，大概只維持了一年左右的時間，因為千繪女士就有了新男人，便結束了這裡的『鈴』酒館，搬到元町那一帶，仍然經營小酒吧的生意。不過，聽說那個男人是一個窮光蛋，在柏葉町內，大概沒有比那個男人更窮的傢伙。大家都說不知道她到底是為了什麼跟著他。」

「嗯。那麼，惠理子呢？也和御手洗分開了嗎？」

「這倒沒有，因為他們好像還讀了同一所小學，聽說是山手的和田山小學。後來我還在女子大學路的商店街見過那個女孩子。好像是追著小潔來的。那個——要怎麼說呢？好像是少年偵探團吧！他們在柏葉町內巡邏。」

「看來她是真的很喜歡御手洗先生吶！」

里美很感慨地說。

「總之這是一樁處處都是謎的案件。」馬夜川說。

「還有，『鈴蘭』這句話也是個謎。」里美也說。

「是的。那句話也是至今還是個謎。如果你們能夠解開，請一定要告訴我謎底是什麼。石岡老師，如果今後你有機會和御手洗先生見面，希望你一定要問他：昭和二十九年發生的那個案件，到底是怎麼一回事？這是我的願望，希望在我去另一個世界前，能夠搞清楚這件事。」

前警察——馬夜川老先生這麼說著。

7

回到家後，我立刻把里美從她大學資料館裡取得的御手洗幼年時期資料，和從退休警察馬夜川老先生那裡聽到的事件相關訊息融合在一起，整理成可以發表為文章那樣的稿子。我想趁著記憶還很新鮮，情緒也還很高漲的時候，把它寫成文章。但是，畢竟事件還沒有完全解謎，又無法像以前一樣馬上問到御手洗潔，所以不是一篇完整的文章。我想：還是等下次有機會遇到御手洗時，問清楚這個事件的真相後，再做發表吧！

但麻煩的是，最近答應給講談社Ｍ雜誌的稿子，卻怎麼樣也寫不出來，好像把應該放在這個工作上的精力，完全拿來用在「御手洗幼稚園時期」的事件上了。在無論如何也擠不出該交的稿子時，截稿的日子卻越來越近，被逼得走投無路的我，已經喪失了思考的能力，便把這個未完成的稿子交給了Ｍ雜誌的編輯。但是在看這篇稿子的校樣時，總覺得不能這樣就付印，迫不得已地附加了說明，向讀者說：將來了解了事件的真相後，會再向讀者報告。

當刊載著這篇稿子的Ｍ雜誌，排放在書店的架子上一個星期左右後，我突然接到一通陌生讀者的電話。那位讀者是女性，她自稱姓橘，語氣很沉著，聲音聽起來很有氣質。因為我完全不認識姓「橘」的人，不知道要說什麼，所以簡單回應之後，就等著她先發言，可是她好像也不知道要說什麼，短暫的沉默之後才這麼說：

「我一直都有閱讀老師的作品，這次老師發表在Ｍ雜誌上的新作品，我也看了。」

她說。她的聲音有一點點沙啞，所以我想像她是有點年紀的女人。

「哦，是。很抱歉，那是一個未完成的作品……」

我說。偏偏是這篇讓我覺得還不該發表的作品，引起了讀者的迴響。

「請您別這麼說，我覺得這篇新作品很有意思。只是，那個……我想說的是……」

對方欲言又止、吞吞吐吐的，莫非是要來抱怨什麼嗎？我已經有心理準備了。

「是不是覺得內容有不妥當的……」

我乾脆自己先招認，或許可以快點結束這種令人不愉快的通話。

「啊，不、不是那樣……」

對方急著說。

「我是想，您的新作中所寫到的鈴木惠理子，會不會就是我呢？」

「嗄？」

我不自覺地大聲說：

「惠理子小姐？鈴木惠理子小姐？」

「是的。但我現在是橘惠理子。我讀幼稚園與小學的時候，就住在山手柏葉町，那時常和御手洗同學一起玩。所以……」

「哇！太好了，謝謝妳打電話來。請問妳現在人在哪裡？」

「我現在住在元町一帶，在元町的一丁目。我在元町廣場後面，靠近外國人墓地的地方，開了一家雜貨藥房，叫做橘屋。現在就是在這裡打電話……」

「那不是很近嗎？那個──妳來電的原因，是因為妳知道那個事件的真相嗎？」

我非常激動地說，覺得心臟好像要跳到喉嚨口了，這真是意想不到的發展。

「不知道我了解的事情能不能說是真相，我只是從母親那裡聽到一些事情，再加上這四十三年來我不斷思索的問題。」

「可以把妳聽說的，和妳想的事情，說給我聽嗎？」

「我一直在猶豫是不是說了比較好……我會不會打擾老師您了？」

「沒有那種事，一點也不打擾。我很高興妳打電話給我。如果可以的話，我們是不是今天就見個面呢？橘太太，妳現在時間上方便嗎？」

「時間上還可以，因為我女兒馬上就回來了，可以把看店的工作交給她，那樣我就能出去，慢慢說明和那個事件有關的事情了……」

「那麼，我們一個小時後見面吧。我要先聯絡犬坊小姐，和她一起過去。因為如果我單獨先去見妳的話，日後她知道了，一定會牛我的氣。就這麼說定了。」

「好，就這麼決定吧！但是，您真的願意來見我嗎？打擾了您，實在太抱歉了。啊，您知道地點嗎？」

「橘屋是吧？在元町廣場的後面。」

「是的，是一間藥房。」

「可以知道妳的電話號碼嗎？」

抄下電話號碼後，我立刻按了里美的手機號碼。里美聽了我的述說後也激動異常，並且說：如果你自己一個人去的話，我會埋怨你一輩子的。於是，我們約定一個小時後，在元町廣場前會合。

橘屋是一間小小的藥房。因為說是御手洗的幼稚園同學，所以我想像對方是一個年紀不輕的中年婦女。但是，到了橘屋，我首先看到的，是一位穿著白袍，坐在玻璃櫃後面，有著一頭烏黑秀髮，漂亮得讓人有點吃驚的女性。站在這位女性身邊的，是同樣穿著白袍，雖然長相不像，但應該是她女兒的年輕女子。我走上前。

「妳好，我是石岡。剛才我們通過電話了。」我說。

「啊！」

那位女性有點嚇了一跳，然後連忙從玻璃櫃後面繞到玻璃櫃的前面。

「您好。剛才冒昧打電話給您，我太失禮了。」

她非常有禮貌地說。當她站到我的面前時，我發現她的個子相當高，比里美還高。

「這位是犬坊小姐。」

我一這麼介紹，兩人便相互地以自己認為的禮貌態度，認真地打了招呼。

「這樣吧！如果可以的話，我們出去喝杯茶再聊吧！」

我說。橘惠理子便說「好」，然後又對看似是她的女兒的女子說了聲「那就拜託妳了」。

我以為我們會找一家鄰近的店就坐下來，沒想到她走在前面，白袍的下襬帶起一陣風，帶我與里美走了一段路才到一家店。看來這是她喜歡的地方。

這是一家位於元町外圍路上的紅茶專門店。入座後，我們各自點了大吉嶺紅茶、伯爵紅茶，然後再正式地打了招呼。她一再說讀過我的書，我知道那不是客套話，我相信她確實看過我寫的每一本書，因為她對我寫的書的內容，比我自己記著的還要詳細。

「御手洗先生現在在瑞典吧？」她說。

「是的。他正在進行腦部的研究，而且是大學裡的客座教授，好像也在那裡上課，所以短時間之內不會回來吧。」

我這麼一說，她立刻說：

「他好像擁有博士的學位了。」

聽到這話，我很訝異，因為我沒有聽御手洗提過這件事。

「他擁有博士的學位了？」

「嗯。你不知道嗎？」

「我完全不知道。」

「哦？是這樣的嗎？」

橘惠理子笑著說。她的笑容十分好看，超過她年齡的好看，她一定繼承了她母親的美麗笑容。

「而且還擁有兩個博士的學位呢！好像是越戰的時候，學校在很短的時間內頒發給他的。我記得他說過這件事。」

「哦……」

她比我還清楚。雖然我和御手洗長時間生活在一起，卻對御手洗一無所知。但眼前這一位我印象裡的幼稚園小女孩鈴木惠理子，現在卻以成熟的女性之姿，對我侃侃而談我所不知道的御手洗。這讓我覺得很微妙，心情複雜。馬伕川口中的幼稚園女童，突然變成了成熟女性，一時之間，我實在無法覺得她們是同一個人。

「御手洗讀幼稚園的時候，應該是一個任性的小孩吧？」我問。

「不，他不任性。」

橘惠理子笑著否定我說的話。

「他雖然很固執於自己的看法，卻是一個溫和、和善的人，對於越是弱勢的人，他的態度就越和善。」

「對女人……」里美問。惠理子又笑了。

「他雖然常常說討厭女人，可是，那個時候的他一點也不討厭女人。他會認真聽女孩子們的意見，別的男孩子只會對女生惡作劇。我那時真的很喜歡小潔，整天都跟著他；但是，小學二年級的暑假起，他便去美國了。他去美國後，我很傷心，因此常常寫信給他。御手洗同學有時也會回信，不過，他的回信大多是明信片。」

「那時他住在美國的哪裡？」

「舊金山。他的回信中，有金門大橋的明信片。」

「嗯，果然是住在舊金山呀！」

「是舊金山沒錯。他的父親在那裡，而且，那裡也是他出生的地方吧？在舊金山的時候，他好像是一直寄住在父親的姊妹家——也就是姑媽家裡。他這個人好像真的和父母的親情無緣。我也是和父母親情無緣的人，但因為身邊有境遇相似的御手洗同學，所以常常得到他的鼓勵。」

「嗯，那他討厭女性的說法，看來不是事實呀！」我說。

「這我也不清楚。這一點不是石岡老師更清楚嗎？不過，我認為因為代替他的父母教育他的阿姨是一個非常嚴肅的人，因此影響了他對女性的態度吧？那個阿姨對御手洗的父母好像也有很多批評，也總是瞧不起和御手洗一起的孩子們，好像總是對御手洗說：你不適合和他們一起玩。其實，那是她太驕傲了。我想，御手洗一定被他阿姨的驕傲傷害到了，因此打從心底厭煩女性的。不過，或許是我對阿姨的印象不好，才會有這種想法。」

「御手洗先生現在還是單身未婚呢！」里美說。

「好像是的。他那個人會一輩子單身吧！我希望他一輩子單身，因為不想看到他和別的女人在一起。」

橘惠理子說著又笑了。雖然她已經不年輕了，但是她的樣子，一定和小時候是一樣的吧！我覺得非常地感性。

「因為和阿姨一起生活，所以會覺得女人很討厭吧！」

「您最近和御手洗先生有聯絡嗎？」里美問。

「沒有聯絡了。我結婚的時候，他還寄了一張明信片恭喜我。也就是這樣而已了。即使是住得這麼近的時候，也幾乎沒有聯絡了。我呀，小的時候曾經非常想當小潔的新娘子。但是他是才華洋溢的人，將來是要讀哈佛大學，哥倫比亞大學、京都大學的人。憑著他的聰明和語言能力，不管讀世界各地的哪間名校，都不會有問題。而我，我連大學都沒有讀，完全跟不上他，所以早就不敢想著要嫁給他了。」

「可是，您不是藥劑師嗎？」

里美看著掛在惠理子胸前的牌子說。

「啊！這個呀？嗯。我接受了通信教育和夜間講習的課。我看到我母親的人生後，深深覺得自己一定要有一技之長。父親死了以後，母親只要帶新的男人回來，就會對我說：『惠理子，來！這是新爸爸。』我不要那樣，我又不是小狗。可是，沒有謀生能力的母親，只能找男人來養她。

「幸好有御手洗同學陪伴，我才能渡過那些糟糕透了的日子。真的，所以我非常感激他。啊！光說這些，淨說這些話，而且都是我在說話。」

因為正好服務生送紅茶來，惠理子便這麼說，中斷了談話。

「不會、不會，沒有關係。我們覺得妳說的事情很有趣。」

我趕緊說。不過，老實講，我覺得有些意外。因為眼前說著話的惠理子給我的印象，和一開始打電話給我時不太一樣。現在的她顯得很爽朗，是讓人覺得很愉快的女性。

「你們想聽的，是關於那個事件的事情吧？」

橘惠理子把砂糖加到大吉嶺紅茶中，一邊攪拌一邊說。

「是的。妳還記得中井挾持妳母親，困守『鈴』小酒吧二樓的事件嗎？」

「當然記得。」惠理子說。

「啊，對，妳已經看過刊載在M雜誌上的那篇文章了。那時，御手洗獨自一人進去小酒吧的二樓後，一定和中井說了一些話。同一個時間裡，妳和馬夜川警察在房子的外面等待。御手洗當時到底是怎麼說服中井的呢？

「我想知道的不只這個。這個事件裡明擺著有許多沒有解開的疑問，例如中井到底對妳父親做了什麼？他殺死妳父親了嗎？妳父親不是他殺死的嗎？小酒吧內滿地板上的玻璃碎片是怎麼一回事？中井困守二樓的事件結束後，御手洗不肯說出真相的原因是什麼？這裡的疑問實在太多了。橘太太，妳能夠回答這些疑問嗎？」

我說這些話的時候，橘惠理子一邊聽，一邊慢慢地點著頭。點了兩、三次的頭後，她才說：

「我想過了，而且也覺得『這就是答案吧』。因為我從母親那裡聽到很多事，這四十三年來我自己也經常在思索那些問題。」

她只這麼說，便沉默不語了，好像在猶豫要不要說下去。

「可以把妳想的答案說出來給我們聽嗎？」

我問。她保持了短暫的沉默後，才開口說：

「可是，如果我說的答案，並不是御手洗的想法，那該怎麼辦呢？我對自己的答案沒有信心，所以想先問過他之後才說。」

「可是，那已經是能夠滿足妳自己的答案了。是嗎？」

「是的，當然是那樣的。」

「既然是妳自己想的，那就沒有必要一定得到御手洗的認可才能說吧？」

「可是，萬一我說了，御手洗會生氣。他一定不贊成吧！」

「為什麼？」

「這個……該怎麼說呢？他會覺得不愉快吧！就某種意義而言，我要說的事情，或許會讓他感到害怕。所以我一直很煩惱，想要打電話給他確認。」

「可是，那已經是四十三年前的事了。」

「沒錯，已經過了法律的追訴期，所以也沒有打電話的必要了。當年的關係者也都不在人世。我母親也是前幾年就不在了。」

「妳母親已經離開人世了嗎？」里美問。

「嗯，已經過世了。我母親的人生可以說是波濤萬丈呀！可是，就算關係者已經死了，也未必就可以說出來。因為人雖然會死，只要還有子孫在，名譽這種東西就不會死。」

「妳是說妳母親的名譽嗎？」我問。

「不、不是我母親。」

惠理子立即如此回答。那麼，她說的到底是誰的名譽呢？她所顧慮的人應該與中井無關，也與她的父親鈴木音造沒有關係吧？馬夜川也一樣。她擔心的到底是誰呢？

「莫非是妳自己的名譽？」

「不是，怎麼會是我呢？」

惠理子笑出聲地說。

「好吧！我就說了吧！不過，最後的一部分不說也沒有關係吧！其實，除了那一部分外，都非常簡單的。那——要從哪裡說起呢？」

「是嗎？那就先說地板上玻璃碎片的事吧！為什麼地板上會有那麼多玻璃碎片呢？」

「唔——關於這一點嘛……其實我只要一說，你們應該就能明白的。至於為什麼碰巧會變成那樣的理由，一開始就突然說這點的話……」

「什麼？我不明白。妳說是碰巧變成那樣的？」

「是的，碰巧。因為中井無論如何一定要那樣做。」

「唔——」

我想了半天這個提示，卻怎麼也想不出答案。

「那麼，中井守在鈴木家的二樓，御手洗獨自進入裡面企圖說服中井時，二樓發生了什麼事？御手洗和中井說了哪些話呢？」

「好吧！就從這裡開始說起好了。關於這裡的問題，後來我母親曾經好幾次詳細地說給我聽。」

惠理子說到這裡，拿起紅茶，喝了一口。

8

「中井叔叔。」

小潔一邊呼叫中井，一邊從酒吧旁邊的樓梯往上爬。他以前來過這房子裡玩，所以知道屋內的格局。此時，他胸前還抱著大紙袋。

「是誰？不要過來！否則我就殺了這個女人！」

中井大叫道。

「是我呀！我是塞里托斯女子大學的小潔，我是一個人來的，想和中井叔叔說說話。」

「不行！你後面一定有警察吧？」

「沒有警察。我現在站在樓梯這邊，你可以過來看看。」

「我一過去，警察就會開槍吧？我才不會上當！」

「真的只有我呀！我想幫助叔叔，是站在中井叔叔這邊的。我瞞著警察進來，給叔叔帶來好東西。」

「好東西？那是什麼？」

「我可以過去嗎？」

「等一下！」

於是中井閃過來看了小潔一眼。小潔看到中井的同時，中井應該也看到小潔是獨自站在樓梯上的。

「真的只有你一個人？」

「真的只有我。」

「好，那你過來吧！慢慢走過來。」

小潔慢慢走進二樓。因為剛剛辦過喪禮的關係，房間裡收拾得很整齊，日光燈顯得特別明亮，把擺放在架子上的木頭原色棺材照得分外清楚。中井汗流浹背地坐在音造的棺木前面，他眼裡佈滿血絲，把菜刀架在穿著喪服的鈴木千繪脖子上，但是菜刀的刀尖一直在顫動。

房間的中央有一張陳舊而且上面有許多傷痕的矮桌，中井和千繪坐在矮桌旁邊的榻榻米上。千繪的臉被汗水與淚水濡濕，一臉的疲憊。

「你來做什麼？手上拿的是什麼東西？不過，你知道吧？叔叔現在是賭上性命了，不會像平常那樣溫和地對待你。」

「我知道。叔叔覺得很辛苦吧？」小潔說。

「我們都很辛苦，活著本來就很辛苦。那是什麼？」

中井說著，一邊抓著千繪的脖子，一邊慢慢往後退到牆壁邊，讓身體靠著牆壁。很明顯的，他已經非常累了。

「這些是證據，是食物調理機的玻璃碎片和馬達零件。」

小潔把厚紙袋裡的東西一一拿出來，放在矮桌上。那是數片玻璃碎片、小螺旋槳般的刀具塑膠底板，和幾個白色的金屬器械零件。

「你在哪裡找到這些的？」

「在垃圾箱裡找到的。這些東西被警察發現前，先被我找到了。馬達和刀具的部分是在叔叔家的垃圾箱找到的。」

中井非常吃驚，一時之間說不出話。他沉思了一會兒後，才開口說：

「你打算怎麼處理這些東西？」

「我現在就要處理了。那個壁櫥裡的工具箱，可以拿出來嗎？」

「拿出來幹什麼？」

小潔站起來，先是打開壁櫥，把放在裡面的工具箱拖出來。接著，他打開工具箱的蓋子，拿起裡面的榔頭。

「用這個把玻璃碎片敲成粉狀。」

小潔說著，開始拿著榔頭敲擊玻璃碎片，碎片很快變得更細小。每一塊碎片都逃不過小潔手裡的榔頭，幾乎都變成粉狀了，中井只是無言地看著小潔的舉動。

「這些玻璃碎片上有中井叔叔的指紋和一點點果汁的渣。但是把玻璃碎片敲打成粉狀後，可以成為證據的東西就不見了。那樣的話，叔叔即使被逮捕了，法官也沒有辦法證明叔叔犯罪，所以叔叔就安全了。除非叔叔自己認罪。」

小潔一邊說著，一邊把玻璃碎片徹底敲成白色的粉末。

「接著是這個。我要分解馬達的零件了。」

小潔拿著螺絲起子，鬆開在調理機下方動力裝置的底蓋螺絲，拆下蓋子，然後拔出裡面的馬達。接著，他把可以分解的所有零件一一拆下，矮桌上很快就擺滿了馬達、旋轉的刀具、軸、軟線，和無數的螺絲。外殼的部分仍然用榔頭敲成很小的碎片，讓人完全看不出那原本是什麼工具。

一旁有空的牛奶瓶。小潔拿起空牛奶瓶，用旁邊的紙，先讓已經變成粉末的玻璃滑入瓶子裡，再把其他打碎的動力零件裝回紙袋裡。馬達因為太重了，所以沒有放進去。然後，他把兩者並排放在榻榻米上。

「這樣就可以了。我等一下會把這些東西拿去丟掉。這樣一來，叔叔昨天中午做的事情，就除了我以外，沒有人知道了。千繪阿姨不知道，惠理子也不會知道。只要我不說，誰也不會知道，證據消失了，事實也會變成不存在，叔叔就不再是殺人凶手了。」

小潔如此說。中井仍舊是眼睛裡佈滿血絲，一直在沉思。

「那個——真的是你自己一個人想出來的？」

「是呀！」

「不是下面的警察指使你的嗎？他們叫你進來這麼說的？」

「下面的警察什麼也不知道。」

小潔說。中井又沉默了一會兒，才說：

「無法相信呀！一個小孩子會有這樣的想法……」

他先是喃喃低語地說著，然後好像想到什麼似的，說：

「不，下面的警察知道，他們剛才說了什麼了……」

「他們什麼也不知道，全是瞎猜、胡猜的。他們認為惠理子的爸爸是開車出意外死的，還有，他們也還沒有見過食物調理機這種東西。」

中井一直沉默，一直在思考。

「確實很少人見過調理機這種東西。但是，我還是不能相信你。這該不會是陷阱吧？」

「絕對不是陷阱。」

「可是，竟然只有幼稚園的小孩子發現到真相？這種事可能嗎？」

「叔叔可以問問下面的警察呀！例如問說……對了！問說：知道鈴蘭嗎？」

當小潔說出「鈴蘭」時，中井的表情突然扭曲了，可怕地看著小潔。

「叔叔可以從警察的反應，了解到警察到底知道了在裝傻，還是真的什麼也不知道。叔叔可以站在陽台上問。」

「好，你等一下。喂，妳也過來。」

中井拖拉起鈴木千繪，打開玻璃門，走到曬衣陽台。不久便聽到他對著下面大聲喊道：

「喂，你，知道鈴蘭嗎？」

「鈴蘭？」

接著便聽到馬夜川訝異的反問聲。然後又是一陣的安靜。馬夜川或許問了周圍的人，但是小潔已經不在那裡，沒有人能夠回答他。

「什麼鈴蘭？你說的是花吧？鈴蘭花怎麼了嗎？不要廢話了！快下來！」

馬夜川怒吼著說。

「再等一下！」

中井叫道，然後返回室內。他關上玻璃門，按著鈴木千繪的肩膀，讓她坐下，自己也坐在她的後面。

「看，明白了吧？那個人什麼也不知道。」

小潔說。中井又是短暫地沉默後，才說：

「好像是……」

「所以啦，叔叔，請你好好地想一想。叔叔所犯下的罪行，只有挾持了惠理子的媽媽，佔據了這個地方而已。警察也是因為這件事，才來這裡的。如果警察沒有來這裡，你大概只會在這裡和惠理子的媽媽吵架。警察只知道這些，並且也是這麼想的。所以，如果叔叔現在下去，就沒有犯下重大的罪。因為叔叔只是來這裡和惠理子的媽媽吵架，只是吵架的聲音太大了，引起鄰居報警而已，就算被警察抓走了，也應該很快就會被釋放。回家吧！叔叔。只要我和叔叔不說，那件事就什麼證據也沒有了。」

「你一定不會說出去嗎？」

「嗯。我也會把這些可以成為證據的東西拿去丟掉。我答應叔叔。不過，叔叔一定要把惠理子的媽媽還給惠理子。」

「你可以保證我一定不會有事嗎？」

「我沒有辦法保證。不過，就算我說出事實，有誰會相信我呢？誰會相信幼稚園小孩子說的話？沒有證據才是最重要的事。」

「說得有道理……。」

中井說。又想了好一會兒，才開口說：

「你真的很聰明。叔叔的女兒要是有你這麼聰明，就會更賣力地生活吧！」

中井笑了。在他的嘴唇四周的汗水因為日光燈的光芒而閃動著，並顯得有點扭曲。

「有你這樣的兒子，你的父母一定很開心。」

小潔聽了這些話，反而露出有點落寞的表情。

「像你年紀這麼小的孩子，還沒有辦法了解吧！想到一輩子都守著一間電器行，過著無奈的生活，叔叔就覺得無法忍受。想當年叔叔我也是一個文學青年，也擁有美好的夢想呀！

「但是，叔叔作惡夢了。因為正好遇到收音機流行的時代，賣收音機的電器行生意好得不得了，手邊錢變多了，所以每天晚上都會來這裡喝酒，給這個女人買漂亮的衣服、化妝品，於是這個女人便說：如果能夠準備很多錢，就可以離開這個地方，到別的地方買個房子，一起生活了。叔叔竟然相信了她，以為她也有點喜歡叔叔了。叔叔真是笨呀！像叔叔這麼土的人，女人是看不上的呀！她喜歡的只是叔叔的錢。」

中井不說話了，他只是笑著搖晃著自己身體。

「和一個小孩子有什麼好說的！」

千繪聲音沙啞地說。

「小孩子怎麼了？妳的頭腦連他的一半都沒有。可惡！竟然被這個可恨的女人騙了！嘲笑我吧！但是，小潔呀！那時她說她的丈夫會阻擾我們，如果不處理丈夫的問題，就算躲到天涯海角，也絕對會被他找到。所以……」

「『所以……』的意思，並不是叫你殺人呀！而且，我也沒有答應要和你私奔。我的意思其實是希望你能死心。」

鈴木千繪以沙啞的聲音，說出這樣的話。她陰險刻薄的樣子，截然不同於小潔平日所認識的惠理子媽媽。千繪繼續小聲地竊笑道：

「你真好笑耶！竟然對著這樣的小孩子發牢騷！你真的覺得這樣的小孩子靠得住嗎？哼！還是個男人嗎？」

「囉唆！就是因為妳那時說的那些話，才造成今天這種結果！現在竟然還要胡說八道逃避責任！好，我知道了，為了不讓妳再這樣說三道四，乾脆現在就殺了妳！」

千繪聽到這話，嚇得慘叫，並且往小潔的方向靠去，說：

「小潔，快救我！」

看了千繪的舉動，中井笑了。

「小潔，現在你看到了吧？這就是女人！女人是不能相信的。今後，你一定一定不可以相信女人。看看叔叔的下場，你就知道了吧！在這樣的時候，還只想著自己的利害得失的，這就是女人啊。只想著自己的利害得失也就算了，還要嘲笑被自己利用的無用男人！這個世界上竟然有這種人！真是無法相信呀。」

「叔叔，這些事我都知道。」

小潔平靜地說，他的樣子有點哀傷。

「我早就非常清楚了。不過，叔叔也不用多想這些事了。其實小孩子也一樣，只要立場不夠強大，就很容易被瞧不起。」

中井露出驚訝的表情說：

「真的無法相信你還是個讀幼稚園的小孩。」

然後又不說話了。這次沉默了相當長的一段時間。

「我們為什麼還要這樣呢？」千繪說：「如果只是吵架的話，現在可以結束了吧？我已經累了。白天還辦了我先生的喪禮，我真的很累了。」

「立場不夠強大，就很容易被瞧不起嗎？真的是這樣吧……雖然同樣站在弱者的立場，這個孩子能夠這麼堅持，而妳卻是這樣。但妳會這樣，真的是因為立場不夠強大的關係嗎？這是人的靈魂格局不一樣呀！」

中井眼眶裡泛著淚光。

「說的是什麼話？我是為了生活呀！這個世間只會說漂亮話是行不通的。你知道養育孩子是多麼辛苦的事嗎？想到惠理子每天被指指點點，說她是酒家女的孩子，經常被欺負時，你知道我哭得多慘嗎？裝模作樣。那些假裝是上流社會人士的世人，其實多麼殘酷無情，你能了解嗎？為了買孩子的牛奶，而節省一分一毫的小錢，是多麼痛苦的事？但我的惠理子卻有一天也會做和我相同的事。這就是世間呀。」

「是誰欺負了妳，妳就去找誰報復呀！我又沒有欺負妳，為什麼要報復到我的頭上？」

「因為我報復不了那些人！」

千繪叫道，中井定定地看著她好一會兒，才嘆氣說：

「一切都是因為太窮了嗎？這個國家已經不行了，已經變得這麼貧乏了。以前我也曾經擁有會覺得感動的眼睛，也曾經是單純的、充滿正義的漢子。但是，貧乏的生活模糊了那樣的眼睛，辛苦的生活和愚蠢的色慾朦朧了我的單純與正義感。我變得和以前完全不一樣，原來的我已經死了。現在的我和強盜沒有兩樣，竟然忘記這個女人也是一個孩子的母親。如果我現在殺死了這個女人，那個孩子從此就會變成孤兒了。」

「我不知道到底是怎麼樣，總之，你殺死了我先生沒錯吧？」

「錯了。」

小潔立刻如此說。

「鈴木音造先生是因為車禍而死的唷。怎麼會是被殺死的呢？音造先生是一個人開車的，而且，他出車禍死的時候，中井叔叔在自己的店裡面呀！」

「對，沒錯，就是那樣。那不是當然的嗎？我在自己的店裡，怎麼殺得了人呢？」

中井也這麼說。千繪好像想不通般，轉動脖子，看著後面的中井說：

「你真的沒有殺人？」

「沒有殺人。」

「那你剛才為什麼那麼慌張？」

「當然會慌張了。因為我到處借錢，又把店裡的錢也全部拿走了，想到哪裡的鄉下買房子呀！結果卻被妳那樣嘲笑，所以感到完全的絕望，不知道自己為什麼會走到這一步，心裡只想死了算了。」

「那些錢呢？已經用掉了嗎？」小潔說。

「沒有。都悄悄地帶到這裡來了。在這件上衣裡面。」

「那不就簡單了嗎？馬上還錢就好了呀！現在還來得及補救。」

「啊！你說得對。就照你說的做吧！我竟然完全沒有想到還來得及補救。好險呀！」

「現在還來得及。那麼，我先下去了。這牛奶瓶和紙袋我拿走，以後一定會拿去丟掉的。我和警察說了之後，叔叔就可以出來了。」

於是小潔把牛奶瓶放進紙袋，抱著紙袋，走出房間，下樓梯。

小潔一從一樓的後門走到外面，神色緊張的馬夜川警察立刻靠近他，問：

「怎麼樣了？」

「等一下就會出來了。」

小潔平靜地告訴馬夜川。

「我媽媽呢？」

惠理子也靠過來問。小潔便回答：

「妳媽媽沒事，她快出來了。」

中井走到外面後，立刻把菜刀放在腳邊，並且對走過來的馬夜川說：

「可以讓我先去我太太那邊嗎？必須把帶出來的錢還回去。」

「好，答應你。」

馬夜川一邊說，一邊把手銬銬在中井的手腕上。在被推著坐進警車的後座時，中井叫住了小潔：

「小朋友，謝謝你。請替我謝謝府上還有學校裡的各位。還有，長大以後一定要小心女人，千萬不要像叔叔這樣。」

「嗯，我知道。」

小潔回答。警車的門隨即被關上，很快便開走了。

之後，千繪也步履蹣跚地走出來。

「媽媽！」

惠理子一邊叫，一邊跑向母親那邊，與母親相擁而泣。

「唉！母親對孩子的愛，與孩子對母親的仰慕之情，果然是這個世界上最美好的事物了。」

馬夜川深受感動似的說。

「好了、好了。小朋友，我送你回去吧！不過，只有腳踏車喔。」

「嗯。要向我的家人道歉喔，因為已經這麼晚了，我一定會挨罵的。」小潔說。

「好，知道了。道歉的事情就交給叔叔我吧。咦？那是什麼紙袋？讓我看看裡面？」

「是明天要玩的東西啦。裡面是裝了砂子的瓶子，和一些破爛的機械零件。」

小潔讓馬夜川看紙袋的裡面。

「噢——！原來如此。」

馬夜川警察一邊看著紙袋裡面，一邊說著。

9

「調理機嗎？」

我和里美都忍不住提高了聲音，大聲地說。

「那些玻璃碎片是調理機的？」

「沒錯。現在人的家裡大都有食物調理機器，但在當時那還是很少見的電器用品，是幾乎還沒有人看過的奢侈品。但是御手洗同學家是有錢人，所以他知道調理機那樣的電器。在那個時代，那樣的地方，見過、知道家庭用食物調理機的人，大概只有開電器行的中井，和像御手洗家那樣的有錢人。」

橘惠理子說。

「嗯。但是，酒吧裡……」

「因為我家經營酒吧的生意，或許有需要那樣的機器，所以中井便帶機器來示範給我父親看。示範的時間應該就是那天的中午吧！那時父親正在吃午飯，他在吃著麵包的父親旁邊做示範，把蘋果或什麼之類的水果放進調理機中攪打，做成果汁給父親喝。那時，他趁著父親離開位子的時候，把插著鈴蘭花的花瓶裡的水，或鈴蘭的花放進果汁裡。」

「花瓶裡的水？」

里美和我異口同聲地說。

「那是什麼意思……」

「我以前一直都不知道，我媽媽當然也不知道。她在不知道的情況下便死了，因為我也沒有告訴她。其實我也是從事了現在的工作後，才終於知道的。也就是說，是最近才知道的。經過了四十三年，才終於了解父親死亡的真相。鈴蘭含有以『鈴蘭毒苷』為首的三種特殊有毒物質。」

「鈴蘭毒苷？」

「不僅鈴蘭的根和莖上含有那些物質，花和葉子上也有。『強心苷』這種藥物裡，就含有那些物質，是一種強心劑。」

「強心苷？強心劑……」

「嗯。強心苷是心臟病的藥，有強化心臟肌肉收縮的作用。」

「強化心臟肌肉的收縮？」

「是的。不過，少量的時候可以當作藥物，如果使用的量多了，會造成心臟休克、停止跳動……」

「啊——」

里美驚訝地輕呼，我也感到訝異，卻說不出話。

「因為每個人的體質不同，所以很難判斷何謂量多量少，而且，吸收到鈴蘭毒素的時候，心臟還是會跳動，不一定會引起心臟痲痺的現象，只是有可能會引起。以我父親的情況看來，應該是正好在開車的時候，才發生心臟痲痺。」

「怪不得……」

我不禁覺得驚訝了。四十三年前的懸案，今天好像終於獲得答案了。我沒有想到世界上竟有那樣的毒物。

「聽我母親說，我父親是一個有重度菸癮的人，所以我認為他的心臟並不好。」

「那麼，妳的意思是：御手洗早就知道鈴蘭有毒……」

「是的，他應該是知道的。我四十幾歲才知道的事情，他五歲的時候就已經知道了。所以，他一看到現場，就馬上了解情況，一下子要我母親找鈴蘭，一下子要她看花瓶裡的水。」

「他是怎麼知道的……」

聽到我這麼說，不知道為什麼橘惠理子沉默了。

「對了，地板上的玻璃碎片是怎麼一回事呢？」里美問。

「關於玻璃碎片的事，我認為是這樣的。我父親吃了罐頭和麵包，又喝了中井做的果汁後，在快要一點的時候離開店裡，去買開店要用的東西。這時中井也和我父親一起離開店，暫時回去自己的電器行。我認為這個時候調理機還在酒吧裡。因為我父親想讓妻子看到調理機後，再商討要不要購買，所以請中井把調理機留在酒吧裡。我父親人很溫和，卻也優柔寡斷，遇到事情不敢自己一個人作決定，所以……我覺得一定是那樣的。中井只要拿給我父親看，我父親一定會那樣要求。做為賣方的中井，當然不會反對這個要求。

「我覺得這時的中井或許多少也有『這樣好嗎？』的想法。因為當時他有要為了我母親，殺死我父親的念頭吧！若用比較善意的想法來思考他的話，或許他並沒有真的想要殺死我的父親，只想讓父親暫時住院，好讓他與我母親私奔時不會受到阻擾。另外，他或許也想到：如果我父親的心臟沒有出現任何不好的狀況，當然會回到酒吧，那麼調理機還是留在酒吧裡比較好。

「可是，他回到電器行後，可能一邊工作，一邊開始感到不安，因為把沾有鈴蘭毒的調理機留在『鈴』的酒吧櫃台上，萬一事情發展到最糟糕的情況，那不就有麻煩了？他開始覺得害怕了。利用調理機做果汁給我父親喝之後，應該清洗過調理機了，但是，玻璃上或許還會有一些果汁的殘渣吧！如果警方對我父親的死因起疑，或許會到小酒吧裡進行調查。萬一事態演變成那樣，調理機還在酒吧裡的話，對他就太不利了。他應該會這樣想吧？

「於是中井便趁著中井太太與在電器行裡的人不注意的時候，再一次溜出電器行，想在我母親回去之前，拿回調理機。為了不讓事情變得複雜，在我母親回來的下午兩點以前拿回調理機就行了。但是，那天電器行裡很忙，要在神不知鬼不覺的情況下偷溜出去，實在不容易，好不容易在一點四十分左右，終於找到可以溜出去的空檔。因為沒有時間了，所以中井在雨中快跑到『鈴』小酒吧，並且進入室內……」

「可是，他怎麼進去酒吧裡的呢？那時酒吧的門應該是上鎖的吧？」里美說。

「垃圾箱的下面一直藏著一把後門的鑰匙。這是鈴木夫婦為自己偶爾忘了帶鎖匙而準備的。我母親因為和中井有親密關係，所以讓他知道這件事吧！中井或許是在工作中想到這點，所以覺得可以去拿回調理機。

「可是，中井進入酒吧裡，想拿回調理機時，因為擔心時間不夠，心裡著急，又是冒雨跑來的，濕濕的手一滑，調理機便掉地了。酒吧的地板是以石板鋪成的，調理機掉落地時，玻璃的部分當場便摔碎。

「那時已經快兩點了，是我母親快回來的時間。被我母親看到也就算了，但接下來還會有送酒來的酒商，萬一被酒商發現的話，就無法辯解了。可是，調理機的玻璃部分已破成許多碎片，要收拾得一片不剩，恐怕很不容易，至少也要花個十分鐘左右的時間。

「於是中井想到一個辦法，他只撿起與刀具連接的底部，然後把吧檯上的透明玻璃杯全往地上丟，才匆匆忙忙地逃走。」

「啊！是這樣的嗎？」

我很驚訝，幾乎是用叫的說。里美也是訝異得張大了眼睛。真的是那樣的嗎？

「被摔破的，只有和調理機一樣是透明玻璃的透明玻璃杯，沒有有色玻璃做成的杯子。如果僅是透明玻璃的碎片，在人們對調理機還很陌生的時代，調理機的玻璃碎片很容易和其他玻璃碎片混在一起而不被發現；就算被發現了，一定也不知道那是什麼的玻璃碎片。如果不是御手洗同學發現了，這事就會不了了之。警察收集了玻璃碎片後，只會把玻璃碎片當成垃圾處理，不會拿出來做調查。」

「原來是那樣的呀？我終於明白了。」

「真的！終於豁然開朗了。」里美也說。

「中井原本想：既然事情已經結束了，那麼就可以帶著妳的母親遠走高飛，所以帶著錢去找妳母親，誰知竟然被妳母親拒絕了，因此發生了佔領酒吧的事件。」我說。

「是的。那時我也把御手洗給我的紙條，拿給我媽了。我偷偷觀察她，她打開紙條後，目不轉睛地看著紙條，接著問我紙條是誰給的？但我在她還在看紙條的時候，就已經決定好不說紙條是誰給的。因為媽媽如果知道是小孩子給的紙條，一定會心生輕視。

「媽媽看完紙條後臉色大變。後來我問她紙條的內容，她說紙條內寫說：『中井是殺死鈴木音造的凶手。』因為太過吃驚，她沒有再問我紙條是誰給的，我也直到最後都沒有告訴她是御手洗同學給的。因此，當媽媽被中井挾持，據守在二樓時，雖然聽到了御手洗同學說的話，卻到死也不知道紙條是御手洗同學給的，也不知道鈴蘭毒素的事情。因為那張紙條的關係，媽媽對中井產生了警戒之心。但是，就算沒有那張紙條，我也不覺得她會和中井私奔。只是，看了那張紙條後，媽媽立刻就拒絕了中井。

「至於御手洗同學這邊，當他知道中井從電器行失蹤後，猜測到中井一定會去找媽媽，而媽媽在看過他給的紙條後，一定會拒絕中井；為了媽媽，甚至不惜害死了爸爸的中井，很可能受不了被拒絕的打擊，進而挾持她，甚至可能會傷害她。於是御手洗便在事態急迫的時候，放掉中井車子輪胎的氣。」

惠理子的話讓我忍不住嘆息了。原來御手洗的觀察能力、推理能力，在五歲的時候就已經發展到接近完美的地步了。

「御手洗先生真厲害！」里美也說。

「大部分的人一定會懷疑：一個五歲的幼稚園小孩，怎麼可能有那樣的能力？但當時的御手洗，確實毫不困難地表現出那樣的能力。或許有人會認為他是天才，擁有異於常人的觀察力與推理能力。其實未必是那樣。只是他的家裡正好有當時還很罕見的高級電器，所以他能猜測出凶手是誰與犯罪的手法。至於鈴蘭毒這一點，也不是一般人知道的事……」惠理子說。

「沒錯，鈴蘭毒素也一樣。一般人不會知道鈴蘭含有可能致命的有毒成分，妳也是當了藥劑師之後，才知道這一點的吧？可是，開電器行的中井，為什麼會有那樣的知識呢？」我說。

「是呀！那是連警察也未必知道，非常專門的知識呢！為什麼中井會知道呢？」里美也說。

「他說他曾經是文學青年。」

惠理子看著窗外，臉上露出一點點笑容地說。

「可是，御手洗先生也知道吧？」里美又說：「如果是現在的他，知道這一點並不奇怪。可是，還是幼稚園小孩時的他知道鈴蘭的毒素，一定有什麼理由吧？」

橘惠理子應該聽到里美說的話了，但她卻不發一語地沉默著。

「為什麼呢？我覺得還有後續吧？」

我也問。但是惠理子好像不願意說。惠理子看著我們的臉，只是保持沉默。很明顯的，她還有事情隱瞞著我們。

「惠理子小姐，有什麼理由嗎？」

我單刀直入地問。她沉默了一會兒後，終於說：

「理由很簡單，因為他們兩個人從相同的地方，得到關於鈴蘭毒素的知識。」

惠理子拋出這句話後，又沉默了，我等她再度開口。和四十三年的時間比起來，這幾分鐘的等待算什麼呢？不久後，她再度開口了。

「經過漫長的時間，我對中井的恨已經慢慢變淡了。爸爸善良的做人態度、溫柔的微笑，到現在都還停留在我的腦海裡，我已經不會把中井這個人，與爸爸的死亡聯想在一起了。這就是時間的力量吧？而且，隨著年紀的增長，我與媽媽之間的爭執、令人無奈的歧見，也越來越多。」

惠理子述說時眼睛看著旁邊的窗外，臉上露出苦惱的表情。我看著她，屏息以待地聽她接下來到底會說什麼。窗外的夕陽漸漸變昏暗了，商店街上來來往往的情侶好像天氣很寒冷似的相互偎依著。但是，惠理子的視線並沒有在那些人的身上。

她一直不發一語，時間在她的沉默中一分一秒地過去。她不說話，我的視線也從她的身上移開。因為事情的內幕超越我的預料，我的思考已陷入某種麻痺的狀況中了。但是，坐在我旁邊的里美好像很緊張。她在緊張什麼呢？我想著。

「我……」

惠理子開口了。因為她的聲音含混不清，顯得不太正常，所以我轉頭看她，卻發現她的臉上有淚痕，嘴唇還顫抖著。我嚇了一跳。

「我很不想說這件事，因為一說起來，就會氣得發抖。每次只是想到，就覺得自己好像要氣瘋了一樣。不管經過了多久時間，我對這件事的感覺都不會有變化。一想到溫和的爸爸，我只會想到好的一面。他對我媽或許也有許多不滿的地方，但是對我卻從來沒有不愉快的情緒。他從來沒有責備過我，總是溫柔地對我微笑，很不好意思似的抱著我。我對爸爸的所有回憶，都是美好的……」

惠理子一邊說著，一邊從白袍的口袋裡拿出手帕，輕按著眼角。

「對不起。因為我無論如何都無法原諒那個人。總是裝模作樣又傲慢，以為只有自己是絕對正確的、是道德的化身，對人冷漠，自恃家世高貴，總是瞧不起別人；這種人是全天下最差勁的人。那個人始終把我爸爸看作是經營酒吧的無賴漢。我永遠不會原諒那個人，對那個人的憤怒也永遠不會消失。」

「誰？妳說的是誰？」

我很驚訝地問。

「理事長，御手洗同學的阿姨。」

惠理子說的時候，肩膀在發抖。

「阿姨……」

里美似乎也驚訝得不知道該說什麼。

「我要說的這件事雖然沒有證據可以證明，但是我相信我不會有錯。那個人是植物學的專家，當然知道鈴蘭有毒這件事。」

「啊！」

我說。是阿姨嗎？

「中井常常去理事長家，好像親戚一樣地往來非常頻繁。因為御手洗的阿姨非常喜歡新鮮的事物，一有新的電器產品上市，就會立刻買回家，然後邀請女學生們到家裡來觀賞新產品。中井就是因為這個緣故，幾乎每天都會去御手洗同學的家。御手洗也因此和中井很親近。

「在大學的校園裡也一樣。凡是學校內的電器用品，總是交給中井的店處理，由中井一手包辦。所以中井在理事長面前永遠抬不起頭，不會違抗理事長說的話。在那樣的生活中，中井一定會從理事長那裡聽到鈴蘭含有有毒成分的知識，以校園內的花圃為傲的理事長，恐怕不只一次對中井炫耀自己栽種的花，也常常提到鈴蘭有毒的特點，所以中井才會利用鈴蘭，害死了我父親。」

「那麼，御手洗對於鈴蘭的了解，也是來自理事長——御手洗的阿姨？」

「一定是的。我認為御手洗同學一定從他的阿姨那裡聽到和鈴蘭有關的知識了，所以才會還在讀幼稚園時就懂了。」

「那個阿姨，是怎樣的……」我問。

「理事長對於女子大學路——也就是自己學校的學生每天必經的路上，有她認為像我家經營的酒吧那樣的不道德店家，感到非常不愉快。我認為她一心想要趕走我們。在那個人的感覺裡，大學附近的街區，好像是歸她治理的城池，不容許自己的城內有不乾淨的地方。所以，如果能夠發生個什麼麻煩的事情，讓我家連夜逃離這裡，她一定會很高興。」

「麻煩事？」

「是的。所以她會數有多少山百合、風鈴草、沉香百合等花，並且說出數字，不讓人去摘；卻從不說有多少鈴蘭。這絕對是故意的，因為那樣御手洗同學就只會拿鈴蘭給我。我也不能原諒這一點。她狡猾地利用我拿鈴蘭回家。」

「怪不得她不數有多少鈴蘭……」

「因為我家姓『鈴木』，酒吧的名字又叫做『鈴』，所以那個人非常了解我的父母想要以風鈴草或鈴蘭，當作店裡的裝飾。於是我家的酒吧櫃檯上，總是有鈴蘭做為裝飾。中井如果也注意到這一點了，那麼她早就準備好的計畫，便隨時可能進行了。一切都是那個理事長的計謀。」

「啊……」

果然也是個厲害的人物，不愧和御手洗有血脈的關係。

「理事長很聰明，中井被她利用了。中井和我母親相好以後，父親變成他的眼中釘，從理事長那裡聽來的鈴蘭知識，於是慢慢在他的腦子裡蔓延。」

「太可怕了……」

「理事長的計畫被完美地實現了，結果我爸死了，中井也死了，我媽一個人無法經營酒吧。但是，沒想到我媽深受客人支持，『鈴』在原地支撐了一年後，才搬到元町這邊。我們一搬走，理事長額手稱慶，馬上找來書店經營者，讓對方在我家的原址開書店。她好像還給書店經營者資金上的援助。」

「喔！」

「這位理事長厲害到讓人受不了。」

「果然成就了所謂的女子大學城……」

「沒錯。大學路一帶很順利地變成理事長所希望的，非常有道德的、乾淨的女子大學城。」

「太厲害了！」我說。

「就像古時候的城主一樣，要求老百姓的言行都要在自己的掌控之中。但是，使用了那樣卑鄙的手段，還說什麼是有道德的事，這不是很奇怪嗎？」

「就是嘛！」里美憤憤不平地說。

「根本是本末倒置。我父親或許是一個渺小、微不足道的人，但總不是螻蟻之輩。總之，當我想通了這些時，我覺得非常痛苦，我不知道該說什麼？可以向誰控訴？而且，那時理事長也已經死了。」

「說得也是。」

「現在的女子大學附近，有不少小酒吧呢！」里美說。

「還有ＫＴＶ，連麻將館都有。」

「嗯。我覺得那樣才是自然的生態。」

「御手洗了解那個情形嗎？」我問。

「我認為他了解。不，應該說因為那是幼稚園時候的事，所以最初他或許沒有發現到這一點，但是後來了解到事情的真相後，才發現有人在背後操縱。我認為他一定是在發現到這一點後，不僅感到驚嚇，也決定閉口不言，什麼都不說了。這就是不管馬夜川刑警怎麼問，他都不回答的理由。因為不管他說什麼，都沒有用了。即使告發了理事長，說理事長是幕後的陰謀者，但中井已經死了，根本無法出來作證；而被告發的是有名大學的理事長，恐怕必定會引起輿論的風波，造成學生們的困擾。貴族女子學校的學生家長，一定很不喜歡輿論的風波吧？另外，阿姨對他也有養育之恩呀！還有，就算中井沒死，證明了鈴蘭的知識來自理事長，也只能是或然性的犯罪，不能要求理事長負什麼責任。理事長不過是說了鈴蘭有毒之類的話，這是人與人之間閒談的內容，不會被要求負刑事責任。最重要的是：理事長完全沒有動手。」

「完美的犯罪呀！」

「確實！確實是完美的犯罪。」

惠理子氣憤不平地說。我覺得我好像看到構成御手洗複雜人生觀的某一要素了。

「我覺得御手洗放棄了日本，因為他覺得自己在日本待不下去了。」

「是吧！或許是這件事傷害到他了。」

「啊！不，御手洗同學非常堅強，遠比我們想得到的更堅強。雖然有時他看起來好像很寂寞，其實大部分的時間他都過得很有精神。他不是會讓人看到軟弱一面的小孩子。他很開朗，不是會被這種事情就打敗的人。可是，一想到我完全不能了解他，有時會覺得很難過。

「我從小就真的很喜歡御手洗，所以不管他走到哪裡，都緊緊跟著他。那時我對他感覺，完全是一種信仰，好像隨時可以讓我膜拜。雖然還是那麼小的孩子，但不管我有什麼煩惱，他都能幫我解決；不管我有什麼不懂的地方，他一定也能給我答案。我總是張大了眼睛看著他，看他會教導我什麼，心裡面只有他一個人，完全不會去注意別人。所以我晚上睡覺前，總是會雙手合在一起地禱告，希望明天還可以再見到小潔。我真的是那樣禱告了以後，才會睡覺。我是那麼地相信他、依賴他。

「可是，那時覺得痛苦的人，不是只有我自己。我為了想要得到救贖，而整天跟著他。其實或許他比我還要痛苦。這一點我是最近才了解到的。想到我完全不能安慰到他，我就覺得非常痛苦。」

橘惠理子這麼說，最後臉上掛著笑容。

我邊聽橘惠理子的述說，一邊一直在想：現在她所說的話，好像也很適合我來說。現在的御手洗對他自己的周圍所投注的眼光，尤其是對女性的眼光，總覺得格外冷漠。我現在終於知道其中的部分理由。

可是，除此之外，我還應該注意到什麼呢？我的心裡有這樣的想法。

小時候的御手洗的樣子，和我的想像不太一樣。他擺脫過去，成為現在的他的種種過程，好像在指示著我什麼事情，我應該從這裡學習到什麼。

「我現在還是很尊敬御手洗同學。他是我的希望。」

惠理子低聲地說。

P的密室

1

因為鈴蘭事件的關係，我和元町的橘惠理子變得熟稔起來，私下見面的機會也多了。通常都是我因為工作上的需要，主動約她見面的，理由是她知道我所不知道的御手洗潔，是我最好的資料來源。我好像可以從她的談話中，窺視到幼年時期御手洗潔天真無邪的一面。我對幼年時期的御手洗潔深感興趣，發生在幼年御手洗身上的事情，甚至讓我感到激動。我覺得對於御手洗潔的忠實粉絲來說，一定也很想得到這些資料。

剛開始的時候，里美會和我一起去見橘惠理子，但是里美在大學裡唸書，還必須準備司法考試，非常忙碌。因此，平成十年（一九九八年）的新春之後，只有我和惠理子兩個人的見面情況也增加了。惠理子是一個擁有不可思議魅力的女性，在她身上感覺不到年齡這種東西。她算得上是她那個世代裡的高個子，身材也好，又是一個美人，這些當然都是她的魅力來源，但是，我感受特別深的，是她身為一個人的魅力。她的個性很獨特、很開朗，是我以前從來沒有遇到過的類型。

她的聲音飄逸、低沉，平常的時候就有點沙啞，情緒激動時會更加沙啞。她自己本身好像也有發現到這一點，還說明自己的聲音會變成這樣，是以前喝了太多酒的關係。她說她是喜歡酒的人，雖然不喝也不會怎麼樣，但是一想到喜歡酒這件事時，就會痛快地大喝一番。回想那時的自己，就像是一個有酒癮的人。她還說自己對感到興趣的事物，會有情緒上的高低潮，尤其是對喝酒這件事，高低潮的表現特別明顯。

她說，經常喝酒的那段時間，她也覺得自己很適合做酒館的生意，這或許是來自母親的遺傳。

雖然這是可以說服自己的理由，但她卻不喜歡這樣。她還笑著說她真的不討厭與人相處、也喜歡和人聊天，不在乎男人嘲弄的言詞，也可以忍受香菸的味道，還喜歡熬夜。這些確實都是經營小酒館的女人必備的基本條件。我們剛剛認識的時候，她還相當保留本性，總是表現得很客氣，但是越來越熟稔之後，便開始釋放出本性了。她很多話、很愛笑，即使是有些不方便的話，也會直言不諱地說出口。對於視她為資料來源，想從她那裡打探到御手洗資料的我來說，遇到這種個性的受訪者，真可以說是十分幸運的事。她也是一個身上沒有危險的信號，讓人可以放心地說話的女人。這一點或許也是酒館女人的特點，不過，無論如何我都覺得她這種爽快個性的背後，有著悲傷的一面。這令我產生想要了解她的興趣。

我能理解為何她會被認為適合經營小酒館，但我也同時能明顯地感覺到她與所謂酒館女人的不同之處。隨著交往的時間越來越長，我也越來越清楚她和那些女人的不同之處。她很明白自己是怎麼樣的人，不會輕易被男性們的嘲弄言語所左右；只要是她自己的真實個性，不管是優點還是缺點，她都老實承認，不會以輕蔑旁人的方式，來抬高自己身分。以自然的真面目示人，卻背負著悲劇包袱的女人形象，正是她的魅力之一。還有，她沒有酒館女人的勢利眼，面對像我這樣老是失敗，不管在社會上還是在喝酒的地方都會被瞧不起的人，她也是以落落大方的態度對待我，她的包容力讓我感到安心，這些都不是一般年輕女人會有的樣子。她說：或許是因為對御手洗的仰慕，讓她擁有了這樣的性格。她的這種想像，也感動了我。

因為讀者們的興趣是御手洗，所以我對橘惠理子的描述，就到此為止吧！惠理子以前似乎沒有和人一起談論御手洗的機會，所以對我製造了這樣的機會似乎感到很開心，所以提到御手洗時總是滔滔不絕，每一次見面，就會想起種種御手洗的事情，並且和我分享。

惠理子說：和御手洗共有的回憶裡，有很多是無法忘記的，其中在御手洗小學二年級的上學期，他要離開日本前發生的事，更是讓人難忘。御手洗要在那一年的暑假離開日本，那時他和不想讓他離開的阿姨之間，似乎有著嚴重的問題，御手洗形同要放棄這個家似的，好像打算再也不回日本了。就在他要離開這個家之前，那年五、六月的雨季裡，發生了像昨天才發生過，讓惠理子終身難忘的事件。

那個時期的御手洗好像被什麼附身般，言行變得非常古怪，有點像要發瘋的前兆，老是說一些奇奇怪怪的話。惠理子說：恐怕是家庭環境讓他變成那樣的。那時還是小孩子的御手洗感覺到周圍令人害怕的氣氛，越來越孤立自己，而嘗試去理解他的人，好像只有惠理子一個人。但我聽惠理子講述這些時，卻一點也不覺得訝異，因為後來的御手洗就是這樣。

那個時期的御手洗提到和自己未來有關的事。惠理子現在還記得的，就是御手洗說過：我長大後會參與一場大戰爭，大概還會被要求殺人；雖然不願意，卻無法拒絕。這些話讓惠理子非常驚訝，也感到非常地不能理解，因為她以為應該不會再有戰爭了。

接著御手洗又說，他也會被要求參與許多和殺人事件有關的事。於是惠理子便問：你殺人了嗎？但他回答：沒有，我只是抓到凶嫌。明明前一刻還那麼說，這一刻就馬上否定了前一刻說的話，御手洗似乎總是不記得發生過的事情，他想到的事情只有未來，過去的事情好像不在他的記憶裡。當惠理子說：「日本這個國家不會再有戰爭了。」一時，御手洗也坦率地表示同意。

這個時期的御手洗還常常對惠理子提到他的夢境。惠理子還記得御手洗做過腳踏車化石的夢，在深山裡，到處都是岩石的地方，有一輛腳踏車的化石，那裡好像是六千五百萬年前的地層。還有一個有關恐龍的夢。夢到的是劍龍，這種恐龍背上長著很多像劍一樣的骨板。不過，其實它們都是機械恐龍，劍龍背上的骨板是某種機關。那時御手洗一邊畫著圖，一邊很認真地說著。還說：「劍龍背上的兩排骨板交叉排列，是為了方便受風。因為那些骨板裡面，佈滿了纖細的循環油管。」幼年御手洗一臉正經地說著。利用迎風的骨板冷卻循環油管內的油，而冷卻的油會再流回恐龍的身體內部。他也說：骨板中有幾片也兼具太陽能蓄電池的功能。

橘惠理子原本以為那些只是孩子氣的有趣幻想，但最近看到有關劍龍背上的骨板，其實就是冷卻血液的散熱器的說法時，還真的嚇了一跳。劍龍背上的骨板確實是為了受風而交叉排列，風可以冷卻佈滿在骨板內部的微細血管，而劍龍便是靠著那樣的骨板，來調節體內溫度。如果說得誇張一點：四十年前的幼年御手洗，就已經知道劍龍背上骨板的祕密。但學術研究卻好像直到最近，才了解骨板為什麼會那樣排列的祕密。

惠理子覺得聽御手洗說話非常有趣，所以一下課就往御手洗的教室衝，儘可能地想和他在一起。惠理子搬離山手柏葉町後，兩家的距離變遠了，所幸還讀同一所小學，上學的時候走同一條路，所以還是可以常常在一起玩。就在昭和三十一年（一九五六年），惠理子小學二年級，那年的六月梅雨季節裡，本牧地區的鶯岳發生了一樁不得了的事件。不管是神奈川縣的縣警單位還是本牧警署，甚至是山手柏葉町這種地方性的小派出所，都因為這樁離奇悲慘的不可思議大事件而議論紛紛。而幼年的御手洗在解決這個事件上，幫了很大的忙。現在回想起來，那個事件本身，就像是一首神奇的敘事詩。

2

時間是六月二十八日的放學後。這天從早上就開始下大雨，當天是值日生的惠理子打掃完教室後，正在收拾貼在牆壁上的佈告。就在那個時候，一個瘦小的中學生出現在教室的門口，那個男生看起來很老實。

「那張紙是要丟掉的嗎？」

他問惠理子。

那是之前貼在教室後面牆壁上的大張模造紙，上面有班上十位擅長畫圖的同學合作畫的春季遠足風景畫。因為是用奇異筆與彩色鉛筆畫的簡單作品，同學們沒有對它特別愛護，所以很多地方都破損了。上面有很多地方都貼著透明膠帶，也有一些地方釘著圖釘，好讓它可以繼續固定在牆壁上。不過，因為實在是已經破到某種極限了，所以老師便要求包括惠理子和其他負責打掃的同學們丟掉它。就在其他同學不在那張畫的旁邊時，那個中學生來問惠理子那張紙的事。

惠理子和御手洗就讀的這所和田山小學的旁邊，就是中學的校地。若是班長階級的中學生，可以自由出入小學的校園內，小學的老師們偶爾也會付予中學生們指導小學生的工作。基本上，這些中學生出入小學的校園，是被認可的。

惠理子回答「是」。對年紀還很小的惠理子而言，中學生已經是大人，所以，這個中學生對她的問話，和老師問她話是一樣的。聽到惠理子必恭必敬的回答後，中學生又說：

「嗯。那麼，我要那張紙。」

中學生客氣地說，然後走進教室裡，幫忙惠理子從牆壁上撕下那張紙，準備把撕下來的紙捲成圓筒。但是，因為這張紙上有一道很大的裂口，所以總是捲不好。於是他便問惠理子教室裡有沒有透明膠帶，惠理子告訴他：導師的桌子抽屜裡有。中學生取來透明膠帶後，把模造紙攤開在地板上，用膠帶黏合紙上的裂口。惠理子在他的拜託下，幫他按著模造紙的一端。

一黏好裂口，中學生簡短地向惠理子道謝，然後把一大張紙捲成圓筒狀。惠理子問他為什麼要這張紙時，他有點不好意思地笑了，然後說要用它摺頭盔。頭盔？惠理子問。因為中學生的回答太出乎惠理子的想像，所以惠理子忍不住那麼問。可是，中學生沒有多說什麼，就默默地走出教室了。

在一旁看著惠理子與中學生互動的其他同學，告訴惠理子說：剛才那個人叫做土田，他的功課很好，可以領獎學金，爸爸還是有名的畫家，也是橫濱市長獎繪畫比賽的評審。惠理子聽說那個中學生是土田之後嚇了一跳。惠理子嚇一跳是有原因的，因為在那個時候任誰聽到關於土田的事，都會嚇一跳。

橫濱市長獎繪畫比賽是當時最大型的中、小學生畫圖比賽，每個學校都非常重視。因為得獎者的名字不僅會被刊登在報紙上，市內最大的百貨公司還會在暑假的時候展出得獎的作品，獎品更是價格昂貴的整組油畫用具。這也是小孩子成名的機會，所以孩子們都很看重這個比賽。不過，今年這項比賽停辦了。讓惠理子感到驚訝的，便是讓這次的比賽暫停的理由。關於這一點，有必要在此清楚地做以下的說明。

這次比賽的入選作品，已經在五月一日以前送到畫家土田富太郎大師家，也就是剛才那位中學生的父親家裡，御手洗的作品也在這次的入選作品之中。御手洗似乎並不擅長畫圖，這一年卻很難得地被選上了。入選的作品件數眾多，是橫濱市長獎繪畫比賽的特徵，也是每年比賽的話題。往年的入選作品都是小學生七十件，中學生七十件，然後從各自的七十件入選作品中，各選出一名市長獎的得獎者。但是土田大師到底是如何在家裡獨自進行評選的呢？一直以來都是老師們和民眾們的疑問。哪裡有可以掛總共一百四十件入選作品的大牆壁呢？那些作品應該要掛起來作比較才能選擇吧？

然而五月底時，舉辦單位突然宣佈今年的比賽停辦了。這個消息當然讓大家感到驚訝，但是接下來還有更讓學校、市民們震驚的爆炸性消息，那就是鼎鼎大名的土田富太郎大師突然驟逝了。

這就是橫濱市長獎這一年暫停舉辦的理由。關於這件事的消息，相關人士好像吝於公佈內情般，學生們每次都只得到一點點的消息。首先是不知道土田大師是怎麼死的，只知道大師在評選作品期間的五月二十四日死了。再來就是當大家在議論大師的死因或許是心臟麻痺時，又突然有報導說大師是被殺害的。接著，當大家都以為大師是單獨被殺害時，又傳來消息說還有一人與大師同時被殺害了；不過，並沒有同時公佈該被害人的姓名。因為這件事與縣政府的教育委員會有關，考慮到社會輿論，終於在五月二十九日的早報上，發佈了與大師一起遇害的女子姓名。

和大師一起死的女性叫做「天城恭子」，服務於市公所，是縣教育委員會的會計，也是土田大師的弟子，所以也是橫濱市長獎繪畫比賽的營運委員。三十二歲的天城恭子已婚，以前曾經做過土田的繪畫模特兒，長相和身材都很出色。

這件醜聞立刻成為大人們喜歡的八卦話題。一時之間大家猜測兩人可能是殉情而死，但後來知道並非那樣。五十歲的畫家土田富太郎是個長相體面的男子，是他身邊的模特兒、女性弟子、夜店女子，甚至畫迷們喜愛的對象，總之是一個緋聞不斷的人物。據說他和那些女人中的天城恭子早已形同夫妻了。

天城恭子與丈夫分居，在土田的資助下，獨自住在本牧的一間公寓裡。因為土田和她一起死了，所以市民們關注的眼光，也就集中在他們兩個人的身上。惠理子的媽媽不僅會在家裡和繼父談論這件事，連日來更是與店裡的酒客大肆討論。總之橫濱市長獎繪畫比賽因為這個事件而暫時停辦了。如果剛才同班同學說的話沒有錯，那麼剛才那位瘦瘦的中學生，就是話題人物——土田富太郎的兒子。惠理子因為沒想到那個瘦弱的中學生竟然是話題人物之子而感到驚訝。另外，土田和妻子——也就是那位中學生的母親，長時間以來一直處於分居的狀態。

關於橫濱市長獎繪畫比賽的得獎項目，除了從眾多中、小學生的入選作品中，各選出一名市長獎得主外，還會各選出三名佳作。土田富太郎大師是藝術院的會員，因為是住在橫濱的著名畫家，所以例年都由他一人獨自選出最後的得獎者。不過，做為弟子，並且也是橫濱市長獎繪畫比賽營運委員的天城恭子，應該會在土田的家裡幫忙土田處理評選的事吧！橫濱市長獎繪畫比賽因為他們兩個人死亡而被迫中止了，不過，橫濱市長獎繪畫比賽中止的理由似乎不只如此，因為只要找到同樣有名的畫家來擔任審查委員，選評之事仍然可以繼續，所以說，一定是發生了不能繼續評審的狀況。據說是放在他們兩個人被殺害的房間的作品，因為慘劇而被弄髒了。

一連串和事件有關的消息被公佈出來後，也讓人覺得很奇怪。不只消息公佈得磨磨蹭蹭，而且雖然說是作品被遇害者的血弄髒了，卻沒有說明被弄髒了多少件作品。還有，既然比賽已經中止了，不是應該退回沒有被弄髒的作品給學生們嗎？教師們中有人聯合了家長們的意見，提出退還作品的要求。但是不知為何，學生們的作品都沒有被退還。即使有不少學校提出希望退還作品的要求了，就是不見主辦單位有退還作品的動作。問說為什麼不退還作品，主辦單位的回答也只是說「因為作品弄髒了」。難道是每年都會引起話題的入選作品統統都弄髒了？主辦單位的回答真的很奇怪。

見到引起話題的人物之子當然讓惠理子感到驚訝，但是更讓惠理子驚訝的是：一個月前剛失去父親的那位中學生臉上的笑容。惠理子也有失去父親的經驗。她想起那個時候的自己，怎麼樣也無法有那樣的笑容。因此，中學生靦腆的笑容，深深地烙印在惠理子的腦海裡了。

3

當時大眾小酒吧裡總是流竄著這類事件的八卦消息，這種地方便變成報社收集情報的絕佳場所。小酒吧的客人當中，有與警察有關係的人，偶爾也有在報社裡工作的人物。土田的命案發生了一個月後，惠理子的母親隔著小酒吧的吧檯，探聽到了一個不得了的情報，當她興匆匆地說給再婚的現任丈夫聽時，惠理子也豎起耳朵聽著。惠理子本身對這件事當然也感到興趣，但是，重點是她知道御手洗對犯罪的案件非常有興趣。

依照惠理子媽媽所言，鶯岳的土田家殺人事件狀況，好像非常不簡單，而且相當地不合常理。我以惠理子所說的內容為主，排除掉一些相互矛盾的情節，再做了一番整理後，拼湊出以下的事件面貌。在這裡首先要說的是，當時土田家是一間完全的密室

這間建於昭和三十一年的密室，可不是隨便用針或是線，就可以輕易打開的。以下，我先說明一樓可以打開來通往外面的場所。首先當然是門，那是鑲著毛玻璃的玄關拉門。然後就是土田富太郎與天城恭子陳屍的和式客廳裡，那裡有通往外面窄廊的四扇玻璃拉門；餐廳則有兩扇通往外面的玻璃拉門，廚房的後門也是玻璃拉門。接著是窗戶。盥洗室的馬桶和洗手檯上方有三扇開啟式的窗戶，浴缸的上方也有玻璃窗，廚房的流理檯有兩扇式的玻璃拉窗，和式客廳也有兩扇式

的玻璃拉窗。這幾個地方就是這間房子與外面連繫的場所。

上述的那些地方，也是被認為歹徒入侵室內時的所有可能途徑。不過，那些個地方都裝有和室窗栓，命案發生的時候，這些門窗都是鎖上的。和室窗栓可以說是最難從外面操縱的一種鎖，基本上也不存在可以使用針或線從外面上鎖的方法。另外，這些鑲在窗戶和門上面的玻璃，也不見有拆下來再裝上去的痕跡。

還有客廳和餐廳的玻璃門腳下，都裝了保護板，凶手似乎也沒有拆下這種有雙重上鎖的門。二樓有十三個窗戶，窗戶上也都設有和室窗栓，以轉動半圈的方式上鎖。二樓窗戶的和室窗栓也和一樓的所有鎖一樣，命案發生時都是上鎖的。還有，每扇窗戶的外面都沒有往外伸出的屋簷，所以，即使想從窗外上鎖或開鎖，也找不到立足之處。

土田富太郎與情婦天城恭子的屍體被發現的時間，是五月二十五日的下午五點四十分。前一天——二十四日的晚上，天城恭子好像沒有回去自己的住處，翌日——二十五日的早上，她也沒有去位於市公所內的縣教育委員會上班。因為同事打電話到土田家時，也沒有人接電話，同為市公所職員的長岡峰太郎覺得奇怪，便於二十五日前往土田家拜訪，感覺到情況不對，立刻通報警方。

警方推斷他們兩人的死亡時間，發現應該是二十四日下午三點到五點。但是，這裡又出現了種種不可思議之處。首先：二十四日下午兩點半之前，橫濱中區下了三個小時的雨，而死亡確定時間如果是在下午三點以後的話，就表示他們二人是在雨停了三十分鐘後，才遇害的。也就是說，雨停了三十分鐘時，凶手還在土田的家裡。

他們兩人的屍體被發現時，屋子裡沒有別的活人。也就是說，殺害富太郎與恭子的凶手，一定是在二十四日下午三點到二十五日的下午五點四十分之間，踩著泥濘離開土田家的。這是理論上歸結出來的答案，除非凶手是長了翅膀，否則逃不出這個答案。因為二十四日下午兩點半到二十五日下午五點四十五分之間，中區鶯岳一帶一滴雨也沒有下，所以，在土田家附近柔軟泥土地上留下鞋印的人，有可能就是殺人的凶手。

土田家的玄關前面沒有鋪石板或小石子，房子的周圍被柔軟的泥土地圍繞著。因為下雨而變得鬆軟的泥土地上，除了有兩名警察的鞋印外，還有兩個人的鞋印。其中一個是發現情況不對而報警的市公所職員長岡峰太郎，另外一個是恭子的丈夫——天城圭吾。

天城圭吾在位於中區根岸的賽馬場工作，因為是負責飼育的職員，腳上穿的鞋子與一般人不一樣。警察利用石膏採取了泥土上的鞋印，前去天城圭吾的住處調查案情，發現圭吾的鞋子和鞋底，與用石膏採來的鞋印完全吻合。於是警察把他帶回警局問話，第二天便將他羈押了，並在報紙上公開逮捕他的消息，同時公佈他已經死亡的妻子的名字。

天城圭吾是一個非常奇怪的人，即使想要離婚的恭子已經搬出家門了，圭吾仍然不願離婚，固執地糾纏著恭子，經常連著好幾天晚上在她住的公寓外面大聲威脅恭子，有時也會打電話威脅土田富太郎。

因為覺得長岡沒有殺人的動機，所以警方首先排除了他的嫌疑，同時羈押了天城圭吾。不過，這裡有一個非常麻煩的問題。長岡說他到了土田家後，只敲了門，一邊繞著房子的周圍走，一邊叫喚了幾聲。從現場的鞋印看來，確實他所說的話不假。因為沒有任何足以顯示有人進入房子，然後又從房子裡走出來的跡象。沒有發現有從房子裡走出來的鞋印，反之也沒有看到從外面走進房子裡的鞋印。基本上長岡的鞋印只是從玄關的方向開始，巡視了一下房子周圍後，又繞回到玄關前。就是因為這樣，所以長岡能夠擺脫了殺人的嫌疑。可是，單就鞋印這一點而言，天城留下的鞋印，與長岡並無差別。所以，當警方公佈了羈押天城圭吾的消息後，警方搜查陣營的麻煩就來了。

因為天城的鞋印在長岡的鞋印下面，這表示天城比長岡早到土田家。但是，就只是比長岡早到土田家而已，從他也一樣從玄關方向開始，在房子的周圍巡視了一下，又回到玄關。從天城的鞋印看來，一樣看不出他有打開土田家門、窗的跡象或動作。也看不出有比較長的時間佇立在某一個場所的痕跡。再加上如先前所說，土田家的門和窗戶上都有和室窗栓，就算有可以長時間站定的地方，即使煞費苦心，也無法從外面打開窗栓或把它上鎖。

他們兩個人的不同之處，除了先後的順序外，就是長岡在土田家巡視一番後立即報警，天城則沒有報警。不過，天城因為被認為有強烈的殺人動機，所以被警方強行羈押了。但是，天城沒有報警，也並非沒有理由。如果相信天城的證言，會覺得他說得也有道理。天城前往土田家的時間是二十四日的黃昏，那個時間點還不至於讓他聯想到恭子失蹤之事，當然不會想到報警之事。而長岡這邊，因為恭子已經失蹤一日一夜了，所以他會在危機意識下通報警察。換言之，如果長岡前往土田家的時間是二十四日的黃昏，或許他也不會報警。

警方現在左右為難。雖然認為天城就是凶手，卻無法查出天城是怎麼犯案的。既然沒有進入屋子裡，就應該殺不了人。可是，土田富太郎是一位名人，他遇害的這起殺人事件必定已經引起世人的關注，大眾的焦點也會集中在本牧警署。萬一強行羈押天城是錯誤的，那麼警方還能說什麼呢？

警方為了面子，在羈押天城的二十三天裡，對天城進行了嚴苛的逼問，逼得天城終於承認殺人。天城確實以前就有殺死土田富太郎的念頭。被恭子拋棄的他，經常陷於精神衰弱的狀態，喝得爛醉如泥時，更不清楚自己到底做了什麼事。

透過新聞的報導，社會大眾很快就知道天城認罪之事，大家也都感到放心了。可是，接下來輪到檢察官苦惱了。天城既然認罪，檢方自然要起訴，問題是檢方做不出天城犯罪的起訴書。天城圭吾大聲叫嚣，用力地敲門，並且在房子的周圍繞了一圈。根據物證所能明白的天城的行動，也就只是這樣而已。如果用比較嚴厲的說法來說，這些物證其實也證明了天城沒有進入土田家的房子。沒有進入房子裡的話，要怎麼殺害房子裡的妻子與她的情人呢？檢方不出起訴書，法院也就開不了庭。認為天城是殺人犯，卻不明白他是怎麼殺人的，只好釋放了天城。如果天城不是凶手，那就是凶手另有其人。只是，現場周圍並沒有發現長岡和天城之外的人的鞋印。

說實話，這樁殺人事件之謎，並非只是因為和室窗栓而形成牢不可破的密室之謎和鞋印之謎。還有個巨大無比的謎題隱藏在土田家的屋子裡，密室與腳印，不過是這個事件的序章罷了。

4

出了根岸線的山手車站往左轉，走一小段的路後馬上再左轉，穿過護欄，就是一條有點陡的坡道。沿著坡道往上走，很快就會到達小山丘的山頂。

已是平成⑪年間的現代，這座高台般的小山丘綠意盎然，也有路面平緩的馬路往上走或往下走。沿著馬路的兩旁，綠意中散落著幾幢擁有鐘塔的洋房。景觀很像是位於高原的避暑勝地。朝著坡道往下走，可以走到被稱為美國坡的本牧商店街。昭和三十一年時，這一帶屬於美軍所有，一般人是進不來這裡的，所以當美國坡歸還給橫濱市民後，還能保留許多綠地。御手洗和惠理子讀的和田山小學，在美軍基地的前面。

當時根岸線還沒有通車，所以上學必須用走的。少年御手洗每天早上從位於山手柏葉町的塞里托斯大學的家裡走出來，往山手公園的方向上山。沿路有國道的山手涵洞，惠理子總是在這裡等待御手洗。她每天都很早就從位於元町的家出門，在這裡等他，然後兩個人才一起走下坡道，前往在和田山丘的小學。

六月二十九日這天也和平常一樣，因為下著雨，所以他們兩人便撐著傘一起走。走在路上時，惠理子非常詳細地把昨天發生的事情，說給御手洗聽。包括打掃教室，要撕下教室後面牆壁的大壁畫時，橫濱市長獎的評審土田富太郎的兒子突然出現，要走模造紙去摺頭盔的事。還有在家時，從母親那裡聽到的土田家殺人事件的密室狀況，及留在土田家周圍不可思議的鞋印問題。

「他說要摺頭盔？」

御手洗沒有問密室和腳印的問題，先問了和那個中學生有關的事情。

「頭盔？啊，嗯。他說要摺頭盔。」

「唔。」

「御手洗同學，這件事很重要嗎？」

因為出乎意料，所以惠理子這麼問。

「嗯，或許吧。那昨天……」

⓫「平成」為日本現任天皇之年號，自一九八九年一月八日起計算。

「喂，你們兩個。御手洗同學。」

這是老師的聲音。是隔壁班的導師酒田老師。酒田也不是惠理子的導師，但是他認識惠理子與御手洗，尤其是少年御手洗，因為御手洗是校內的名人。

因為老師急急忙忙地追上來了，御手洗與惠理子停下腳步，向老師說「早安」。酒田老師戴著眼鏡，是讓人覺得很風趣的年輕老師。他不會板著臉，對待學生總是像在對待朋友般，所以相當受到歡迎。御手洗問酒田老師關於橫濱市長獎入選作品的問題。

「老師，聽說老師也負責了橫濱市長獎入選作品的選拔？」御手洗問。

「啊，我只負責我們學校部分的選拔。你的作品也被選上，已經送到營運委員會了。那是五月初的事情了。」

酒田回答。酒田是代表和田山小學的市長獎營運委員。

「聽說橫濱市長獎的入選作品很多。是嗎？」御手洗又問。

「嗯，相當多。我們學校每年會選十五件作品。」

「整個橫濱要選多少件作品呢？」

「好像每年全部會選七十件。不過，只是小學的部分。全橫濱的中學也會選出七十件作品。這個數字很好記，所以老師記得很清楚。」

「那麼，總共是一百四十件嗎？」御手洗說。

「是的，中小學合起來總共一百四十件，相當多了。要在那麼多作品中選出中學和小學各一名得獎作品，可不是容易的事。土田大師很辛苦的。」

「土田大師在自己的家裡選得獎作品嗎？」

「是呀！所以一直以來大家都很好奇土田大師是怎麼選的。」

「他能很順利地選出作品嗎？」

「嗯，很順利。好像在施展魔法一樣，每年總是選出最恰當的作品，所以大家都覺得土田大師是天才。至於他到底是怎麼選的，老師們之間有很多傳說。」

「沒有人知道他是怎麼選的嗎？」惠理子問。

「不知道。誰也不知道土田大師是怎麼選的。這是一個謎。」

「沒有選出過不恰當的嗎？老師。會不會是用抽籤或猜拳的方式選的？」惠理子說。

「絕對不會。選出來的作品總是能夠得到大家的認同，覺得那是最好的。所以才說像魔法一樣。」

「土田大師家的房子大嗎？」御手洗問。

「不大。土田大師的房子有點奇怪，但是並不大。」

「怎麼奇怪了？」

「土田大師家的院子裡有一座高壓電的鐵塔，所以樣子很奇怪。像骰子一樣的建築物三間圍在一起，還有鐵塔……用說的說不清楚，用畫的也畫不好。」

「因為有高壓電的鐵塔，所以房子的樣子很奇怪嗎？」

「是的。避開鐵塔的建築後，從上往下看整棟房子時，房子就像一把剪刀。呈現Y字形，看起來真的很奇怪。還聽說房子裡的房間都是正方形的。」

「嗯，是因為有那麼奇怪的房子的關係呀！」

「你是說因為院子裡有鐵塔，所以不必把畫貼在牆壁上，也可以選出好的畫嗎？」老師說。

「鐵塔可以接收電波呀！神傳過來的電波。」御手洗說。

「是嗎？」

「那個房子裡有大片的牆壁嗎？」

「可以掛滿畫的大牆壁嗎？我想是沒有的，應該沒有。大概只有體育館那樣的地方，才有可以掛一百四十件作品的大牆壁吧！」老師說。

「土田大師為什麼不使用學校的體育館呢？」惠理子說。

「是呀，為什麼不用學校的體育館呢？老師也不知道為什麼。」

「老師知道土田大師的家在鷲岳的哪裡嗎？」御手洗問

「土田大師的家嗎？不知道。不過，聽說是在鷲岳的四丁目，小河的旁邊。」

「在鷲岳的四丁目，小河的旁邊，院子裡有鐵塔，從上面看的話，房子呈Y字形，從側面看的話，像幾個骰子靠在一起的房子。」

御手洗簡單地做了歸納。

「唔……嗯，就是那樣。」

酒田老師看了少年御手洗一眼，帶著警戒的心說。

「那麼，老師，今年的入選作品也是一百四十件嗎？」

「不，不是那樣的。不知道為了什麼，今年起入選的作品件數增加了。我們學校的配額也增加成二十件。剛知道這個消息時，老師還嚇了一跳。」

「哦？從今年開始嗎？」

「嗯，今年才開始的。以前的配額一直都十五件作品，從今年開始，變成二十件了。」

「那麼，整個橫濱市總共入選多少件作品？」
「只是小學的部分的話，整個橫濱市要入選八十幾件作品。」
「八十幾件作品嗎……」
「那麼，中學生的部分呢？」
「中學生的部分的話，聽說整個橫濱要選四十幾件。」
「八十幾件作品對四十幾件作品，兩者的差別相當大呀！」御手洗說。
「嗯，確實是有很大的差別。」
「很奇怪耶！老師知道這是為什麼嗎？」
「不知道。只聽說這個數字是土田大師作的決定。大家都覺得奇怪。」
「那麼，一共是一百三十幾件作品呢？」
「聽說入選的作品全部是一百三十六件。」
「那比去年的入選作品還少了四件。」
「嗯，是少了四件作品。」
酒田老師好像牛在反芻般地唸著。
「全部入選的作品雖然只是少了四件，但從細目上看，是中學生入選的作品大幅減少，而小學生的作品大幅增加……」少年御手洗說。
「嗯，是的。」老師表示同意地說。
「一百三十六件作品不算是一個整數呀。」
「對，一百三十六是有零頭的數字。」

「理由是什麼呢？老師。」

「不知道，老師也沒有聽說。」

「可是老師不是營運委員嗎？」

「我雖然是營運委員，但是沒有問為什麼。因為既然是土田大師的決定，我們只要照做就好了。」

「奇怪。這是為什麼呢……」

「奇怪嗎？」酒田老師問。

少年御手洗陷入沉思中。

「嗯。很奇怪呀！老師。」

「為什麼奇怪？」

「雖然作品的件數從一百四十件變成一百三十六件，但所花的工夫不會有太大的改變吧？件數的多少會影響到所花的評選工夫。除非是使用了魔法來做評選。不過，才少了四件作品，土田大師花在評選上的工夫應該沒有太多的差別。」

「嗯，確實是這樣沒錯。花在評選上的工夫……」

老師也想了又想後說。

「如果是一百四十件，變成四十件的話，那就能明白了。」

「是呀！既然土田大師所花的評選工夫差不多，為什麼要改變作品的件數呢？」

「我覺得改變件數的原因，還是和需要花費的評選工夫有關。因為土田大師的房子並不大。不是嗎？」

「是不大沒錯。」

「可是還是在那樣的房子裡進行一百四十件作品的評選？」

「對，一百四十件。」

「理論上要在那樣的房子評選一白四十件作品，是不可能的事吧？」

「理論上是不可能的。因為只是在學校的教室裡從五十件作品中挑三、四件就很辛苦了。更何況土田大師要在狹小的私人住家裡，進行評選那麼多作品。」

「所以了，土田大師一定是想到了什麼方法，好讓他可以在狹小的房子裡評選四十幾件和八十幾件作品。」

「是嗎？」

「少了四件作品，土田大師的評選就變輕鬆了。」

「是嗎？有那樣的方法嗎？」

酒田老師撐著的傘有點歪了，他抬頭看看下著雨的天空說。

「一定有的。老師。如果能發現這一點，就能破解這個事件之謎了。」

少年御手洗很肯定地說。

「真的嗎？老師想像不到那樣的事。不過，真的會有那樣的方法嗎？關於土田大師被殺害的事件之謎，不就是『土田家房子周圍有凶手鞋印，但是土田家是一間密室，凶手天城是如何進入那樣的密室裡行凶的？』嗎？這和有多少件作品沒有關係吧？」

「看起來沒有關係，其實是一定有關係的。老師，這個事件的重點就在這裡呀！入選的作品件數，從今年開始改變了呀！」

「你能說得清楚是什麼關係嗎？」

「嗯，我能。」

御手洗很肯定地說。

「是嗎？那麼你告訴我，為什麼入選作品件數要改變？」

「我剛才已經說過，一定是有原因的，只是沒有辦法立刻明白原因是什麼。入選作品從一百四十件變成一百三十六件，是因為改變了原本小學和中學各入選七十件作品，並且要符合一個八十幾件，一個四十幾件的細目要求。我認為一百三十六這個數字是結果。少四件這一點並不重要。」

「為什麼小學生的入選作品要從七十件提高到八十幾件呢？」

「我認為土田大師一定有那樣做的話，就會比較輕鬆的理由。也就是說，比起評選中、小學生各七十件作品，他有評選八十幾張小學生作品與四十幾張中學生作品更為輕鬆的理由。」

「這和鞋印之謎有關嗎？」

「鞋印之謎和密室之謎，一定也是有關係的。老師，我從現在起，要認真想這些問題了。」

「是嗎？那些謎是有關係的嗎……」

酒田老師還是覺得不可思議。

「老師知道土田大師死時的樣子，和當時房間裡的樣子嗎？」

「沒有聽到這方面的消息。事件發生已經一個月了，警察的保密工夫做得太好了，一點消息也不洩漏給我們，好像有交代兇手是誰就可以了一樣。」

「嗯。」

三人一邊說著，一邊走進了學校。

5

之後，少年御手洗便整天坐在教室裡沉思，上課的時候老師在講什麼，他好像完全沒有在聽。當然這不是惠理子親眼看到的情形，而是她問御手洗的同班同學才知道的。小學二年級的時候，惠理子和御手洗不在同一個班級。

午飯後的休息時間，惠理子又跑到御手洗的教室。她站在教室的後門口，看著教室裡的御手洗，只見御手洗坐在自己的位置上，低著頭的樣子好像在沉思，但他究竟只是托著腮在沉思呢？還是面對著紙張在寫什麼東西呢？從惠理子的角度無法看清楚。惠理子只是要確定御手洗是否在教室裡，看到他確實是在教室裡後，便回去自己的教室了。她沒有出聲叫喚御手洗，是因為以前曾經有過因為一再固執地去找御手洗而被討厭的經驗。對已經無法在自己的家裡得到歡樂的惠理子來說，如果失去了御手洗，那真的會不想活了，所以她非常小心地不要惹煩他。

但是，放學的時間一到，惠理子立刻把筆記本和課本塞進書包裡，迫不及待地飛奔到御手洗的教室。御手洗平日就對惠理子說過：放學後可以到我的教室來。可是，今天惠理子放學後來到御手洗的教室時，御手洗卻不在教室裡。惠理子嚇了一跳，問了御手洗班上其他同學，才知道他去教職員辦公室了。

於是惠理子急急忙忙跑去教職員辦公室，懷著擔心害怕的心情偷偷看教職員辦公室裡面的情形。只見少年御手洗趴在老師們桌子的前面地板上，不知道在做什麼。惠理子鼓起勇氣，走進教職員辦公室，才看清楚御手洗手拿著捲尺，好像在測量畫圖紙的尺寸。御手洗量好畫圖紙的尺寸後，便從口袋裡拿出放大鏡，很仔細地看著紙的表面。不過，他看的並不是畫著圖的正面，而是沒有圖的背面。到底在幹什麼呢？惠理子想不透。

對學生們來說，前往教職員辦公室的原因總是做錯事，被叫到教職員辦公室責罵，所以是學生非常不想靠近的場所。惠理子一邊窺視著老師們的臉色，一邊戰戰兢兢地一步一步地走到御手洗的身邊。

「御手洗同學，你在做什麼？」

惠理子小聲地問。

「在看畫。」

御手洗回答，但他好像在對空氣說話一樣，完全不看惠理子一眼。

「那是什麼畫？」

「去年得到橫濱市長獎繪畫比賽佳作的作品。聽說掛在教職員辦公室的牆壁上，所以我來教職員辦公室，請老師給我看這張圖。」

御手洗心不在焉地回答，但惠理子並不在意，因為她知道御手洗的腦子裡，現在只有土田富太郎大師的命案這件事。御手洗把已經裝了畫框，掛在教職員辦公室牆壁的畫，從牆壁的釘子上拿下來，然後放在地板上，把畫從畫框裡拿出來進行調查。這是土田大師去年評選出來的作品。御手洗拿著放大鏡，仔細地看著那張畫圖紙，只是不知為何，他看的是畫圖紙的背面。

教職員辦公室裡，老師們在他們兩個人的旁邊走來走去，御手洗雖然毫不在意，但惠理子可覺得背脊發涼了；她不禁更加佩服御手洗的膽量了。因為御手洗功課好的關係吧？其他學生如果在教職員辦公室裡做這種事，不知道會怎麼被老師責備了。基本上老師們也不會讓學生在教職員辦公室這麼做。

「你在做什麼？欸，在看什麼？」

「嗯，在看東西。」

御手洗頭也沒抬，嫌煩似的回答。意思好像是在說惠理子提出來的問題太沒有意義了。因為在觀察的結果還不能進入軌道前，御手洗是不會做任何說明的。

「那是背面呀！」惠理子說。

「嗯。」

御手洗回答，他應該知道自己看的是背面。

「那張圖沒有還給學生呀！」

這回御手洗完全不回答了。

「不看正面嗎？畫什麼內容不是很重要嗎？背面重要嗎？咦？有必要用放大鏡看嗎？」

御手洗只是唔唔唔地含糊回答惠理子的種種問題。

「欸，這個和土田大師被殺死有關係嗎？要這樣調查嗎？」

「不要吵了！」

少年御手洗終於忍不住了，並且放下放大鏡，露出整張臉。

「我在想事情的時候，妳不要說話。等一下會完完整整說給妳聽的。」

「對不起。可是，你不快點的話，會被老師罵吧？」

「放心，不會啦。如果妳會那麼想的話，就不要吵我呀！好了，已經好了，和我想的一樣。

我大概知道了。」

「知道什麼了？」

「三百六十四和五百一十五。結束了，把畫收進畫框吧！從這裡放進去……」

御手洗打開畫框的背蓋，畫圖紙的背面朝上地把它放在畫框的玻璃上面，然後蓋上背蓋，再轉動釘在畫框四個地方的釦子，固定好畫框的背蓋。

「啊！這張圖畫的是貓和花呢！好可愛。這個也有關係嗎？畫著貓的畫。」

惠理子歪著頭，偷看著御手洗的臉說。

「畫的是貓嗎？我完全沒有注意到。」

御手洗說，接著又說：

「來，妳看看這裡。紙彎曲成這樣了。如果沒有和玻璃緊密地靠在一起，就會這樣鬆鬆的。」

「真的耶！可是這個重要嗎？」

「比起畫的是什麼更重要。這是最重要的。」

御手洗把放大鏡收進褲子的口袋，再把夾好畫的畫框掛回牆上。然後向正好在附近的老師說謝謝，才走到走廊上。惠理子當然跟著他，一起走出教職員辦公室。

「你知道了什麼？」

一走到走廊上，惠理子便鬆了一口氣，馬上就提出問題。

「唔，向前跨了一大步。明白是什麼魔法了。」

御手洗開心地說。

「魔法？」

「嗯，今天早上酒田老師說的魔法。」

「哦？什麼魔法？」

惠理子忘記了。

「酒田老師說的，在狹窄的房子裡，一個人獨自進行一百四十件作品的評選，選出兩件得獎作品，就像進行魔法一樣。」

「啊！」

惠理子想起來了。

「我知道用的是什麼魔法了。」

「哦？真的嗎？太厲害了！現在都明白了嗎？」

「剛才只是在作確認，直到真正的實物擺在面前，才能說是完全明白了。動腦筋是很重要的。」御手洗說。

「你今天都在動腦筋嗎？」

「嗯，整天都在動腦筋，所以上課的時候完全沒有聽到老師說的話。」

「啊，那怎麼行？」

「反正老師說的事情，我都已經知道了。」

「嗯！小潔都知道了。而且，連殺人事件之謎也都弄明白了？」

如果真的是這樣，這才叫做魔法。

「我現在知道的還只是方向，因為沒有辦法知道在現場的話，會發生什麼樣的情況。如果能到現場看看，一定就能全部明白了。不過，這很困難呀——可是——一定要去才行。」

「什麼？要去哪裡？」

「土田大師的家。」

「啊！」

惠理子因為太過訝異而輕呼出聲。

「接著就應該去那裡了。」

「可是，我們是小孩子，怎麼可能讓我們去殺人現場呢？」

惠理子睜大了眼睛說。

「是那樣沒錯。可是，命案已經過去一個月了，如果順利的話，即使遇到警察，或許也能說服警察。」

「會被罵的呀！」

「我也不想去那種地方呀，可是沒辦法，只靠警察是解不開命案之謎的。」

「哦？真的嗎？只靠警察是解不開命案之謎？」

「因為這次的事件很困難呀！他們不知道土田大師是怎麼評選橫濱市長獎的，即使命案已經發生一個月了，仍然不知道兇手是誰，到現在還是只會說不清楚、不清楚。所以我一定要去。」

「警察不會讓你進去看的！」

「我知道，但還是要去。」

「小潔！你真了不起。我可以和你一起去嗎？」

「妳不要來。和女生在一起，事情就會變麻煩。」

「不行，我一定要去。」

「那妳就不要問東問西！」

於是，他們兩個人一起走出校門，經過高台上的路，朝著本牧的方向走去。雨還在下著，所以他們撐著傘，在美軍基地前面右轉，穿過被雨淋得濕透的槭樹、比他們兩個人的身高還要高的雜草叢，沿著小路往前走。

「小潔，你知道路嗎？」惠理子問。

「唔，知道大概的方向。走這邊，跟我來。」

兩人已經走到平地了，也已經走了不少路了。面對完全陌生的四周景物，惠理子感到有點害怕了。如果不是和御手洗在一起，她一個人絕對不敢走到這麼遠的地方。

走過潮濕的紅色泥土裸露的矮山丘旁邊，就看到一整片寬廣的田地。雨水淅淅瀝瀝地打在黑色泥土上面的一排低低的樹葉上的聲音，清楚地傳入耳中。田地到處都豎立著看板，腳下的路有些是鋪修過的路面，有些是沒有鋪修過的。沒有鋪修的路段因為積水的關係，變得非常不好走。

繼續往前走後，看到銀色的高壓送電鐵塔了。御手洗便以那座鐵塔為目標，朝它走去。越走越近的時候，便會發現自己正走在懸掛在半空中的好幾條電線的下面。再往前看，還有一條看起來像小橋的地方。路面變傾斜了，是往橋的方向下傾的路面。

御手洗走到靠近橋五十公尺的地方，停下腳步，伸出左手指著。那裡是一大片視野寬敞的平原。眼前寬闊的田地白霧裊裊，雨水拍打著地面。雖然景致美好，但是有點冷。高高的鐵塔被雨水洗得有點泛白，而鐵塔背後是樹木重重疊疊的黑色森林。鐵塔的腳下，是一棟兩層樓建的房舍。雖然周圍還有房子，但是房子與房子之間的距離，都相當遠。

「那邊就是鶯岳的四丁目，旁邊有小河，鐵塔在院子裡。房子的造型有點像骰子，所以那就是土田大師的家了。我們再靠近點看吧！」

聽到御手洗這麼說，惠理子發抖了。濕冷的涼意，當然是原因之一，但最大的理由還是害怕。因為那是發生過命案的房子。離鄰居的房子那麼遠，所以發生凶殺事件時，不管怎麼叫喊，鄰居們一定也聽不到。惠理子想像自己處在那樣的情況，馬上就深覺恐懼，害怕得想哭。

「看，旁邊有小河，土田大師的房子這邊比較高，形成高台的地形，沿著河的岸邊有種樹。河的對岸蓋了很多房子，相較之下，土田大師這邊的房子就很少了。」

如御手洗解說的，土田家的河對岸，確實有好幾間蓋得比較粗糙的房子。

「妳遇到的土田大師的兒子，好像就住在那裡的房子中的某一間。他叫做土田康夫，他媽媽的名字叫春子。他們母子兩個人就住在那裡。聽說也沒有電話。」

「沒有和父親一起生活嗎？」

「嗯，沒有一起生活，聽說是分居了。他和我的情形很像，但是他的父親生活在他看得見的房子裡。」

「和別的女人嗎？」

惠理子馬上說。

「不，和土田大師一起被殺死的人，好像還沒有和土田大師生活在一起。」

「御手洗同學，你為什麼知道這麼多呢？」

「因為我問過老師了。這些都是大家知道的事。大人們其實很喜歡談論這些事的。」

御手洗很愉快似的說著。

「和土田大師一起被殺死的女人叫做天城恭子吧？」

「嗯，好像是的。」

「聽說她是有丈夫的女人？」

「好像是的。」

「她離開丈夫的身邊，常常和土田大師在一起？」

「嗯，妳怎麼知道這些呢？」

「我聽媽媽說的。」

「噢。」

「她的丈夫一定很生氣吧？」

「好像是的。」

「所以就殺人了。我可以了解。」

「哦？妳怎麼了解了？」

御手洗一邊走，一邊好像很驚訝地問惠理子。

「我了解。因為誰都不願意自己最喜歡的人被別人搶走。」

「因為最喜歡的人被搶走就殺人嗎？」

「如果最喜歡的人無論如何都不會回來了，那……」

惠理子說。御手洗注視著她的臉，然後才說：

「我完全不能了解。」

接著說：

「活著的話，總是還可以見到面。」

雖然事件發生已經經過一個月了，但土田家的門與柱子上還是拉起了封鎖的繩帶。玄關前有兩個人在那裡走來走去，一個是穿著制服、撐著傘的警察，另一個是在鴨舌帽上戴著防雨斗篷，看起來像刑警的男子。土田家的圍牆不高，又只是架鐵絲網的，所以大家都能看到圍牆內的樣子。

一看到那兩個男人，御手洗立刻毫不猶豫地上前說話。

「刑警先生，被抓到的天城先生是怎麼殺害土田大師的呢？」

像刑警的那個男人停下腳步，覺得很不可思議似的看著少年御手洗。在一旁的惠理子提心吊膽地看著他們。從外表看來，這位刑警的年紀大約是五十歲左右，臉頰消瘦並且有暴牙，沒有修剪的鬍碴尤其醒目，看起來一臉的窮酸相。

「可以告訴我一些土田大師死亡現場的情形嗎？還有周圍的情況？」

聽到少年御手洗的發問，刑警果然露出不屑的表情。

「小孩子不要亂說話，快回家。」

刑警說完就想轉身走掉。

「請等一下。凶手沒有說他是怎麼殺人的嗎？」

「他有沒有說怎麼殺人不重要，重點是我們知道他怎麼殺人了。」

「是怎麼殺人的？」

御手洗問，刑警「哼」一聲，說：

「為什麼非告訴你不可呢？快回去。」

「刑警先生，您現在一定很苦惱吧？要不要我告訴你凶手是怎麼殺人的？」

御手洗說得直接，但刑警聽了卻差點忍不住笑出來，所以臉上掛著笑意，說：

「小朋友，你快點回家去吧！再這樣胡說八道的話，我可要生氣了。我們已經找到凶手了。」

「但是沒有找到殺人的方法呀！」

「什麼？」

刑警停下腳步，以惡狠狠的表情瞪著站在封鎖線前的御手洗，然後一步步逼近。惠理子嚇得往後退。

「你這個小鬼！不要再亂說話了！這可是真正的殺人事件，和小孩子玩的偵探遊戲不一樣。」

刑警的表情非常嚴肅，聲音聽起來很有威嚴。可是御手洗全然不畏懼。

「我沒有亂說話。不快點抓到凶手，繼續這樣下去的話，警察叔叔們會很沒有面子的。」

「剛才不是說過了嗎？我們已經抓到凶手了。你這個小鬼！」

從刑警的表情看來，他是真的生氣了。

「只是因為房子的周圍有一圈他的鞋印吧？一樓門窗上的和室窗栓都上鎖了，不是嗎？那麼天城先生是怎麼殺死那兩個人的呢？」

「我明白你的意思了，你的意思是土田大師是自殺。是嗎？」

「有人這麼說了嗎？」

「土田大師不是自殺的，因為他身上有十四處刀傷，現場也不見凶器。」

御手洗聽到刑警這麼說，臉上馬上露出喜悅的表情。因為他聽到一件他想知道的訊息了。

「不是自殺的，所以會把畫弄髒了。是嗎？」

「沒錯，確實不是自殺的。」

「畫有多髒呢？」

「小鬼，這是機密，不能亂說。連記者們都還沒有被告知。」

刑警說完，用力轉身邁開腳步，不想再理會御手洗了。

「我可不是亂說的，我是為了警察叔叔說的唷。不過，您不告訴我也沒有關係，因為大致上我已經都知道了。」

聽到御手洗這麼說，刑警先只是搖搖頭，但他的臉上卻浮著不以為然的冷笑。然後，他的表情變得冷酷，開口說：

「既然你知道了，那就快點教教我呀！」

刑警大聲地說。接著，他對站在前方的穿制服警察說：

「剛才已經正確地計算過現場的室內了。等一下要把那個數字填入圖面，請你現在把數字記錄下來。」

「五千一百五十公釐。」

少年御手洗大聲地喊出旁邊的惠理子不明所以的數字。那位刑警在御手洗喊出這個數字後，從他的背影看來，他的身體好像凍僵了一樣。穿制服的警察也在之後露出驚訝的表情。

「土田大師和天城恭子被殺害的地方，是五公尺十五公分的正方形房間吧？」

刑警慢慢地轉頭，看著御手洗這邊。刑警用力張開原本細長的眼睛，似乎驚訝得說不出話了。

「還有，那裡原本是鋪著榻榻米的房間，但是，所有的榻榻米都看不見了。這是為什麼呢？因為緊密排列在一起的畫，遮蓋了所有的榻榻米。是這樣吧？」

男人們什麼話也沒有說，空氣間只聽得到雨水打在泥土地上的聲音。

6

鶯岳派出所把畫家土田富太郎與情婦天城恭子離奇死亡的事件，通報到本牧警署的時間，是昭和三十一年五月二十五日的下午五點四十三分。那時派出所的警察們已經在土田家的門前拉好封鎖線，完成保存現場的工作。

還有，因為現場屋子的門窗都被和室窗栓嚴密地鎖起來，變成了密室，所以由兩名警察打破玄關的玻璃門，才能進入屋內。既然是要進入屋內，當然還是想從玄關進入。從現場的狀況看來，讓人馬上聯想到的，就是「殉情」。另外，因為院子裡有不少腳印的痕跡，所以也把那些腳印保存下來。又，做為殉情現場的房間的樣子也怪怪的，所以也被認為有保存原狀的必要。

同一天下午六點二十分過後，本牧署的村木與橋本兩位刑警帶著鑑識課的人員，也來到了橫濱市中區鶯岳四丁目的土田家。那時雖然沒有下雨，但是一個陰天，雖說是白日較長的季節，周圍還是顯得陰暗。

在玄關前打開的手電筒光源，照射在因昨天白天的雨而變得柔軟的泥土地面上，兩種不同的鞋印清清楚楚映入眾人的眼中。這兩種鞋印不論是踩下去的深度，和旁邊泥土隆起的程度，都有所差別，一個是雨停不久後形成的鞋印，一個是過了一段時間之後才留下的鞋印，一看就知道兩者的不同。幾個鑑識課的課員立刻採集鞋印的痕跡，折彎白鐵皮片，圍起四周，準備灌石膏。

土田富太郎是藝術院的會員，雖然以橫濱為生活中心，卻是全國知名的畫家，所以前來調查的警官們，也都知道他的名字。土田出身貧困，經過了相當辛苦的努力，才擁有如今的地位。從窮學生時代起，他就住在河對岸的那些老舊房子裡，但是成名之後，作品搶手了，便在現在住的河邊買了地，建造工作室。不過他卻不讓現在讀中學二年級的兒子康夫和現年四十七歲的妻子春子進入工作室。工作室建好的當初，他還會回妻子那邊吃飯，後來回去吃飯的次數越來越少，漸漸變成分居的狀態，他也就直接住在工作室，一直到今天。

不知道是資金不夠，還是買不到足夠寬敞的土地，抑或當初只是為了要當工作室，因此想得不夠周全，所以才會在高壓電塔的腳下，以狹小的土地，勉強蓋了這樣一間形狀奇怪的房子。但是房子的樣子雖然奇怪，土田大師好像住得很舒服，所以今年年初，便以二樓為中心，進行了室內的改裝，還利用了改裝時的剩下建材，在後院的一角——也就是鐵塔的下面，蓋了一間小屋。

村木、橋本兩位刑警一到土田家，就馬上進入玄關的水泥地面。四邊形的玄關水泥地面呈梯形，玻璃門的軌道，與對面邊的進屋橫木是兩條平行線，另外兩股的線條則互不對稱。右側深處有傘架，傘架內有一把老舊的黑色洋傘。（圖1）

玄關的水泥地後面是走廊，不過，與其說是走廊，還不如說是鋪著木板的走廊間。這邊也一樣，與玄關水泥銜接的進屋橫木，和走廊盡頭浴室的門軌道平行，讓走廊的空間形成一個變形的四邊形。走廊間的地板被擦得亮晶晶，而屍體所在的房間的拉門已經壞了，被放置在這個走廊間中。

兩位刑警和鑑識員脫了鞋子，只穿著襪子上走廊，然後很快地巡視了一遍一樓的情況。走廊間的右側深處，有木頭做的階梯通往二樓，階梯的入口在走廊間的內部。

從玄關的方向看過去，走廊間盡頭的左邊是浴室。拉開鑲嵌著毛玻璃的拉門，就是脫衣間，裡面放著最新式的電動洗衣機；隔開脫衣間與浴場的，也是毛玻璃的拉門，而浴場的最裡面靠牆

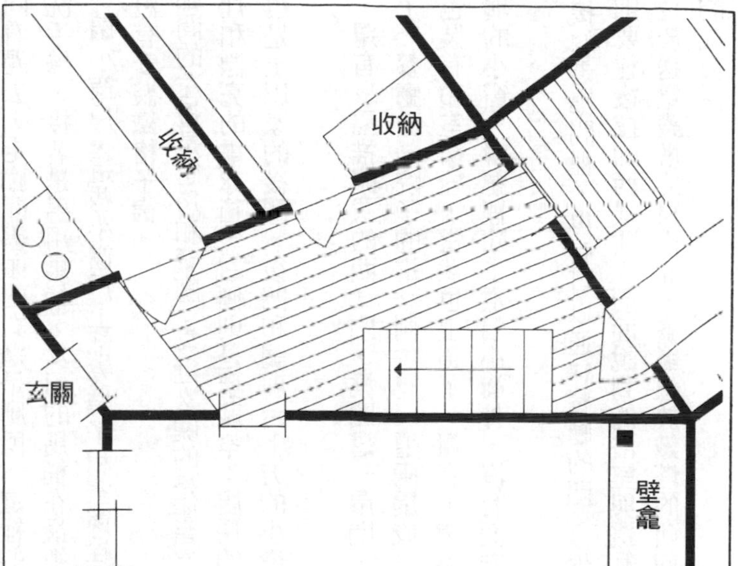

圖1

處，是貼著磁磚的浴槽。

同樣從玄關的方向看過去，走廊間盡頭的右邊是廁所。這裡的門是西式的。開門後的右前方是有水槽與水龍頭的洗手檯，接著是男用馬桶，女用的馬桶在最裡面。浴室、男用馬桶、女用馬桶、洗手檯前都各有一扇小窗戶，這些小窗戶上都安裝了和室窗栓，並且都牢牢地鎖上了。不過，這些小窗戶的外面都沒有安裝鐵格子窗。

進了玄關後，走廊間的左邊是廚房和餐廳。靠近玄關的是廚房。最前面是西式門；進入門後，左手邊是流理檯、爐灶和漂亮的電冰箱，右側則是儲藏室；廚房的盡頭是和式的拉門，拉門的外面是庭院。這個拉門也是土田家的後門。後門和調理台上方的小窗也都裝了窗栓，並且都牢牢鎖上了。（圖2）

後門前方的右邊，還有一扇推開式的西式門。推開這一扇門，門的後面就是餐廳。餐廳裡有餐桌和一整套六張椅子。餐廳面向院子的這一側，有一道兩扇成一組玻璃拉門，可以從這邊拉門走進院子。這道拉門也裝有和室窗栓，當然也上鎖了。還有，窗簾也是緊緊拉上。廚房與餐廳之間有一扇鑲嵌著毛玻璃的小窗，餐廳裡除了這扇小窗外，沒有面向外面的窗戶。電話就放在這扇小窗前面的吧檯上。

與玄關水泥地連接的走廊間裡，也有可以通往餐廳的門。這是一扇從餐廳到走廊間要往前推、從走廊間到餐廳則要往後拉的西式門。前面說到的浴室與這裡的餐廳，兩者好像把送電鐵塔夾在中間一樣，浴室位於送電鐵塔的東南面，餐廳位於鐵塔的西南面。這兩個空間緊鄰鐵塔的這一面的牆壁，都沒有門或窗戶。

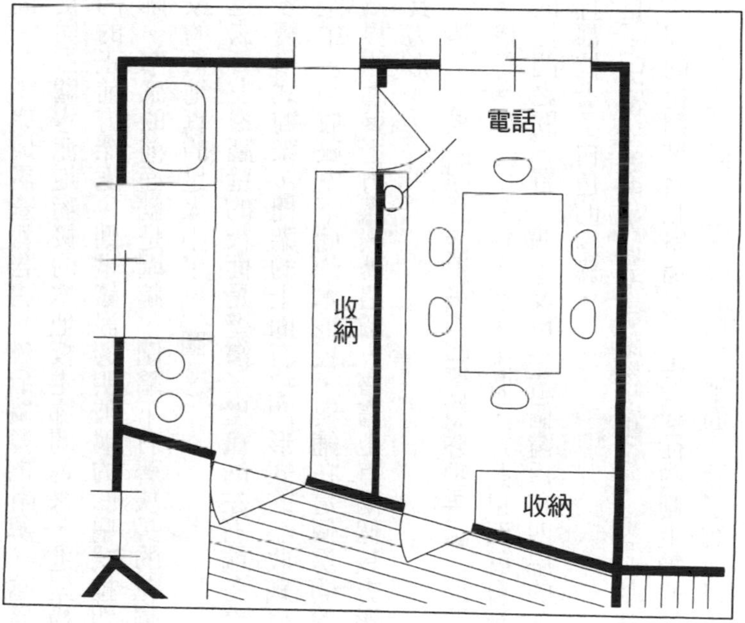

圖2

走廊間右手邊，就是發生事件的和室房間。這裡是土田大師接待客人的會客室，是一個變形的十張榻榻米大的空間。為了完成調查報告書，經過實際的計算，會客室可以換算成邊長五公尺十五公分的正方形。從與玄關水泥地銜接的木地板走廊間進來，進屋橫木的右手邊，就是進入會客室的拉門。這個拉門的正前方深處，則是鑲嵌透明玻璃的四扇式拉門，打開這裡的拉門，外面是一條狹窄的戶外窄廊。窄廊的前面就是圍牆，圍牆下有著狹長的花圃，花圃和走廊之間就是像走道般的院子。土田家的佔地真的是太小了。（圖3）

從入口的拉門走進去，左邊牆壁的後面是壁龕，壁龕的左右端各豎立著一枝加工成四角形的竹子；壁龕的右側有多寶格式櫥架，櫥架的上面有拉門形式的小收藏格。這個小收藏室好像被懸掛起來一樣地浮在半空中，小收藏室下面的木地板，與鋪在這個房間的榻榻米屬於同一平面。與玄關的鋪木板走廊間為界的牆壁上方鑲嵌著格窗，格窗上有兩個長方形的空間，中央以細長的竹子橋樑，牽引著兩個長方形。

背著入口時的右方牆壁，是由四片隔扇為門的壁櫥收納室，裡面收納著許多坐墊、兩張矮桌，還有劍山的花盆、花台等等。感覺上是很多客人來時，這些東西就會全部被派上用場了。

這個壁櫥與入口的拉門之間，有一個小窗戶，這個窗戶和四扇的玻璃拉門上，都有窗栓，也都好好地鎖上了，並且都拉上了白色的窗簾。

這個和室房間就是土田富太郎與天城恭子陳屍的現場，並且存在著許多不可思議的謎樣問題。其中之一：這個房間的拉門裝有和室窗栓，這是要從內側上鎖的鎖，也就是鎖這道拉門時，只能在房間裡面上鎖，不能從外面。土田家的房子裡面，除了廁所以外，沒有需要用到鑰匙的門鎖。和室窗栓的前端會嵌在牆壁的柱子上，以此鎖住門。因此警察剛來的時候，這道拉門牢牢地

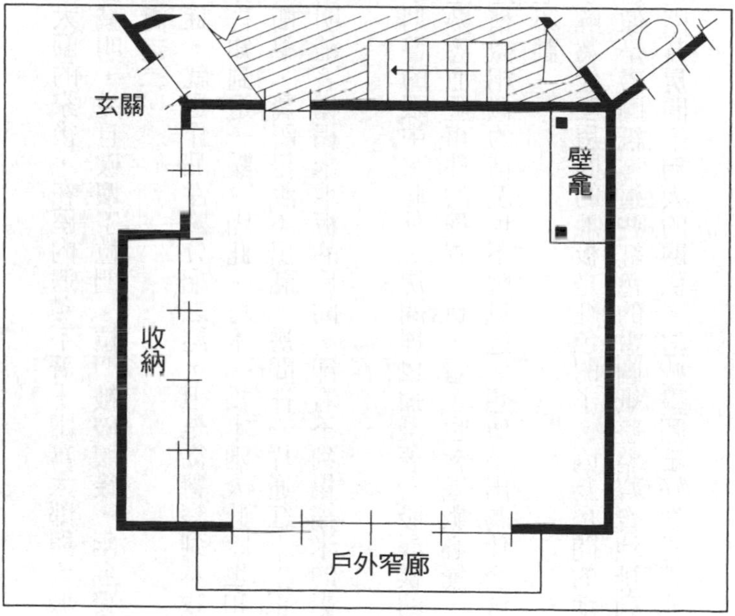

圖3

固定在柱子上，怎麼拉也拉不動。從這一點看來，土田富太郎與天城恭子之死，確實像是殉情而死。

兩名警察進入土田大師的家後，在屋內追尋不著土田富太郎與天城恭子，而會客室卻牢牢地被鎖住，只好對內大聲喊叫，並且破壞了拉門。拉門被破壞後，兩名警官一進入會客室，立刻被眼前的情景嚇到。這是謎之二。

這次事件中最大的謎，就是作品件數分配之謎，但是從警察到本牧署來的兩位刑警，還有鑑識員們，都沒有被充分告知到這一點。因此，村木、橋本兩人此時也和最初踏入這房間的兩名警察一樣，受到了很大的衝擊，驚訝得說不出話。房間裡一片通紅——正確地說的話，應該說是整片地板都是紅色的，明明鋪著榻榻米地板的房間，卻看不到榻榻米的影子。也就是說榻榻米上鋪滿了紅色的東西。

這樣的紅色刺進了刑警的眼中。此外，房間裡也彌漫著一股異樣的臭味，讓人不住作嘔。這種異樣的畫面，即使是熟悉血腥事件的搜查人員，看了也會膽戰心驚，嚇呆了。因為這是他們前所未見的犯罪現場，連稍微相似的情況也不曾見過。想像不出為什麼會這樣，搜查人員一時都呆住了，站在入口處動也不動。

下一瞬間，他們了解為什麼房間的地板是紅色的了。因為房間的地板上鋪滿了紅色的紙。那些紙看起來有點厚，好像是畫圖紙。這些紅色的畫圖紙整整齊地排列在地上，其中某些畫圖紙有小部分的重疊，這是因為房間不夠大的關係。這些畫圖紙好像磁磚或嵌木，很整齊地排放在榻榻米的上面。

「氣味很不好，可以打開窗戶嗎？」村木說。「這些紅色的東西是什麼呀？」

「這些……該不會是畫吧？同學們的畫作？」橋本說。

「同學們的畫作？」

「是的。大概是橫濱市長獎的入選作品吧？隱隱約約可以看到紅色的下方有圖畫的模樣。」

「這些圖都塗上紅色了嗎？」

「好像是的。」

「全部？」

「是的。」

「為什麼？」

「不知道。」

「橫濱市長獎入選的作品為什麼會在這裡？」村木問。

「土田大師就是負責評選出誰是橫濱市長獎得獎者的人。」

「土田獨自負責嗎？」

「是的。一直以來，好像他都是獨自一個人負責評選的工作。」

「這麼重的工作，一個人做得來嗎？」

「他確實是獨自一個人做了。」

「為什麼都排放在地板上呢？」

「不知道……」

橋本的眼睛一直盯著地板看，說：

「這種工作應該到更寬敞的地方進行才對吧！」

然後，兩位刑警這才看著屍體。大約是這片通紅的地板的中央的紅色紙上，橫躺著一對男女。土田似乎穿著淺藍色的襯衫和灰色的長褲；天城恭子則穿著白色的罩衫和黑色的裙子。他們身上的衣服都很整齊；無法明確寫出他們身上的衣服顏色，是因為上面都濺上了大量的血跡，血也變成黑色的了，所以早已看不出原來的顏色。從出血量看來，兩人身上的傷口應該不少。

兩人的身體很靠近，卻沒有任何一個部位有相互接觸到，當然手也沒有握在一起。除了土田富太郎的左手上拿著大號的畫筆之外，其他手上都空無一物。另外，他們兩個人的身體周圍什麼東西也沒有；這間和室裡看不到凶器，也沒有裝顏料的小碟子。

「左手上握著筆，土田是左撇子嗎？」村木問。

「不知道。」

「沒看到凶器。不過，從傷口看來，應該是被刀刃刺殺的。可是，這裡連菜刀之類的東西也沒有。」

「是沒有。」

「還有，榻榻米也不見了。整個房間都是畫。排得很整齊，好像經過計算似的。」

「只有那邊有一塊空隙。」

橋本指著壁龕旁邊的高低架下面說。他看著那褐色的地方，好像是壁龕地板的一部分。

「啊，果然。不過，那個空隙應該可以排四張畫紙吧？」

「好像是的。」

只要觀察過四周，很容易就能估計出那個空隙可以排四張畫紙。

「這個臭味是血的關係嗎？氣味好嗆！哇！這是血嗎？把血塗在畫上面嗎？」

村木看著自己的腳下，大聲叫道。

「不會吧？」

橋本一邊說，一邊蹲下來，看著最近的一張畫紙的正面。

「不是吧？這是顏料。」

「是顏料嗎？那就……」村木說。

「不，不對，看那邊。」村木手指著，又說：「那是血，所以才會這麼臭！是血！絕對錯不了。」

「唔——或許吧。不，應該說好像是血。」

橋本低聲哼道。

「好像是吧！喂，從來也沒有碰過這種事吧？到底為什麼要這麼做？腦子裡在想什麼呢？」

村木的語氣可以讓人感覺到他的憤怒。

「這個自以為是的土田，想在所有的畫作上塗上自己身體流出來的血嗎？」

橋本問。

「好像是的。這些都是小朋友的畫……實在讓人難以置信！這些畫都只是暫放在這裡而已的吧？土田為什麼要這麼做呢？」

「不過，這樣……不是很奇怪嗎？」橋本說。

「什麼？」

村木問，他臉上的表情和語氣都很嚴厲。

「啊，沒事。這個……還沒有看屍體的狀況……要怎麼靠近那邊呢？」

「把這裡的一部分畫圖紙拿到走廊，可以清出一條路走過去了。由我們處理。」

由於鑑識員這麼說，兩位刑警便暫時退到走廊間。鑑識員戴上白手套，把畫一張一張地拿出屍體現場的房間，排放在破壞掉的拉門旁邊。謹慎起見，鑑識員按照順序，小心地疊放一張張的畫圖紙。

在鑑識員拿畫出來的時候，兩位刑警趁著空檔，查看鑑識員手中的畫，並且確認了塗著血的那一面，都是畫圖紙的正面，也就是畫著圖畫的那一面。因為側眼看時，可以看到畫圖紙的另外一面是白色的。橋本一邊看著畫，一邊數鑑識員拿出來的畫的張數。數到第十張時，鑑識員說：

「可以了。現在已經可以靠近屍體的旁邊了。」

兩位刑警再度進入房間時，鑑識員已經清出一條可以通到屍體旁邊的狹窄小路了。拿起畫圖紙後，榻榻米的部分就露出來了。奇怪的是，用肉眼看，完全看不出榻榻米上有血液的痕跡。血液從兩張畫圖紙的間隙滲入，沾染在榻榻米上，是很有可能的情況呀！可是榻榻米上卻完全看不到血液的痕跡。莫非是已經用沾了清水的筆洗掉了？如果是這樣，那就少不了裝清水用的杯子。問題是這個房間裡根本看不到可以洗去筆上的血跡，或沾清水來清洗榻榻米上血跡的容器。

橋本走在前面，沿著清出來的榻榻米小徑，和村木一起來到兩具屍體的旁邊，並且蹲下來查看。他們兩個人都皺起眉頭。

「啊，太慘了……」

「什麼？」

村木說。他就蹲在橋本的身邊。

「啊！」

村木突然感到害怕，終於了解橋本說的是什麼了。兩具屍體身上的傷口都很多。看起來很像是拚了命亂刺的樣子，所以傷口才會這麼多。從體內流出來的血滲透了衣服與畫紙，血液凝固之後，衣服和畫紙也就黏在一起了。

「兩個人的頸動脈都被割斷了。土田的傷口尤其多，胸、側腹、腿、手臂等等，數一數，有十刀之多。旁邊的女性也差不多，也被刺了很多刀。」

接著，橋本對村木說：

「這種情形果然很奇怪。」

村木沒有回答，他完全同意橋本的看法。

「照著剛才村木兄說的話去想，應該是土田先殺害了這個女的。這個女人的身上有很多傷口，甚至可以說是太多傷口了。土田用畫筆吸取了從女人身上流出來的血，來塗抹排放在這個房間裡的畫圖紙，然後用刀刺自己的身體自殺。是這個意思吧？」

村木不說話。

「但是，從傷口的情況看來，我覺得那是不可能的。因為土田身體上的傷痕少說有十個，而且傷口都很深。一個自殺的人，是無法在自己的身上造成十道這麼深的傷口，因為通常第一刀下去後，人就虛脫無力了，第二刀自然就顯得無力。如果第一刀是致命性的傷，頂多也就是兩個傷口罷了。

「同樣的道理，反過來的話也是一樣的。如果是女人先刺殺了土田，用土田的血去塗染畫圖紙後再自殺，那也是不可能的。因為女人身上的傷痕也很多，傷口也相當深。從女人身上的傷痕看來，也是亂刺的結果，傷口將近十個。從這樣的傷口看來，這絕對不是殉情的結果。」

「嗯。」

村木只是「嗯」了一聲，仍舊是無言地思考著，他無法否定橋本的觀點。

「而且，從屍體的周圍看來，傷口附近的血極少，大部分的血都被拿去塗染畫圖紙了。大概是用筆直接從傷口的地方沾走流出來的血液的。另外，只有一個人的血，恐怕也不夠塗染這麼多的畫圖紙吧？所以說，這個命案不是殉情的事件。」

「那麼，房間入口處的窗栓，是誰去上鎖的呢？」村木說。

「這確實是一個問題。但是，這個命案也絕對不是殉情事情。理由還有很多，例如房間裡找不到凶器，也沒有可以裝水的杯子容器，更看不到裝顏料用的小碟子或調色盤之類的東西。用血塗滿這個房間裡的所有畫圖紙，是一件大工程，要洗筆、要稀釋血液。只有筆，沒有稀釋血液的話，沒有辦法塗滿這些畫紙的。房間裡沒有調顏料用的小碟子或杯子，是因為除了兩個被害人外，還有別人也來過這個房間，那個人用兩個被害人的血塗染了畫圖紙，並且拿走了碟子或杯子。」

「門的鎖的問題要怎麼解釋？」

「有機關吧！只能這麼說。」

「什麼機關？」

「這個嘛——現在一時還無法理解。」

「和室窗栓的話，是不需要鑰匙的鎖。」村木接著說：「假如如你所說，其中必有機關。但是，為什麼要那麼做呢？」

村木問。這次換橋本沉默了。

「嫌犯除了他們兩個人外，另有其人。是吧？」

「是的。」橋本說。
「但是也無法明白嫌犯為何要那麼做的意圖？」
「是的。」
「藉著畫筆，把從屍體流出來的血塗染在小朋友的繪畫作品上。凶手那傢伙做那種事，實在太莫名其妙了。」
「是的。」
「凶手為什麼要那麼做呢？」
「不知道。」
橋本雙臂交抱在胸前，努力思考著。
「不明白……無法理解。」
「如果凶手那麼做是有理由的，那麼理由之一一定是為了自己的利益吧？」
「不錯。」
「那——會是什麼樣的利益呢？會有什麼好處呢？」
「唔——」
「例如說——那樣做的話，兇手就可以讓自己的樣子變模糊，不會被認出來。」
「唔。」
「有那樣的可能吧？」
「有可能。」
「你能想到那會是什麼樣的情況？」

「圖畫上面畫著凶手的臉嗎？」
橋本苦思之後這麼說。
「即使塗染上一層血，還是隱約可以看見畫紙上的畫吧？」村木說。
「唔——說得也是。」
「首先，即使用了兩個人份的血，也未必能夠塗染所有的畫吧？」
「道理是那樣沒錯，但事實上確實全部都塗染了呀！」
就在橋本如此反駁的時候，有人說：
「並不是全部都是血。」
說話的是鑑識課的人。
「什麼？」
村木大聲地說。
「其中也混有用水彩顏料的紅色塗染的部分。那些都被人用血和顏料兩者塗染過了。」
「兩者？意思是血和顏料混在一起塗染嗎？」
「不是那個意思。是只有用血塗染的，和只有用顏料塗染的。雖然這是用眼睛觀察的結果，還沒有經過進一步的分析，不能斷言一定是這樣，不過，大概不會有錯吧！因為兩者的光澤明顯不一樣。」
「哪裡？」
村木說著站了起來。鑑識員也站起來，伸出戴著白手套的手，指著說：
「看，這裡的畫圖紙上的紅色有點泛白，這是用顏料塗染的。應該是水彩的顏料。這邊的畫圖紙上的紅色是暗褐色的，這是用血塗染的。仔細的話，很清楚可以看出兩者的差別。」
「哪一種比較多？」
「大致看過後，覺得用紅顏料塗染的畫圖紙比較多吧！」
「嗯。」
村木雙手抱胸，百思不解。他完全不能理解為什麼會發生這樣的事情。
「還有，為什麼要把這些地板上的畫圖紙，排得這麼井然有序呢？如果在這發生的事是殺人事件，那麼必定會在上面發生極劇烈的扭打行為，畫圖紙被弄亂，甚至被弄破，都是極有可能的事情。」
橋本說。
「嗯，是的。」
「可是，就像我們看到的，所有的畫圖紙都被排放得很整齊，一點也沒有被弄亂的痕跡。」
「啊，那是兇手行兇後，才排放畫圖紙的嗎？或者是行兇後，把弄亂的重新再排整齊？」
「唔，到底為什麼要這麼做呢？」
「不知……」
兩位刑警再度陷入沉思之中。

7

正面被血塗染的畫圖紙，與用紅色顏料塗染的畫圖紙各有數十張，經過計算後，被用血塗染的是四十八張，用紅色顏料塗染的是八十八張，兩者合計一百三十六張。這麼多的畫圖紙像磁磚一樣，非常整齊地貼滿了十張榻榻米大的和室房間地板。

這兩種畫圖紙並沒有被混在一起排列，而是分開來排列的。以躺在大約是房間中央的兩具屍體為中心，排在屍體周圍的，是用血塗染的畫圖紙；排在用血塗染的畫圖紙外圍的，是用紅色顏料塗染的畫圖紙。因此，橋本剛進入這個房間時，看到的是用紅色顏料塗染的畫圖紙，沒有發現竟然有用血塗的畫圖紙。畫圖紙的排放方式，和四十八張、八十八張這兩個數字，是否存在著什麼意義呢？村木和橋本兩位刑警一時還找不到答案。

如果橋本的假設是正確的，這兩個人並不是死於殉情，那麼這就是一樁殺人事件了。是殺人事件的話，就會流很多血，現場應該也會留下很多沾了血的指紋。但是，在肉眼觀察下，竟然看不到任何沾了血的指紋，也看不到擦血的痕跡。不只看不到凶手的指紋，也看不到兩名被害人的指紋。當然，這是肉眼觀察下的結果，想要得到正確的結果，還是必須等到鑑識課的分析出爐。不過，一般來說肉眼的觀察已經相當準確，少有例外了。此時心裡最不痛快的，大概就是老練的村木刑警了，因為他的以往經驗完全派不上用場，讓他非常地焦躁。

現場找不到因為血而形成的指紋，卻有很多被血塗染過，被鋪排在地板上的畫圖紙。這到底是為什麼呢？兩位刑警在一一檢查現場和室房間的同時，有兩個數字也不斷地在他們的腦子裡盤旋，其中一個數字是用血塗紅的畫圖紙數目，另一個數字是用顏料塗紅的畫圖紙數目。

除了門以外，和室房間裡還有兩個對外的出口，一個是由四扇玻璃拉門組成，間隔窗外走廊的南向出口；另一個是位於西側的小窗。這兩個出口都裝著白色窗簾，並且窗簾也都緊閉著。因此，從庭院裡是看不到房間裡的。另外，白色的窗簾上一滴血液的痕跡也沒有。這也讓村木和橋本傷透了腦筋。窗簾應該是凶手放下來的。如果這是殺人的事件，凶手實在是冷靜得讓人害怕。

這些窗戶和門，都沒有安裝戶外的鐵格子窗，而且都配上和室窗栓，而且窗栓也牢牢地上鎖了。這些門或窗上的鎖，甚至到安裝在牆壁、窗框、門框上的鎖提鈕等處，也和窗簾一樣，都非常乾淨，找不到沾有血跡的指紋。

最讓兩人在意的是：這些窗戶、門是確實上鎖的。這些門、窗在確定上鎖的狀態下，可以以兩扇為一單位，從拉門或拉窗的軌道上拆下來。但是，仔細看玻璃門的腳下，就可以看到這裡的玻璃門無法拆下的原因。因為玻璃門腳下的軌道附近，加裝了相當大的護欄。在護欄的障礙下，拉門無法從軌道上被拆下來。餐廳裡面對庭院的玻璃門，也有相同無法拆的原因。

至於窗戶的情況。窗戶下沒有護欄，但是旁邊的柱子那邊有護欄，所以一樣拆不了。當然了，如果破壞了這些護欄，不管是窗戶還是門，就可能能夠拆下。然而，這些護欄上一點也看不出有被破壞的痕跡。

「喂，你還是覺得這不是殉情的事件？」

村木好像很生氣，對著同事橋本吼叫著說。

「不是殉情的事件吧！」橋本很冷靜地回答。

「現在能夠明白的，只有凶手不是從門或窗戶進入的。」

「如果真的有凶手，那麼凶手一定是一個非常謹慎的人，不然不可能在犯下這樣的流血事件後，沒有留下任何一枚帶血的指紋。」村木說。

「擦掉了嗎？」

「像這樣的紙隔扇，濺上血之後，即使擦拭了，也是擦不掉的。還有這樣的土牆也一樣。所以說，隔扇和土牆都沒有被血濺到。只是，為什麼要在畫圖紙上塗滿血呢？是為了表示對土田和天城恭子的怨恨嗎？」

「或許是吧。」

「可是，像這樣地把血或紅色的顏料塗染在小孩子的畫上面，並且排放在榻榻米的上面，就可以平息對土田的怨恨了嗎？」

「誰知道呢？或許發生過什麼事情。真是不明白，也沒有聽說過什麼傳聞。」

「還有，為什麼有用顏料塗紅和用血塗紅的區別呢？」

「不知道。」

「又為什麼各自的張數是四十八張和八十八張呢？這兩個數字的意義又是什麼呢？」

「不知道。」

「為什麼要分開來排放？為什麼混在一起就不可以？」

「不知道。」

「為什麼一定要排得這麼整齊？這些畫圖紙不能亂放嗎？」

「是呀！為什麼呢？不能理解呀！」

「還有，為什麼是密室？不是密室不行嗎？為什麼這個房間裡的門、窗，都一定要從內部上鎖？」

村木有一個習慣，就是像現在這樣，一邊思考，一邊連珠砲似的對同事喊出心中的疑問。

「誰知道呀？到底是為什麼呢？」

「完全不合邏輯嘛！從沒有見過這種人！」

村木一副氣瘋了的樣子。

接著，兩位刑警爬樓梯上樓，巡視二樓的各個房間。一踩到二樓的地板，就看到左前方好像有一扇推開式的西式房門。因為室內昏暗，所以看不真確。村木以戴著手套的右手，打開手邊的開關，走廊的電燈立刻亮了。環看四周，原本以為是走廊的地方，其實是一個有著直角的三角形地板的變形房間。兩人馬上對周圍進行檢視，但是，不管是剛剛摸到牆壁或牆壁上的開關，都看不到有被血液沾染上的痕跡。（圖4）

村木繼續以戴著手套的手推開房門，房門內似乎是放置雜物的空間。門旁邊的右側牆壁上有開關。村木的手指頭放在開關的下面，小心地把開關往上推，掛在天花板上的電燈泡就亮了。這裡是一間長方形的房間，內部相當深。房間正面的盡頭就是南側，有兩扇非常普通的玻璃橫拉小窗，上面鑲的是毛玻璃。窗戶的下面是像工作檯般的桌子，檯面上很擁擠似的放著鉗子、木工工具之類的道具，和許許多多的筆，以及調色板、裝著顏料的木製箱子、松節油、洗筆器等等，看起來都是已經使用經年的老東西，上面都沾著顏料的色彩。這裡好像也有油畫用的整組用具，和水彩畫用的整組用具。

桌面的角落有白鐵箱、木製的箱子、厚紙箱等等，這些箱子層層疊疊，堆高到快碰到天花板了。畫架、畫布、白色的板子、各種尺寸的畫框之類的東西，或被放置在桌子的左前方，或靠牆而立。佈滿塵埃的舊衣服或鞋子，則被任意丟棄在地板上。面向窗戶的右手邊有一個由四扇拉門組成的壁櫥式收納空間，拉開拉門，收納在裡面的東西有棉被、畫材、油畫用的調劑類瓶瓶罐罐、皮包和大型皮箱等旅行用品、棒球用具、高爾夫球器具、照相機、已經不能用的收音機或電視機與書籍等等等等。而夾在這個壁櫥收納空間的門與入口的門之間的牆壁上方，還有兩扇橫拉式的玻璃小窗。這個房間裡充滿灰塵的氣味，凶手不像是從這裡出入土田家的。大致檢視過後，這個房間裡的開關周圍或牆壁上，也都看不到血的痕跡。

退回三角形的鋪木板房間，刑警沿著扶手，繞過被兩邊的房間圍著的樓梯，打開置物室隔壁房間的門。這個房間也很暗，房間內的電燈開關也一樣在門旁邊的牆壁上。刑警以同樣的方法，謹慎地將開關往上推。燈亮了之後，馬上看到的是床。這一間好像是寢室。床緊靠著牆壁，就在入門後的左前方；床的前面，南側的深處，也擺放著沙發、桌子。這裡除了是寢室外，好像也兼作西式的會客室。大概是為親近的朋友所準備的客房吧？這裡也有最新式的電視機、音響。一樓的會客室是和式的，二樓的是西式的。還有，這裡好像也是土田的起居室。

背對著入口處的房門時，正面——南側的牆壁上有兩道款式相同的橫拉式玻璃窗，左手的牆壁——東側壁也一樣開著兩道橫拉式玻璃窗。雖然掛著厚厚的窗簾，但從窗簾的縫隙，可以看到窗戶。

把剛才的置物房間的小窗也算進去的話，這兩個房間裡共有六道窗戶，每一道窗戶都裝了和室窗栓，並且都牢牢地上鎖了。此外，這六道窗戶的下面都沒有外伸出去的小屋簷之類的構造，窗外直接就是牆壁。

背對著房門時的右手牆壁是一整面的書架，架上全是文學書，最下層的架子裡也收放著許多的唱片，音響組合在架子裡。至於書架以外的三面牆壁，除了窗戶的位置外，全部掛滿了裝入框中的畫。那些畫大部分是油畫，其中也參雜了幾幅的水彩畫，好像全是土田富太郎的作品。土田賣出去的作品以油畫為主，所以一般視他為畫油畫的畫家，其實他是水彩與油畫都畫。

牆壁上的那些畫裡面，有特別引人注意的作品。那是現在也在樓下，並且已經變成屍體的天

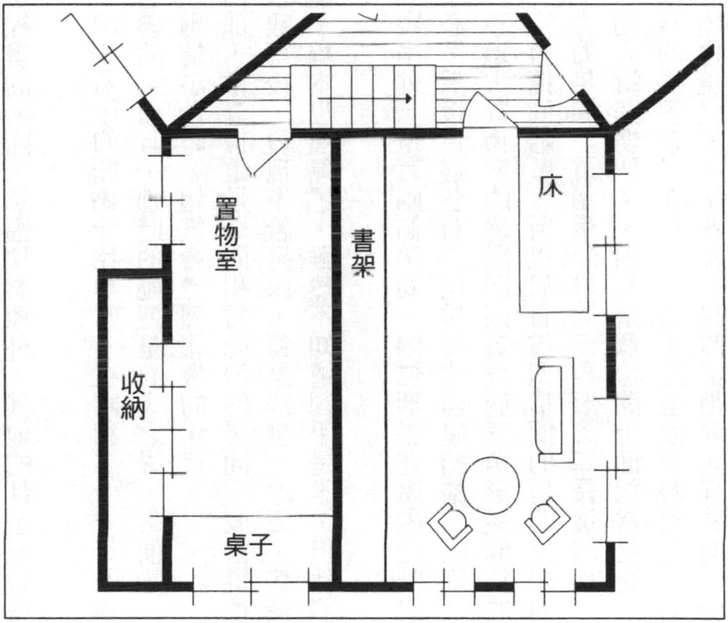

圖4

城恭子的油彩裸體像。裸身的她端坐在沙發上，那沙發好像就是擺放在這間寢室裡的沙發。也就是說，那幅作品是在這裡畫的。除了那幅裸體像外，其他的都是風景畫或靜物畫，和一幅男人肖像的人物畫。

裸體像可以說明土田和恭子的關係非比尋常。在昭和三十一年的那個時代，女人讓他人畫自己的裸體，是有特別意義的。而且，那時的她還是有夫之婦，這便是二人之死被認為是殉情的主要原因。那是一個發生殉情事件時，報紙會熱烈報導的年代。

環顧這個房間的內部，會覺得這是一間相當乾淨的房間，收拾得很整潔，不會讓人有髒或亂的印象。兩位刑警一番觀察後，發現不管是床，還是沙發、地板、牆壁、窗戶，都找不到被血污染的痕跡。村木很洩氣，橋本也嘆氣了。雖然不知道凶手是誰，但他們覺得自己好像被凶手戲弄了。

二樓除了置物室與寢室外，還有兩個房間。兩位刑警在屋內走動之時，逐漸明白這個房子是以三角形的走廊間為中心，然後每邊各有一個房間的房屋結構。原則上這些房間的門，都朝著三角形的走廊間開啟的。不過，置物室的房間門因為位於三角形最偏狹的角落，房門如果朝著三角形走廊間開啟的話，一定會撞到牆壁，所以只有這個房間的房門是朝內開啟的。（圖５）

兩人首先進入比較大的房間。這個房間位於三角形第二長邊的那一側。拉開這個房間的西式房門，一走進房間內，兩人瞬間愣住了。因為這個房間上面相當明亮。房間內立著上面什麼也沒有的畫架，裝著油畫顏料的木製盒子在地上，盒子的上面放著沒有花的花瓶；房間內還有一座高腳的裝飾桌。在還沒有開電燈之前，這些都一目瞭然地映入刑警的眼中。

疑惑只是一瞬間事，因為刑警很快就明白這個房間特別明亮的原因，是因為天花板裝有採光

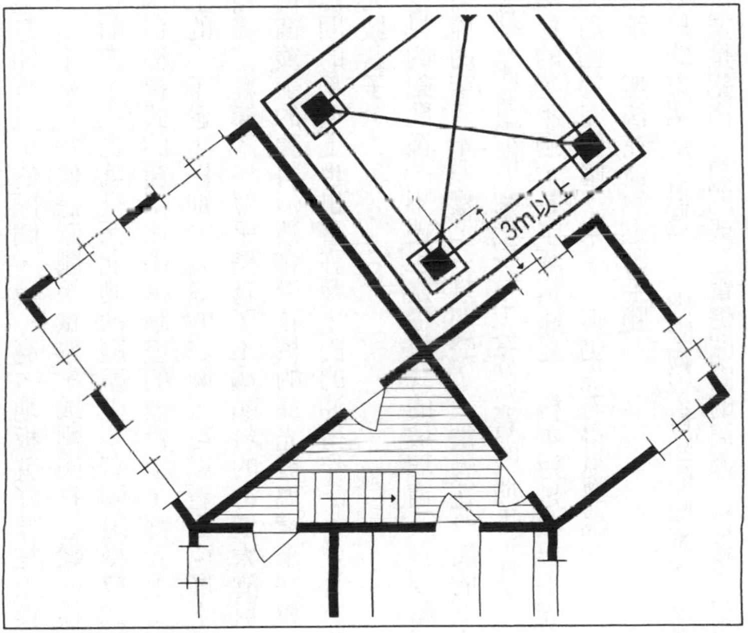

圖5

用的玻璃窗。不只太陽的光，月亮的光與星星的光，也會從各個玻璃天窗，灑落到地板上。明白了原因後，村木放心地打開牆壁上的開關。燈一亮，地板就好像往上浮起了一樣。鋪了木板的地板十分乾淨，幾乎是一塵不染，好像是剛剛擦拭過，或剛剛打過蠟一樣。

進了門，就看到正前方——也就是西北側的牆壁上，有兩道橫拉式窗戶；左手邊——西南側的牆壁上，也一樣有兩道橫拉式的窗戶。兩邊牆壁的窗戶上，都裝上了同樣淡褐色調的花窗簾，窗簾有一半以上是拉上的。不過，仔細看窗簾的表面，可以看出窗簾上沾附著斑斑點點不同顏色的顏料污漬，這裡的窗簾已經髒了。似乎是為了不讓顏料的污漬太醒目，所以才會選擇使用淡褐色的布料來當窗簾。從窗簾上的顏料污漬和天花板的採光玻璃窗來判斷，這裡應該是土田富太郎作畫的工作室。這個房間的牆壁上也掛著許多土田的油畫作品，並且有不少是裸女畫。不過，這些畫的模特兒並不是天城恭子。

這裡的窗框雖是少見的鋁門窗，不過也是橫拉式的玻璃窗，只要轉動半月形的勾鎖，就可以上鎖。鋁窗和裝和室窗栓的窗戶不一樣，一旦關緊了，重疊在一起的框中間幾乎沒有空隙，連想穿過一條線，也非常困難。半月形的勾鎖約有十公分左右的把手，往下一壓，窗戶就完全鎖住了。眼前這四道窗戶都是鎖住的，不過，為了謹慎起見，橋本還是戴起手套，抓起窗簾，稍微拉開一角，看了一下外面。外面已經完全暗下來了，但仍然看得見黑黝黝的一大片田地。窗戶下方沒有伸展出去的屋簷可以踩踏，無法在窗戶上動手腳。

兩位刑警繼續繞著房間做觀察。但是，在肉眼觀察得到的範圍內，這裡也和樓下的和室一樣，不論是牆壁上的貼紙，還是鋁窗、房門或是電燈開關的周圍，都找不到有血的指紋痕跡。好像在嘲弄搜查員一樣，乾淨得讓人覺得奇怪。

接著，兩人走進還沒有檢查到的，最後的小房間。這個房間的房門也是朝三角形走廊間開啟的。打開房門，整個房間泛著微微的白光，果然這裡也有天窗。因此，這裡也是土田作畫的地方吧？打開牆壁上的開關，背對著房門時，下面是東北向的牆壁，左手邊是西北向的牆壁，右邊是東南向的牆壁，每個方向的牆壁上都有一道窗戶，並且各自掛著不同圖案的花窗簾。但以顏色來說，這個房間的窗簾色澤，與隔壁的房間相同，是淺褐色系的。不過花樣、圖案並不相同。靠近仔細看後，這裡的花窗簾布上，果然也有些顏料的污漬。而靠近正面的窗戶，抓起窗簾的一角，看看外面，前面有幾株像是山毛櫸的樹木。樹木與樹木之間的距離很近，橫排成了一排；而樹木的前面，是低低的鐵絲網圍。山毛櫸樹木像是沿著河的河岸樹一樣生長著，枝枒雖然擋住河面的風光，但是還是能透過葉子間的隙縫，看到對岸人家的燈光。從右手牆壁上的窗戶看出去，小河果然是細細瘦瘦的一條黑帶子，田地則是一塊塊平坦的黑色色塊。從這裡也可以看到對岸人家的燈火。

打開左側窗戶的窗簾時，刑警們有點吃驚，因為離窗外的鐵塔實在太近了。不過，看起來再怎麼近，其實還是有點距離，大概有三公尺左右。這個房子只有這片牆壁上的窗戶，是往鐵塔的方向開啟的。一樓完全沒有往鐵塔的方向開啟的窗戶，院子裡有用鐵柵欄圍起三公尺外的鐵塔，柵欄上還加裝了鐵絲網，讓人不敢接近，四周還分別掛了一張寫有「危險」的警告標示，防止包含土田富太郎在內的人進柵欄內。矗立著鐵塔的這塊土地，不屬於土田家。這個房間和旁邊的房間一樣，窗戶都是時髦的鋁窗，款式都是推拉式的；鎖的話也和旁邊的房間一樣，是半月形的勾鎖，房間裡三道窗戶的鎖，都是上鎖的。在肉眼能辨視的範圍內，這裡的窗戶上和貼著壁紙的牆壁上，也都看不到指紋或血液的痕跡。再看看窗戶外面，牆壁與地面垂直，中間並沒有由窗戶延

伸出去的屋簷，也沒有其他可以踩腳、或是製造機關之處。（圖5）

這裡的室內四面牆上也掛著許多畫框，框內的作品似乎都是土田大師所畫。不過，這個房間裡的作品都是水彩畫。鋪著木板的房間裡，只有一個畫架，和一張擺著花瓶的窄桌子。這個房間的花瓶裡也沒有插花。

房間內部的東西只有上述那些，地板擦拭得很乾淨，和剛才隔壁的房間一樣，感覺不到灰塵的存在。房間的牆壁角落有一支拖把，看起來是清潔這個房間用的。

房間的牆壁上除了掛著畫之外，還有吊掛的櫃子。拉開櫃子的拉門，就可以看到櫃子裡有許多水彩顏料、畫筆、調色盤和畫圖紙。用戴著手套的手把顏料拉出來看，發現所有紅色的顏料管都被擠平了。這應該是有人把這些顏料，拿去塗染一樓和室裡的畫圖紙了。肉眼很難辨認出顏料管上是否有指紋，但是卻可以看出吊櫃的拉門把手上，並沒有血跡，也沒有染血的指紋。不過，或許鑑定的結果出來後，能夠找出什麼線索。

二樓的調查結果也是一無所獲，並沒有發現什麼特別奇怪之處。像理所當然的一樣，二樓的窗戶也都從室內上鎖了，窗框、門把、牆壁、櫥櫃、電燈開關的周圍，也都沒有沾染到血液，或者有血液痕跡的指紋。明明是會產生大量血跡的殺人現場，卻像剛剛打掃好的公園一樣，乾淨得匪夷所思。

兩位刑警面面相覷。眼前看到的情況，與他們所知的殺人現場完全不一樣。看來除了期待鑑定的結果出爐外，目前他們似乎什麼事也不能做。不過，到底他們是老練的刑警，多少還是會提出一點意見。

「只剩下天窗了。那個地方很可疑。」村木說。「等一下讓鑑識課調查一下吧！」

村木刑警好像把希望寄託在天窗上了。可是，他也是費了九牛二虎之力，才想到可以抓住這一根稻草的。

8

丈量現場的調查行動做了兩次。第一次是為了製作現場實況鑑定書，第二次是在完成第一次丈量後的一個月後，是提供給審判用的。根據這第二次的調查行動，丈量出有採光天窗的房間尺寸，大的那一間的地板是邊長四千一百一十公釐長的正四方形，從地板到位於天花板天窗玻璃面的高度是兩千三百一十公釐。

小的那一間的地板是邊長三千零九十公釐長的正四方形，從地板到位於天花板天窗玻璃面的高度與大的那一間一樣，同為兩千三百一十公釐。

村木雖然對採光的玻璃天窗寄予期待，但是，鑑識課員架起了梯子，登上屋頂後的調查結果，卻沒有發現任何的異常。位於屋頂的天窗嵌著玻璃，並以橡膠圍繞玻璃的四周，藉此固定、結合玻璃與窗框。不過，因為時日已久，橡膠已經老化並劣化了，並且最近並無樹膠被剝除，或玻璃被拆卸下來的痕跡。因此，村木的寄望很輕易地被粉碎了。

另外，一樓的和室會客室內的牆壁、地板上的榻榻米、拉門、拉門上的把手、窗框、窗玻璃、窗栓的提鈕、牆壁上的開關、壁龕旁的架子，或是收納吊櫃的拉門、拉門的把手等等地方，都沒有檢查出有染血的指紋。這種情形當然可以認為是凶手行凶後，很小心地用毛巾把指紋擦拭掉了。但是，土田的屋子裡找不到那樣的毛巾或抹布。所以他們很理所當然地認為是凶手帶走了擦拭掉指紋的毛巾或抹布。

現場裡找不到指紋的狀況不只出現在一樓。一樓的玄關、玄關前的變形走廊間、廚房、餐廳、浴室等處的牆壁、地板、天花板、房門，及二樓各個房間的牆壁、地板天花板，及所有的電燈開關，和電燈開關的周圍等等地方，當然也都找不到有血跡的指紋，甚至連一般的指紋也找不到。能找到指紋的地方是電話或馬桶，這裡的指紋沒有被擦拭掉，但這些指紋的主人不是土田富太郎，便是天城恭子。

被凶手——或者說是凶手們拿來塗染血液到畫圖紙上的調色碟子有兩個，這兩個碟子和杯子都被小心地洗乾淨後，覆蓋著晾在流理台邊的不鏽鋼檯上。碟子和杯子都已經完全乾了，但是上面並無指紋。

廚房的垃圾桶裡有被丟棄的茶點、水果、一個破掉的盤子和兩個喝茶的杯子。

玄關水泥地的傘架裡有一支黑色的洋傘。那是一支很舊的傘，傘的骨架已經生鏽，並且有所損毀，不像是時尚的土田的所有物。還有，大概是使用時是下著雨的，所以傘上不見指紋，也不見血跡之類的東西。

雖然不清楚凶手到底花了多少時間去湮滅證據，但一定是非常小心地去擦掉了血跡或指紋。也就是說，凶手在行凶後，一定還在土田家逗留了一段相當長的時間。把這一點和之前推算出來的死者死亡時間一併考慮時，出現了一個奇妙的結果。

推算死亡時間時，發現兩人並沒有什麼差別，都是五月二十四日下午三點到五點之間遇害的。解剖屍體後，發現土田富太郎身中十四刀，天城恭子身中十一刀，而且每一刀的深度都足以致命。如果接受橋本刑警在現場所作的推論，土田與天城恭子不是殉情而死的，那麼在屍體被發現的前一天下午三點到五點之間，土田富太郎與天城恭子在差不多相同一個時間裡，被他們以外的第三者刺死了。

事件到此為止的情況還算清楚，但是，接下來的問題就大了。這是因為下雨的關係。推算他們二人的死亡日期是五月二十四日。當天橫濱中區從上午十一點開始下雨，一直下到下午兩點半左右，前後下了三個小時。那是相當大的雨。正確的下雨時間或許應該計較到幾分幾秒，但兩點半過後沒多久，雨就停了，這和說「兩點半左右」雨停，實際上沒有太大的差別。至於他們兩人遇害的時間，按照推斷出來的時間，再怎麼樣都無法推進到三點之前。所以說，再怎麼精確地去估計時間，兩人應該都是開始雨停三十分鐘後遇害的。從那時到五月二十七日，都沒有再下雨。

鶯岳派出所的兩名員警到達命案現場土田家的時間，是翌日五月二十八日下午五點四十分左右。這個時候，當然土田家裡已經沒有人了。兩名員警一個先進入屋內，一個在玄關口等著，所以凶手不可能在這個時候與前來的員警擦肩而過，從玄關逃走。換言之，凶手逃走的時間，必定是在鶯岳派出所的員警到達土田家之前。以最大時間範圍來計算的話，如果殺人的時間是二十四日下午三點，鶯岳派出所的員警到達土田家的時間是翌日下午五點四十分，那麼，可以讓凶手——或凶手們逃走的時間長達二十六、七個小時。凶手逃走的時候，必須經過土田家旁邊的土地，勢必會留下腳印。土田家的玄關前的路面不是小石子路，也不是石板路，而是裸露的泥土路面，所以凶手前去土田家時，理所當然地也會留下腳印，不過因為後來下雨的關係，當時的腳印不見了並不奇怪。

在土田家旁邊發現的腳印裡，當然也有二十五日黃昏時前往土田家的鶯岳派出所員警的腳印。這表示從凶手行凶到屍體被發現的這段時間裡，命案現場周圍的地面是柔軟的，只要人經過就會留下腳印的泥土地面。也就是說，凶手只要是在這個時段內的任何一個時間逃走，都一定會在泥土地面上留下腳印。所以警察和鑑識課的人，都發揮最大的注意力來觀察土田家周圍地面的腳印。

除了員警的腳印外，土田家的周圍確實找到了別的男人的鞋印，並且是兩種不同的鞋印。兩種鞋印最大的不同之處在於鞋印的深淺，其中之一的鞋印造成周圍泥土隆起比較高，這應該是雨過不久之後留下的鞋印；另一種鞋印所形成的泥土隆起比較低，和員警們所留下的鞋印深度差不多。所以，後者到達現場的時間，應該和員警到達現場的時間差不多。當然那裡也有沒有造成泥土隆起的鞋，那樣的鞋印就不在考慮範圍內了。

兩名員警是接獲橫濱市公所職員的通報，才前往土田家的。那位市公所職員的名字叫長岡峰太郎。長岡因為同事天城恭子前一天晚上沒有回去出租公寓，第二天又沒有去市公所上班，覺得擔心，所以先打電話到土田家找人，但一直沒有人接電話，才決定直接前往土田家。長岡到了土田家後，在房子的外圍繞了一圈，敲了各個地方的門，也叫了他們的名字，結果都沒有人答應。長岡覺得情況有異，才通報警方，請他們來查看。似乎就是因為這個緣故，他沒有被列入嫌疑。而且，長岡對土田或對天城，完全沒有負面的情感，可是說是善意的第三者。

但是，另外一個鞋印的主人，就讓人覺得可疑了。根據鑑識的結果，從鞋印周圍泥土隆起的程度看來，推測那個鞋印應該是雨停之後的兩個小時內造成的。如是這個推測是可信的，表示那個鞋印的主人在二十四日下午四點半以前，曾經來到土田家。這一點符合凶手在三點的時候殺害土田與天城，並花了一個小時左右的時間擦去指紋，然後逃走的假設。從時間上來看，這個在四點半左右留下鞋印的男人，確實非常值得懷疑。

可是，仔細再觀察，又會發現四點半鞋印的主人，與先前留下腳印的長岡，其實沒有太大的差別。因為四點半鞋印的主人和長岡一樣，他們都只留下在土田的屋子外圍繞了一圈的鞋印。如同前面說的那樣，一樓的所有門、窗，都以和室窗栓從室內牢牢上鎖了。如果說這鞋印的主人是殺害土田與天城的凶手，而且由室內上鎖是製造了某種機關裝置的結果，表示鞋印的主人會從某一個門或窗戶進入土田家，並且在一樓的和室會客室裡殺死了土田與天城，然後從外側的窗下窄廊鎖上和室的窗栓，讓和室變成密室後，再從原來的門或窗戶離開，並且從外面上鎖。會推斷由同一個出入口進出是因為：如果不這樣的話，應該連續的鞋印，會消失一部分，會變成中斷的，並產生新的問題。

但是，這樣假設同樣讓村木與橋本兩位刑警大傷腦筋。因為其中還存在著許多無法解釋的難題。首先就是：凶手在殺害了那兩個人後，用血或顏料塗染畫圖紙，讓紙面都變成紅色，然後鋪在地板上的理由是什麼？而在面對這樣的問題之前，首先要面對的，就是四點半的鞋印並沒有中途停下的痕跡，而是非常自然地在土田家的房子外圍繞了一圈。如果說，凶手從某個地點進入屋裡，殺人後又從同一個地點離開屋子，然後接著跟前走，確實也可以在屋子的外圍形成一圈鞋印的模樣。不過，這樣的話，就很容易被發現出入屋子的地點了，因為出入的地點鞋印一定會特別多，而且某些鞋印會有重疊的現象，就算再怎麼謹慎，腳尖的方向很容易被看出破綻。但是警方沒有發現那樣的破綻。

如同前面所說的，一樓的門或窗，都被和室窗栓從內部上鎖了。這是非常重要的一點。就算這個房子的某個地方原本是開著的，凶手從那個地方進入土田的家裡殺人後，再從那個地方離開，並且從外面鎖上窗栓。但因為窗栓不能從外面上鎖，所以無法作這樣的假設。

這一點也適用在和室會客室的拉門窗栓上。反過來說，如果這一點是可能的，那表示確實存在著可以從室內與室外上鎖的窗栓。但實際上卻是不可能的。

另外還有一個很大的疑問。土田和天城脖子上的頸動脈，都受到嚴重的傷害。那裡是受傷的話，就會噴出大量鮮血的位置，正常的情況是噴出來的血一定會濺到現場的牆壁上或某個地方，會留下飛沫痕跡。但是，陳屍現場的會客室裡，完全看不到那樣的痕跡。現場的和室內，不論是用日本紙糊的隔扇、土牆、白色窗簾等等地方，都是乾乾淨淨的，一滴血的痕跡也沒有。實在是沒有比這個更奇怪的事了。

再來就是找不到凶器的問題。從兩名受害者的傷口看來，凶器應該是厚刃的尖菜刀。但是，土田家廚房裡的菜刀中，並沒有與傷口的細部吻合的菜刀。還有，廚房裡的菜刀也都沒有沾血的痕跡。照這個情況看來，凶器應該是被凶手帶走了。

還有一點，或許是必須特別提出來一說的。鑑識課以特定的畫圖紙為檢查對象時，發現被拿來塗染在畫圖紙上的血液，都是ＡＢ型的血液。可是，遇害的兩個人的血液分別是：土田富太郎Ｂ型，天城恭子Ａ型。檢驗畫圖紙上的血型，得到是ＡＢ型的結果，被認為是把兩種血液混在一起使用所造成的。可是，當檢驗出ＡＢ型血液時，鑑識課的人曾經想過：或許還有別的受害者在某個地方，而那個受害者的血型是ＡＢ型的。

最後還要再補充一點。橫濱市長獎的入選作品一件也沒有少。雖然入選作品的畫面被血或紅色顏料塗紅了，但是還是可以判別出畫的原來面貌。根據調查的結果，入選作品被送到土田富太郎家時是一百三十六件，土田遇害之後，作品沒有多，也沒有少，更沒有被掉包。

結束現場搜證的第二天——五月二十六日的早上，村木和橋本兩位刑警開始在橫濱市區，探訪與兩名被害者有關聯的人。首先，他們去了天城恭子住的出租公寓。那裡雖然是木造塗灰泥的建築，卻是一樓有洋裝店、西餐廳，二樓有陽台的兩層樓漂亮公寓。

公寓的屋主是在一樓「開化亭」西餐廳的老闆，姓甲本。甲本長得胖嘟嘟的，是一個年約四十歲，喜歡說話的男人，對天城恭子陷入的困境，有相當明確的了解。按照他的說法，不難理解天城恭子為何會有如此下場。

大約半年前，恭子搬來甲本的這棟出租公寓。她和丈夫天城圭吾夫妻感情不睦，所以一直希望與丈夫分居。她與丈夫感情不睦的原因，依她本人的說法是個性不合。這是所有感情不好的夫妻都會使用的理由。不過，雖然本人那麼說，外人眼中只會認為她是因為有別的男人——土田富太郎了，所以才和丈夫感情不好。甲本話中的含義便是如此。

很明顯的，土田富太郎是恭子的贊助者，所以公寓的房租幾乎完全是土田支付的。恭子曾經與丈夫在磯子區的笹下町買了自己的房子，離家出走後，形同已經把房子讓給了丈夫。離開原來的家後，恭子就變成一無所有，讓她變成一無所有的土田，理所當然必須給她經濟上的幫助。

土田本人好像不常到恭子住的公寓，但是如果去了，兩人就會在「開化亭」用餐。他們兩人的感情好像非常好，在旁人的眼中，根本就是一對心心相映的情侶。天城恭子的個子高，身材好，胸部豐滿，是一位引人注目的女性。不過，她似乎也是一個安靜的人，倒是土田富太郎的聲音比較大，而且也常常笑，和恭子一起吃飯時，毫不掩藏對恭子的喜愛之情。他們兩人的外表都好看，是非常登對的一對情侶。

麻煩的是她的丈夫天城圭吾不答應離婚，還不斷地糾纏恭子，讓土田也覺得很困擾。不過，最感到頭痛的，還是恭子本人。圭吾在恭子住進這裡的公寓一個月左右後，某一段時間裡幾乎天天到這個公寓找恭子。恭子當然不會告訴他自己住在這裡，好像是他從恭子上班的地方開始跟蹤她，才發現這個住處的。他會在深夜的時候敲恭子的房門，恭子當然拒絕見他。剛開始的時候，他會默默地回去，後來他會大聲叫嚷，有時甚至兩人還會在二樓的陽台走廊上扭打起來。住樓下的人也常聽到恭子的叫聲，和兩人發生爭執時，地板砰然亂響的聲音。

因為圭吾經常在恭子的房間窗下佇立很久、對著窗戶丟小石頭、大聲叫罵，恭子不得已只好報警。但是，警車一到，圭吾就跑掉；警車一走，圭吾便又跑出來。因為這種情況反覆發生，所以甲本也擔心到底要什麼時候、要怎麼樣做，才能解決問題。結果最後還是發生了不幸的死亡事件。甲本感慨萬千地對兩位刑警這麼說。

刑警問甲本：「天城圭吾的工作是什麼？」時，甲本說：「好像在中區根岸的賽馬場做飼育員。」於是兩位刑警立刻前往根岸，訪查天城圭吾工作的賽馬場。刑警從天城圭吾的同事口中，知道他已經有一段時間沒有去上班了。再詢問天城的住處，得到的答案是：天城的住家位於磯子區笹下町，是一間獨立住宅。那是他與妻子一起購買的房子。

五月二十七日，刑警前往笹下町的天城家。天城家的外觀是一棟漂亮的洋房，但是屋內卻非常髒亂，到處是衣服、紙屑、酒瓶，這些東西甚至堆積到了玄關前面，由此可見天城圭吾過著何等自暴自棄的生活。村木與橋本到達的時間是午後不久，離晚上的時間還很長，但他已經喝酒喝得滿臉通紅了。在兩位刑警眼中，他的生活與活在拘留所的人沒有兩樣，一點也不像是生活在一般的社會裡。他雖然擁有行動的自由，卻自己把自己囚禁起來了。

因為打算看探訪的情況如何之後，再決定是否要求天城圭吾一起前往警局接受調查，所以兩位刑警是坐著警車到天城家的。刑警要求天城圭吾一起到本牧署時，天城圭吾面無表情地點頭，一副怎麼樣都無所謂的樣子。被帶回本牧署的不只圭吾本人，還有在玄關口的幾雙圭吾的鞋子。對照鑑識課用石膏做成的土田家周圍鞋印模型後，發現圭吾的鞋子與鞋印相吻合。

不管是動機還是現場的狀況證據，天城圭吾的嫌疑越來越重。村木他們以鞋印為有力證據，在二十八日拘捕了天城圭吾。此時，土田富太郎被殺的事件，已經成為日本全國皆知的命案，吸引著世人的眼光，所以刑事課總動員，把天城圭吾移到代用監獄，進行二十三天的嚴密偵訊⑫。

天城圭吾對土田有著強烈的奪妻之恨。在接受偵訊時，他老實地承認了這一點，卻強烈否認殺人之事。連續數日的否認之後，在辯護律師從旁指點的情況下，天城圭吾改變戰術，行使緘默權。但是以村木為首的警方們則以疲勞轟炸的方式進行偵訊，連日從早到晚地輪番訊問，讓待在拘留所內的天城圭吾無法睡覺。天城圭吾終於在第二十天時投降，承認自己是凶手。

接著，村木刑警等警方人員，便前往天城家，尋找可能的凶器，舊的抹布、毛巾，並且一再逼問天城「這是殺人時使用的凶器嗎」、「這是擦掉指紋時用的抹布吧」。因為睡眠不足而陷入半昏迷狀態的圭吾，不管村木問的是什麼，都點頭稱是。他對村木為了製作犯罪紀錄而提出的臆測問題完全不作反駁，還在村木事先做好的筆錄上簽名。就這樣，天城圭吾成了土田富太郎命案的凶手，新聞發佈出去後，本牧署立刻聲名大噪。

可是，天城圭吾雖然承認殺害天城恭子與土田富太郎，卻說不出製造出密室的方法，也說不出用血或紅色顏料塗染畫圖紙的理由；不管怎麼逼問，都問不出個所以然。而且，在逼問這些問

⑫日本的「代用監獄」制度，嫌疑人可以被警方拘禁偵訊最長達二十八天（通常為二十三天）。在此期間，可以進行沒有時間限制的連續偵訊，就連律師也難以會見被拘留的嫌疑人。

題時，天城還反過來問村木與橋本原因，問到用血與紅色顏料塗染的畫圖紙，鋪滿一樓的和室地板時，他甚至張大了眼睛，說：「嗄？是那樣的嗎？」看他的樣子，顯然也很吃驚，這讓橋本與村木非常意外。村木本來還很生氣，大罵天城圭吾在做戲，但越問怒氣就越消。因為天城圭吾如果是在演戲的話，那演技實在太出神入化，可以說是天才了。他完全不像在說謊。

這樣的情況雖然沒有讓媒體發現，但是，對搜查陣營而言，是一大危機。村木與橋本都相信凶手就是天城圭吾，卻做不出重要的犯罪手法調查書。如此一來，警方就不能起訴天城圭吾，同時這意味著無法審判他，也無法定罪。面對這樣的情形，兩位刑警只能恨得牙癢癢，恐怕到了最後，還必須面對釋放天城圭吾的結果。不能在法庭上做開庭陳述，檢察官就有可能提出釋放嫌犯的要求。在大肆宣傳警方逮捕到凶嫌的消息後，結果卻讓搜查員警變成大笑話。村木與橋本兩人也不知要如何是好了。

9

村木刑警在土田家的玄關遇到少年御手洗時，正是案情完全陷入膠著狀態的時候。老實說，那時的他正在渴望有人能夠助他一臂之力。只要能找到救出自己、免於淪為大笑話的窘境，刑警面子已經不重要了，不管誰提出對自己有幫助的建言，他都樂於接受。不過，此時的「不管是誰」並不包括小孩子。

「小鬼，你怎麼知道房間的大小？」

村木刑警走回到少年御手洗的面前，他的眼中充滿了想要震懾對方的威嚴。

「推理呀！用頭腦仔細想就會明白了。」

嘖！村木語塞了。真的嗎？他想了又想，也沒有想出什麼，便說：

「小鬼，不要說謊。說謊的話，警察叔叔們是看得出來的。」

「嗯。」

幼童御手洗立刻爽快地回答，臉上的表情好像在說：那麼，你知道我剛才說的不是謊話了吧？

「老實說，你是怎麼知道的？家裡有什麼人在警察局裡工作嗎？還是看過這個房子的平面圖了？或者是本牧署的刑警告訴你的？別說謊哦！我看得出來的！」

「正確的數字還沒有加入圖面裡。」

旁邊穿制服的警察在村木的背後悄悄對村木說。

「剛剛才算出以公分為單位的數字，所以還沒有對任何人……」

「知道了。」

村木嫌煩似的打斷警察的話，然後繼續對少年御手洗說：

「你認識這個屋子的主人土田大師嗎？一定是這樣吧！」

「不認識，這裡離我家很遠的。」

「那……你是負責蓋這個房子的木匠家的兒子？」

少年露出厭煩的表情。這個愛耍威風的刑警到底要問這種無聊的問題到什麼時候呀？只會問一些無關緊要的問題，完全不去想重要的事情。

「不是的，警察叔叔。我住在塞里托斯女子大學裡面，不是什麼木匠的兒子。」

「啊！是理事長家的人。」

說這句話的人不是村木刑警，而是剛剛從玄關走出來的另一位刑警。這是一位年輕、高大，眼睛也大的男人，身體也很壯碩的樣子。

「橋本，你認識這個孩子嗎？」

村木問同事。

「我聽說過。聽說大學校園內的理事長家裡有一個小孩子，怎麼了嗎？」

「這個孩子知道現場房間的大小，他說是五公尺十五公分。」

「哦？完全正確嘛。小朋友，你是怎麼知道的？」

橋本一邊說，一邊走過來，然後蹲在御手洗的面前。

「我算出來的。」御手洗說。

「那是不可能的吧！」村木叫道。

「很簡單，叔叔也算得出來的。」

啊？村木又語塞了。

「你這個小鬼，到底……」

「除了房間的大小外，你還知道什麼？」橋本問。

「很多。如果警察叔叔想知道，我就全部告訴警察叔叔。」

「喂，口氣不要這麼大！」

村木生氣地說。

「說出來吧！叔叔們現在正在煩惱要怎麼辦。」橋本說。

「讓我看看屋子裡的情形，我就告訴警察叔叔。」

「你說什麼？不要開玩笑。」

說這句話的人，當然還是村木刑警。

「叔叔們現在很傷腦筋吧？」

「不管怎麼傷腦筋，也不能求助於小孩子！」

橋本舉起右手，請村木不要再固執。

「屋子裡有很多血，你不怕嗎？」橋本說。

「不怕。」

「不是一般的流血哦。不怕今天晚上嚇得尿床嗎？」

「怕血的話，就不能推理殺人事件了。」

聽到少年這麼說，橋本苦笑了。

「很勇敢！將來想做刑警嗎？你知道這個事件的大概情形了嗎？」

「大概都知道了。這個房子的周圍有兩個男人的鞋印，兩個人都繞了這個房子一圈。但是，只是繞房子一圈而已，兩個人都沒有進入房子裡面。另外，不管是一樓還是二樓，所有的房門和窗戶都從屋子裡面上鎖，所以無法從外面進入房子的裡面。而且，那些鎖也沒有辦法從外面上鎖。」

橋本點點頭，說：「確實是這樣的。」

橋本一邊說，一邊思考著。

「那麼，你想看的是什麼？」

「想看房子裡面的全部。」
「不是只看殺人的現場嗎？」
「整間房子都是現場呀！只看一樓是沒有用的。」
「嗯。但是，為什麼要看房子裡面的情形？」
「看了之後，就能知道凶手殺人的方法了。」少年御手洗說。
「警察們現在都很傷腦筋。他們都是專家呀！但是他們看了現場後，也仍然不明白凶手是怎麼做的，你卻說你知道？」
少年御手洗很有自信地點點頭說：
「我知道。」
橋本沉默了，他好像在沉思。一旁的村木沉不住氣了。
「喂，橋本，有什麼好想的？怎麼可以讓一個小孩子去殺人的現場……」
「有什麼不可以的呢？我們現在確實陷入困境之中，如果有人能夠幫我們解決煩惱，小孩子也可以呀！」
「胡說，這太……」
「只是，不能這樣就讓你去現場，你必須先說你是怎麼知道五公尺十五公分的？」
「我說了，就讓我去現場看嗎？」
「好。」
「因為五百一十五乘以十呀！這是誰都會的心算呀。所以我才說警察叔叔們也會算。」
橋本的眼神變得非常認真，村木也張大了眼睛。

「五百一十五乘以十？什麼五百一十五？」

「那是Ｂ３畫圖紙的大小。橫濱市長獎繪畫比賽要求參加比賽的人要用Ｂ３的畫圖紙畫。」

「用Ｂ３的畫圖紙……然後呢？」

「土田大師把參加橫濱市長獎的入選作品鋪在一樓會客室的地板上，然後在這些畫上來回走動，進行評審，選出得獎的作品。」

聽到御手洗這麼說，村木與橋本都沉默了，因為太讓他們意外了。

「什麼……」

刑警們好不容易擠出聲音，他們從來沒有過這樣的想法。

「真的嗎？」

「嗯。」

少年御手洗說。

「那麼說的話……是嗎？原來是那樣的嗎？在地板上……」

橋本說：

「能說得再詳細一點嗎？所謂的Ｂ３大小是多大？」

橋本拿出記事簿。少年御手洗看著半空中，說：

「Ｂ３畫圖紙的大小是三百六十四公釐乘以五百一十五公釐。要在正方形的地板上排列一百四十張這樣的畫圖紙時，可以橫著排十張，然後排十四列。如果排十一張的話，因為地板是正方形的，所以就會排成十五列，那就是一百六十五張；如果排九張的話，就會排成十二列，那只有一百零八張。這兩種排法都不符合一百四十張的要求。對五公尺十五公分的正方形地板來說，前者是會排不下，後者會多出很多空間。」

「你是聽誰說的嗎？」

村木又提出愚蠢的問題。

「沒有，沒有人告訴我。因為也沒有人知道土田大師每年是怎麼進行評審的。」

「那你怎麼會知道呢？」

「因為我調查了去年的得獎作品，發現畫圖紙上印有榻榻米的痕跡。」

兩位刑警又沉默了，一副不明白為什麼的樣子。

「因為腳踩在畫圖紙上後，畫圖紙會有彎曲的現象。」

原來如此呀！橋本動動嘴唇，喃喃地說著。

「土田大師的屍體是在一樓的會客室裡面吧？那個房間的大小好像正好可以排進一百四十張畫圖紙。大師好像就是為了那樣排放畫圖紙，才把房子的那個房間蓋成那樣的。」御手洗說。

「啊，是嗎？不需要貼在牆壁上，鋪在地板上也一樣可以進行評審嗎？原來如此……」

橋本又說：

「移開壁龕的盆缽、台架，把那些東西收進壁櫥裡後，壁龕也能鋪畫圖紙嗎？」

「走在上面不會覺得不舒服嗎？」

村木忍不住如此說。

「那麼凶手在鋪在腳下的畫圖紙上塗血的原因，又是什麼呢？」

橋本說。

「為什麼要塗呢？因為畫面濺到血，所以要把血的痕跡塗掉吧？」

村木也說。

「可是，就算濺到了血，有非塗掉不可的必要嗎？」

橋本站起來，嘴巴靠近村木說：

「是因為指紋吧！那些畫的上面有凶手的指紋，為了消除指紋，再加上濺上血了，所以在畫上塗血，藉此隱藏痕跡？」

「如果是那樣，只要在有指紋的畫圖紙上塗血就好了，用不著全部都塗上血吧？」

橋本說。然後又以少年聽不到般的聲音，小聲地對村木說：

「還有，不是全部都是血，還有紅色顏料。這是……」

「這一點確實讓人無法理解。」

村木說。

「算是明白為什麼入選一百四十件作品的理由了。今年確實也是一百四十……」

「不是的，今年少了四件作品，只有一百三十六件。」

少年說道。橋本又蹲下來，稍微停頓了，才點點頭，說：

「沒錯，是少了四張。你知道這是為什麼嗎？」

「這正是我想調查的事。有些事只靠推理是不能明白的，不看看現場，就無法了解。」

橋本一再地點點頭，卻不說話。

「所以我才會來這裡，想看看現場的情形。」

「好吧！我明白了。跟我來。」

橋本說著又站起來。少年很高興地收起傘，從警戒繩的下面鑽進封鎖區內。此時雨已經變小了。

「不過，你一定要答應一件事，不可以把等一下看到的事情告訴別人。」

「嗯，我知道。」

「能答應嗎？」

「我答應。」

「好。」

橋本說完，便轉身往玄關走去。御手洗緊跟在他的身後。

「這個女孩子要怎麼辦？」

來到玄關的水泥地時，橋本問。

「我在這裡等就好了，我會害怕。」惠理子說。

「這樣也好。那麼，你，上來這邊。」

「小朋友，進去之前我要先提醒你。」

在旁邊的村木再度耍威風地說。橋本已經先脫好鞋子了。

「雖然讓你進入現場，但你絕對不可以得意忘形。知道嗎？」

「嗯。」

御手洗也脫掉腳上的鞋子。

「你能答應不會把看到的事情告訴任何人嗎？」

「剛才不是已經說過了嗎？放心，我不會告訴別人的。」

村木的臉脹紅了，說：

「這是什麼說話的態度？可以這樣對警察說話嗎？」

「叔叔，現在不是爭論這種事的時候吧？趕快解決問題比較重要呀。」

「是呀！村木兄，你也想聽聽這孩子怎麼說吧？」

「真不明白你是怎麼想的！怎麼可以讓年紀這麼小的小孩，進入陰氣沉重的殺人現場呢？這對教育很不好呀！」

村木哇啦哇啦地叫著，於是橋本便在他的耳邊小聲地說：

「他不是一般的小孩，是塞里托斯理事長家的小孩，母親是東京大學的數學教授。我曾經聽過山手柏葉派出所的警察談過他好幾次。雖然現在是和田山小學的小學生，但據說智商在兩百以上。暫且聽聽他的意見吧！」

村木不說話了，或許是震懾於東京大學數學教授的兒子，或理事長家的小孩這樣的頭銜吧！

和室會客室的情形，和一個月前剛發現時幾乎完全一樣。唯一住在這裡的人已經死了，所以並沒有請求其他家人撤離這個房子的必要。搜查人員也還有一時難以處理的地方，所以便一直這樣放著沒動。不過，到了今天晚上，警察和搜索的單位，也覺得應該收拾這個地方了。御手洗在警方打算收拾這個地方之前趕來了解現場的情形，可以說是十分幸運。

進入屋內後，御手洗把手裡的雨傘放進傘架。發現屍體時的那把黑洋傘，也還在傘架裡。

「這支雨傘是……？」少年御手洗問。

「這支傘一直都在這裡，大概是土田大師的傘吧！」

橋本說。御手洗先是「噢」了一聲，才問：

「發現這把傘的時候，傘是濕的嗎？」

「是濕的。」

上了走廊後，御手洗立刻轉動脖子，仔細觀察四周。此時房子裡面已經開始變暗了。橋本打開電燈的開關。御手洗好像很喜歡這個變形的走廊間一樣，蹦蹦跳跳的。

「嘩！這個很有意思吶！」

接著他又打開了餐廳、廁所、浴室等等房間的房門，很開心地察看著。

「喂、喂，不要太隨便了！」

村木喝止地說。

「你想看的地方是現場吧？其他地方與你無關，不要到處跑，這裡不是遊戲場所。孩子畢竟還是孩子。」

「叔叔，這是同樣重要的。這裡也和我想的一樣。」御手洗說。

「什麼和你想的一樣？」

村木生氣了。

「我想我說了，你也不會懂的。」

少年諷刺地說。

「什麼事情我不懂？你說呀！到底是什麼？說出來聽聽看呀！你把我想成什麼了？我們刑警是了不起的專業搜查人員。」

「那麼，叔叔知道畢達哥拉斯定理嗎？」

少年提心吊膽地說。

「畢達哥拉斯……那是什麼？」

村木低聲、咬牙切齒般地說。果然行不通呀！少年覺得還是要用簡單易懂的語言來說明。

「少了四張畫的原因，就在這個走廊間裡。」

雖然用這麼簡單的方式說了，但叔叔還是不懂。

「什麼？這是為什麼？為什麼少四張畫的原因在這個走廊間裡？」

村木因感覺到自己的笨拙而激動起來。

「這間房子的一樓部分沒有屋頂吧？只有二樓有屋頂。」

「唔？那又怎麼樣？」

「所以二樓只是承載在一樓的上面，一樓和二樓的地板的形狀和面積是一樣的。」

「哈哈哈。」

村木笑了，他發現能夠找回大人尊嚴與領導地位的路了。

「果然還是一個小孩子。現在就讓你去二樓看看，你就會明白並不是一樣的。二樓的走廊間呢……」

「二樓的走廊間是三角形的吧？」

少年多嘴似的插話。村木一聽，臉上的笑容立刻消失。

「嘖！明白就好。」

村木說完，便閉嘴不說話了。他漸漸感覺到這個以前從沒有見過的孩子，確實不是一般的人物了。

橋本走前面，伸手打開和室牆壁上電燈開關。燈一亮，即使像御手洗這樣膽大的人，也忍不住倒抽了一口氣。屍體雖然已經搬走了，但是鋪在地面上的畫圖紙仍舊還在這個房間裡。不過畫圖紙的位置已經有所移動，其中有一部分堆疊在房間的角落。原先在屍體正下方的血跡已經發黑，痕跡清清楚楚地遺留在榻榻米上。

「請進，請進呀！小朋友。」

村木刻意誇張地說。

「害怕了嗎？不要嚇得尿出來唷！」

「不行，不可以那樣。」御手洗說。

「什麼？你在說什麼？」

「我說那些畫圖紙。」

少年御手洗指著堆積起來的畫圖紙說。

「畫圖紙怎麼了嗎？」

「那些畫圖紙原本就是那樣堆在一起的嗎？」

「那樣堆在一起有什麼不對嗎？」

「為了做出通道，曾經拿出去到外面的走廊間吧？」

「是拿出去過。怎麼了嗎？」

村木因為感覺到不安而心情不好，不能理解御手洗的話意。

「那時沒有在上面走嗎？」

御手洗面向著兩位刑警問。

「什麼走在上面？」

「沒有，沒有在紙上走，完全繞過去了。」

橋本回答。

「真的？那就好，太好了。」

「什麼事太好了？」

村木大聲說著。但是御手洗不理會他，直接走進房間裡面，拿起堆疊在一起的畫圖紙中的其中一張，用放大鏡觀察畫圖紙的背面。兩位刑警面面相覷之後，村木突然大聲嗆道：

「小鬼！你在玩偵探遊戲嗎？漫畫看太多了吧？那樣的放大鏡能看出什麼東西呢？」

但是御手洗還是不理會村木，仍舊是拿著放大鏡，一張張地觀察畫圖紙。過了一會兒後，終於放下放大鏡，並且露出鬆了一口氣的表情。

「唔，果然是那樣。」

「什麼？什麼？到底是什麼『果然是那樣』？大偵探，你說呀！」

村木嘲弄地問。

「榻榻米上的血跡不是很多呀！」

少年指著房間的中央說。

「因為拿去塗畫了吧！」村木說。「你好像不知道，所以就告訴你吧！這些畫圖紙……」

「都被用血塗染了吧？」

御手洗指著畫圖紙說。

「啊！是嗎？原來用放大鏡也看得出來呀！真是令人佩服。」

好像要討回大人的尊嚴般，村木不服氣地說。

「全部都是用血塗的嗎？不是吧？也有用顏料塗染的吧？」

御手洗突然說，村木的臉色是一陣鐵青。

因為沒有聽到兩位刑警的回應，他便轉過身面對著他們。御手洗一臉認真的表情，眼睛閃閃發光。從他真誠而銳利的眼神看來，可以看出他所想到的事情，不知比兩位刑警高出多少。

「怎麼樣？沒有用顏料塗染的嗎？」

少年又問了一次。

「有。」

橋本回答。他的聲音也變得非常認真。

「如果有顏料的話，應該是水彩畫的顏料吧？」

少年一邊注視著畫圖紙，一邊問道。

「嗯，沒錯。」

「是幾張和幾張？」

「什麼『幾張』？」

少年嘖嘖出聲，好像在批評頭腦反應不夠靈活的大人們。

「我是說用血塗的畫圖紙和用顏料塗的畫圖紙各有幾張？」

「唔，是八十八張和四十八張。」村木回答。

「果然——」

少年大叫著說。兩位刑警又是面面相覷，但這回沒有人再嗆聲了。

「果然是少了四張。多少和多少？」少年問。

「啊？什麼多少和多少？」

「多少張是塗血的？多少張是塗顏料的？」

「塗血的是四十八張，塗顏料的是八十八張。」

橋本很謹慎地回答。

「這裡的廚房有橡膠手套嗎？」

御手洗突然問了一個莫名其妙的問題。

「橡膠手套？什麼橡膠手套？」

「就是女人洗東西的時候，為了保護手部的皮膚而戴的那種手套。」

「最近有用那種東西嗎？」

橋木問。

「因為擔心洗東西而讓手的皮膚變粗糙的女人不是日本人！」

村木答非所問，非常憤怒地說。

「怎麼樣？又明白了什麼嗎？」

「嗯，大致上完全明白了，只剩下最後的一點點疑問。」少年說。

「明白到什麼程度了。這個房子的密室之謎也解開了嗎？」村木問。

「什麼密室？」

「什麼？連密室也不知道嗎？畢竟只是小孩子，難怪不知道。密室就是這個拉門從內側……」

村木得意洋洋地準備說明。

「啊！那個我早就知道了。」

少年不耐煩似的揮揮手說。

「因為有密室，所以我才會知道凶手是誰。」

「不用你說我們也知道，凶手是天城圭吾。」

「凶手不是天城圭吾。」

兩位刑警聞言，都張大了雙眼。

「不是天城嗎？」

村木終於生氣得大叫了。

「當然不是。沒有進去屋子裡面的人，怎麼殺死在屋子裡的兩個人呢？」

刑警沉默了。過了一會兒，橋本才喃喃地說：

「說得也是……」

「這裡，如果不是密室就好了。如果不是密室的話，或許我也不知道凶手是誰。」少年說。

「殺人之後，情緒會很激動的。」

「你！到底是站在哪一邊的？一副什麼都知道的樣子！看了就討厭。」

村木的頭頂已經在冒煙了。

「好了，我們接著看二樓吧。」

御手洗若無其事地說。

「可惡！你這小鬼實在太囂張了。關於這個房子的事，你一定是從木匠那裡知道的吧？現在你也看到密室，更加明白這裡了。」

村木又說相同的事情。

「是誰告訴你的，你還是老實地說吧！小孩子怎麼可能知道這麼多呢？不然，你說說看二樓的大小。說說看呀！如果你說得出來，我就相信這一切都是你自己想出來的。」

「你說的大小，是哪裡的大小？」少年問。

「那個……對了，當然是三角形的走廊間的大小。」

「三公尺零九公分、四公尺十二公分和五公尺十五公分。」

村木眼睛佈滿血絲，看著橋本問：

「是嗎？」

橋本從口袋裡掏出記事簿翻頁，露出放心的表情，點點頭，低聲說道：

「完全正確。」

村木噘嘴，說不出話了。

10

上了二樓後，御手洗首先進了兩個正方形房間中大的那一間。這個房間有一點亮光，這是因為外面的太陽還沒有完全下山的關係。鋪著木板的地板上，有著好像什麼在蠢動的扭曲圖案，抬頭看天花板，原來是天窗的玻璃上，有水在流動。雨又變強了。

少年御手洗走到房間西北側的玻璃窗前，低頭俯看窗戶的外面。從這個窗戶往下看，可以看到一點點位於右側的鐵塔塔腳的部分，和那鐵塔腳周圍的鐵柵欄與柵欄上面的鐵絲網。

「那邊的小屋頂是什麼？」

少年問。煙雨之中，可以看到鐵柵欄旁邊有一個潮濕的長方形白鐵皮屋頂。

「那是資材儲藏處。這棟房子和這個房間看起來都還很新吧？那是因為好像重新裝潢過了。土田大師把重新裝潢時剩下來的材料，都放在那裡了。都是一些木材或裝飾板。那裡只有屋頂，東西都靠著牆壁放，屋頂只是避雨用的。」

「唔。從這個房間的窗戶可以看到田地和樹林。房間裡的四個窗戶都可以看到。也可以看到一點別人家的房子，但是太遠了。」

「是的。」

三個人就在房間裡，站在窗邊看著白茫茫的窗外煙雨世界好一會兒。

「牆壁有貼壁紙，是樹脂塗層壁紙。窗戶的鎖是勾鎖，上面有窗簷，下面沒有窗簷。房間裡有畫架和油畫的顏料箱、花瓶几。這些都是剛發現時就有的嗎？」

「是的，一直保持著原來的樣子。」橋本說。

「嗯，我知道了。我們去另外一個房間看吧。」

少年說著，率先走出房間。兩位刑警很老實地跟著他走出去。打開較小的那一間房間的房門後，御手洗是第一個走進去的。

「就是這裡了。」少年說。

「這是畫水彩畫的房間。」

「你說什麼？」

村木質問似的說。

「這裡的壁紙也是樹脂塗層壁紙，鋁框的窗戶，仍然是轉動式的窗鎖。這支拖把呢？」

「本來就是在地板上的。」橋本說。

「地板的哪邊？」

「這邊。房間有點靠牆壁的地方。」

橋本指著腳下說。

「當時的擺放樣子呢？」

橋本拿起立在角落的拖把，放在地板上。

「拖把的柄朝著窗戶的方向嗎？嗯，知道了。從這個房間的西北邊窗戶，可以很近地看到鐵塔。」

少年顯得很激動。然後，他又靠近窗邊，很感慨似的看著潮濕的銀色鐵塔。

「從這個窗戶到鐵塔，有點遠呀！」

「嗯。有點遠。」

「不過，和窗戶同高度的地方有橫向的鐵骨支架。接著要看看這邊的窗戶。」

少年御手洗走過地板，來到位於房間東北邊的窗戶前。

「啊，從這裡可以看到小河。河岸邊有樹木。樹木長得很茂密，但是還是可以從樹枝與樹枝之間看到河對岸的房子的窗戶。啊，那個是廚房的窗戶嗎？窗戶裡有人。從這裡可以清楚地看到那邊人家的生活呀！」

「喂，別管那些了。你又知道了什麼嗎？」

「嗯，這樣我已經完全了解了。」

御手洗輕鬆愉快地說。但是兩位刑警卻不發一言，一副等待少年御手洗發表看法的樣子。

「謝謝你們了刑警叔叔，我現在完全了解了。不過也該回家了，惠理子還在外面等我呢！」
御手洗急急忙忙地想走出房間。一直保持著沉默的刑警，終於忍不住出聲了。
「喂、喂，等一下。小鬼，你這樣就要回去了嗎？」村木說。
「嗯，因為我家住得遠呢！」
「別說你家住得遠。你不是還有話要說嗎？」
「沒有呀！小孩子說的話，沒有人要聽吧？」
少年一邊說，一邊匆匆忙忙地要下樓梯。
「不用看其他的房間嗎？」
村木挑剔似的說。
「不用看了，我要趕快回家了。」
「小朋友，你等一下。你明白了什麼，卻不告訴我們嗎？」
橋本也說話了。
「你答應了吧？你答應要告訴我們的。」
「天城先生會怎麼樣？」
少年轉移話題問道。
「這樣下去的話，一定會被判刑。」
橋本回答。
「他已經被關起來了，如果案情沒有被扭轉，大概會被判死刑吧！畢竟殺死了兩個人啊！」
「沒有證據怎麼判他死刑呢？」

「他已經承認殺人了。」

橋本直截了當地說。

「承認了？天城先生承認殺人？」

「嗯，他承認了。」

三人已經走到玄關了。一直在玄關等待的惠理子一看到御手洗，立刻露出開心的表情。

少年默默地穿好鞋子，站在玄關的水泥地面，仍然不說話。

「你剛剛了解到什麼事情，不能告訴我們嗎？」

橋本說，但是少年仍舊不回應，只是伸手從傘架裡抽出自己帶過來的傘。外面的雨又變大了。

「你們真的很想知道嗎？」

「當然想知道。」

橋本點頭說。

「那邊的刑警叔叔呢？」

少年問忍著一肚子的怒火，一句話也不說的村木。

「再見，我要趕快回家了。」

少年轉身就要走了。

「等一下！再等一下！你不想幫助天城嗎？」

橋本說。

「你不是說他不是凶手嗎？但是，這樣下去的話，他恐怕會被判死刑。」

少年停下，沉默了一會兒後才說：

「如果你們非知道不可的話，明天正午的時候拿著這支傘，來和田山小學的校門口。」

少年御手洗一邊說，一邊指著傘架裡的黑色洋傘。

「拿這支傘去你的小學？為什麼？」

「給凶手看。我雖然能夠完全了解，卻還沒有找到證據。不過，用了這支傘，凶手就會知道自己被發現了。」

少年的話讓刑警很吃驚。

「什麼？真的嗎？」

「真的。但是沒有傘就不行，所以一定要帶來。如果沒有帶傘來，我什麼也不會說。知道嗎？好了，明天叔叔們要不要來，由叔叔們自己作決定。總之，今天謝謝叔叔們讓我進現場了解情況。走吧，惠理子。」

少年帶著與他一起同來的女孩，走進天色已暗的雨中。兩位刑警茫然地站在玄關前，不知如何是好。

11

翌日是陰天，天空被重重的雲層籠罩，但是沒有下雨。從教室大樓的樓梯平台看去，可以看到校門口有兩個拿著黑色洋傘的男人，很無聊似的站在法國梧桐樹的旁邊。

第一教室大樓的屋頂中央有一座時鐘；時鐘顯示還有五分鐘就是正午了。御手洗坐在飲水機與洗手的水龍頭嵌在一起的水槽下面的水泥台階上，遠遠看著站在校門口旁邊的兩位刑警。

「御手洗同學，你在做什麼？」

惠理子來了，她問御手洗。

「啊，我在看刑警先生。」

他回答。起風了，有點冷，風也微微吹亂了他柔細的頭髮。

「你不過去嗎？」

惠理子問。

「如果可以的話，我真不想去。」

他回答，然後沉默了一會兒。

「活著，有時候是很殘酷。」

他突然這麼說。

「你在說土田大師的事件嗎？」

少年點點頭。

「想要救一個人的時候，卻必須讓另外一個人獲罪。我只知道未來，必須走向未來。如果所有的事情都像風一樣就好了，一陣風過去，就什麼也沒有了。」

「做了壞事的人，就是壞人，就應該被逮捕吧？不是嗎？」

「嗯。」

少年雖然如此說了，卻還猶猶豫豫地不想馬上行動。他很努力地讓自己相信惠理子剛剛說的話是唯一正確的事情。他是一個天才，雖然還只是少年，但能力已經遠遠超過十個成年人集合起來的總和，並且擁有高超的洞察能力。但是斬草除根地去破壞一個人的幸福人生而所產生的壓力，對一個小孩子來說實在是太沉重了。御手洗畢竟還只是一個孩子呀！少年的一個行為，可能讓與他父母親同輩的人失去名譽、失去自由，嚴重的話，甚至可能失去性命。

還有，他也一直無法相信一件事情的善惡面是不會動搖、絕對穩定的。他一直在想，現在自己要做的事情，是否真的能給多數人帶來幸福呢？這對當時的他來說，這是比解開事件的真相，更加困難的事情。對他來說，解開殺人事件的真相就像給小孩子玩的遊戲，是非常簡單的事情。

但是，他還是站起來，往前走了。他直直地橫越過校園，筆直地往兩位刑警站立的校門口走去。惠理子跟在他的後面走著。

「呵！天才少年來了！」

橋本說，他的語氣很親切。村木站在他的旁邊，卻一聲也不吭。

「那麼，接下來要怎麼做？可以告訴我們凶手是誰了嗎？」

「跟我走，先去隔壁的中學。」

御手洗走出校門，繞到旁邊的中學前。

「我們去二年D班。差不多是要出來的時候了。」

走進和田山中學的校門後，他們不直接穿越校園，而是繞過沙坑和單槓，迂迴地前進。

「二年D班的教室在那邊。他們現在好像還在開班會。啊，結束了。或許就快出來了。好，我們進入教室吧。」

他在正面的玄關這麼說，所以四個人便從玄關直接走進去，然後站在鞋櫃前的踏板上脫了鞋子，再一起上了鋪著地板的走廊。向左轉後，二年D班的牌子就在眼前了。

「惠理子，土田同學是哪一位？他出來的時候，要告訴我們。」

少年御手洗說。

「嗯。」

惠理子說，並且一直小心看著。

「啊！就是那個人！」

惠理子指著一個學生說。

一個瘦小，看起來像小學高年級的男生，一邊扣著白色襯衫的鈕子，一邊走到走廊上來。他還沒有帶書包，看他在走廊上走來走去的樣子，好像是要去上廁所。

「刑警叔叔，傘借我用一下。你們都在這裡等，我很快就會回來。」

御手洗一說完，便抱著黑洋傘，朝著那位中學生走去。

刑警躲在鞋櫃的後面，惠理子則躲在柱子後面偷看。御手洗一追上中學生土田，便把手中的洋傘遞出去給他，兩個人好像完全沒有交談。中學生很快就伸手，毫不猶豫地接了洋傘。御手洗把洋傘交出去後，立刻轉頭朝原來的方向走回來。而中學生則是拿著傘，往廁所走去。

「他收下傘了。」

御手洗說。

「真希望他沒有收下傘。好了，刑警叔叔，事情做完了，我也完全明白了。我們快點回去，從這裡出去吧！」

御手洗好像恨不得早一刻離開。他走在最前面，很快就走出中學的校園。一樣是繞著外圍，往校門口走的。

「好了，可以說了嗎？御手洗同學。」橋本說。「凶手是那個孩子嗎？那個中學生？」

「不是。不過，他是幫手。」

「殺人的幫手？」

「不，他是去善後的，被叫去收拾現場。」

「被誰叫去的？」

「當然是凶手。」

「那個人是誰？」

「等一下再說。」

少年御手洗不說話了，只是一味地思考。

「總之，凶手不是天城。是嗎？」

橋本一再追問。

「當然不是。最好早點放了天城，慢了的話，警方恐怕還會被抱怨。」

「等找到真正的凶手，才能釋放他。」村木說，又問：「剛才那個中學生，是誰家的孩子？」

「他叫土田康夫，是土田大師的兒子。」

「啊，那個沒有和土田大師住在一起的兒子？」村木說。

「那個孩子住的地方沒有電話。」

「想聽我的看法的話，今天晚上七點來我家。我想那時應該已經吃完晚飯了。我也還有東西要準備。還有請你們一定要開車來，因為我們還要去一次現場，在那裡進行說明。開車來的話，我阿姨就不能拒絕了。」御手洗說。

「那我呢？」惠理子說。

「妳在家裡等，我明天再告訴妳結果。」

「如果凶手逃走了怎麼辦？」

村木冷冷地說。

「不會的。」

「等一下，為什麼不能現在、在這裡說呢？」橋本說。

「因為不在現場的話，就無法說明。」

少年搖搖頭後回答。

「那就現在去吧！叔叔們很忙，希望能夠早一點明白這個案子是怎麼一回事，而且，或許你晚上也有功課要寫……」

「就算叔叔這樣說也不行，因為有些事一定要在變暗的晚上，才能確認。」御手洗說。

「剛剛不是已經確認了洋傘的事了嗎？有了這個確認還不行嗎？到底要等到什麼時候？」

「不過是半天的時間呀！雖然我已經完全明白了這個事件的謎，但仍然是推理下的結果。『傘』雖然是證據，卻不充分。我要說的可是殺人凶手，這件事情絕對不能搞錯，一定要有百分之一百的證據，才可以說出口。」

刑警們又沉默了。

「好吧，就照你說的做。」

橋本終於這麼說了。因為少年說得有道理。令人意外的是，村木竟然沒有抗議，老實接受了這個條件。

惠理子沒有親眼看到當天晚上的情形。以下是她把從御手洗那裡聽來的內容，加上後來公佈在報紙上，及學校和街頭巷尾的種種傳聞融合起來之後，所歸納出來的結果。

那天晚上七點，兩位刑警乘坐著警車，來到位於塞里托斯女子大學內，御手洗生活的房子前面。身為大學理事長的御手洗阿姨顯得很困擾，但在刑警的一再懇求下，終於答應讓御手洗與刑警同行，但條件是晚上十點以前一定要回家。

有了警車的話，就可以很快到達命案現場的土田家房子。坐在後座的御手洗的膝蓋上，有著御手洗向阿姨借來的噴霧器。只要按下這個器具上面的小活塞，下面玻璃瓶裡的水，就會化為霧狀，從噴嘴的前面噴出來。女性在做裁縫或熨燙衣服時，常需要使用這樣的噴霧器。

「這個，要做什麼用？」

橋本問。

「這是作最後的確認時，需要使用到的器具。事件雖然與我的推理一樣，但是還是需要有證據來證明我的推理沒有錯誤。」

少年的語氣聽起來很有自信。

「喂，雖然不知道你要怎麼做，但不會燒掉這棟房子吧？」村木說。

現場土田家前面的封鎖線還沒有拆掉。兩位刑警高抬起腳，跨過了封鎖線的繩索，御手洗則是彎著腰，鑽過繩索。開警車的司機獨自留在車內，車子的引擎一被關掉後，好像連空氣都被抽取掉了般，大地一片寂靜。偶然抬頭看天空，可以看到新月高掛在半空中。

玄關被鎖起來了。村木拿出鑰匙，插人鑰匙孔內，轉動之後，打開了鎖，拉開拉門。拉開拉門的時候，發出喀啦喀拉的聲響。因為四周是安靜的田地，聲音更顯得詭異。

踏入玄關的水泥地面後，村木打開了電燈的開關，然後脫了皮鞋，走上了鋪著木板的走廊間。村木之後是橋本，然後才是少年御手洗。御手洗把噴霧器先放在進房的地面橫框板上，脫了鞋後，才隨橋本上了走廊間。

三人進入和室。塗染著血或紅色顏料的畫圖紙已經全部被收走，不知道放在哪裡了，寬敞的榻榻米地面上，只看到已經變成黑色的血跡。隨著血液痕跡的逐漸沉澱，已經發生過的慘案似乎也漸漸遠去了。

「不是這裡，我想先去二樓。」

御手洗說。於是御手洗走在最前面，三個人一起爬上樓梯。

橫越過三角形的走廊間，御手洗率先走入比較小的那個房間。一打開電燈，他就拿著噴霧器，對著牆壁、櫥櫃、窗戶、窗簾、地板、門、門把、畫架、花瓶几等處噴了一圈。他好像要用噴霧器，把整個房間噴過一遍一樣。

「喂，小鬼，你在幹什麼？」

村木慌張地問。

「這不是汽油，請不必擔心。如果想聽我的說明，現在就請不要說話。」

被御手洗這麼一說，村木安靜了。他好像終於理解自己的大腦構造，和這個小孩有很大的不同。

用噴霧器噴完一遍後，御手洗關掉電燈，轉往隔壁的房間。在這裡也是一樣，打開房間門和電燈後，便開始把噴霧器裡的液體，噴在牆壁、窗戶、地板、畫架等等地方上。

「這到底是在幹什麼？用水消毒嗎？還是在噴殺蟲劑？」村木問。

「天才少年變身為消毒人員了嗎？」

橋本也說話了。可是，少年不為所動，結束了這個房間的噴霧工作後，便關燈退出房間，來到三角形的走廊間，並且也對走廊間的地板噴霧。他一邊噴一邊後退到樓梯口，然後下樓梯。下樓梯時，他也對著一階一階的樓梯噴霧。接在一樓的走廊間噴霧後，進入和室，並且一樣進行了噴霧的工作。不管是土牆、柱子、窗戶、窗簾、榻榻米上，都一一地噴上一層瓶中的液體。因為對著許多東西、並且大面積地噴霧，所以瓶中的液體也越來越少。

最後，少年還拿著噴霧器，噴了廚房的流理台和廁所前面的洗臉台。這兩個地方是陶土製成的，御手洗特別仔細噴了排水口附近。

「好了，這樣可以了。」

少年吸了一口氣說。

「刑警叔叔們，現在可以讓你們看好東西了。我們回到二樓吧！」

少年說著，回到走廊間，然後帶著兩位刑警上樓梯。兩位刑警仍然是一臉的訝異。

來到二樓的走廊間時，御手洗把兩位刑警叫到門邊，先是慢慢地打開比較小的那間的房門。

「啊！」

兩位刑警忍不住發出嘆息聲，因為房門內是一個不可思議的世界。

「這是？」橋本問。

房間裡到處是藍紫色的微光。微光的來源好像是剛才抬頭看到的天上新月，從新月滴落下來的白色水滴透過天窗的玻璃，灑落在房間的牆壁、地板及各個地方後，幻化成藍紫色的微光。

「這個、這是什麼？看起來好像燐火！」

仔細看，那些微光在牆壁上、地板上，形成許多斑點，散發著光亮。從天花板降下的光亮像水一樣，流動似的分佈在牆壁的四處，也灑落在窗框、櫥櫃上。最奇妙的是地板上的微光。地板上的有些微光像積水的水窪一樣，匯成發光的場所，此外，還有浮現像幾何圖形一樣的交叉直線微光，樣子很像是用光線畫出來的方格紙。畫架和花瓶几仍然是暗的。

「御手洗同學，這是什麼？」

橋本被藍紫色微光所帶來的莊嚴氣氛震懾了。

「刑警叔叔，這是血的痕跡呀！」

少年若無其事地回答。

「你說這是血的痕跡？怎麼會呢？」

「這是化學的發光現象，某些成分碰撞在一起時，會產生發光的化學反應。剛才我噴的東西，是一種叫做魯米諾的藥物溶液，是強鹼性的液體，遇到血液中的鐵氰化鉀這種酸性物質時，就會發出這種顏色的亮光。」

兩位刑警都默不出聲，為眼前不可思議的美感動。

「即使是非常微量的血，也會引起發光現象。」

少年說。於是橋本也說：

「我聽過魯米諾反應這個東西。」

「那是什麼？好像螢火蟲一樣。」

村木也說。

「目前日本警方還很少用到這種鑑識的技巧。不過，很快大家就都會用了。」少年說。

「總之，意思就是說，這個房間的牆壁上有很多血。是嗎？」村木說。

「嗯，是的。曾經沾上血，但後來被擦拭掉了。因為是樹脂塗層的壁紙，所以能夠做這樣的試驗。雖然眼睛看不到，但是用了這種藥物後，就會現形了。」御手洗又說。

「原來如此呀！雖然被擦掉了，卻還可以透過這樣的方法顯現出來嗎？原來噴上這種藥就可以了。」橋本說。

「是的。」

「那麼，這裡流了很多血嗎？」村木說。

「嗯。」

「看牆壁的這個部分。血『咻』地噴出來，所以形成了這樣的形狀。」

「這很像是頸動脈破裂造成的痕跡。」橋本說。「不過，擦拭得很乾淨嘛……但……這裡有這麼多血液痕跡，代表了什麼意思呢？」

「表示這裡就是現場。」

少年輕描淡寫地說。

「什麼？現場不是樓下的和室嗎？」

村木驚訝得大聲說。

「不是樓下的和室。」

少年說著，走到門外面的三角形走廊間。他招招手，兩位刑警跟上來後，他便走到樓梯附近，關掉電燈的開關。

「看！」

不需要少年的催促，兩位刑警已經再度看到了不可思議的情景。當燈光熄滅，室內變暗的瞬間，無數藍紫色的微光像點了燈一樣，在腳下的地板上排成行列。好幾條像燐火般的光點形成的線條，從房間出來，持續延伸到樓梯。

「屍體和畫圖紙從這條線的上面通過，被搬運到樓下的和室。因為來回好幾次，滴下來的血便形成這樣的痕跡。」

兩位刑警都忍不住嘆息了。

「哦，這裡！雖然模糊，但是看得出是赤腳的腳印。」

「啊！確實是腳印。」

從浮現出來的微光，確實可以看出那是一個赤腳的腳印形狀。從樓梯的方向走去的模糊腳印。橋本把自己穿著襪子的腳，放在那個腳印的旁邊比較。

「腳印不大！是女性的腳印嗎？」

「或許是受害者的腳印。」村木說。

「你在哪裡拿到這種藥物的？」

橋本突然問少年這個問題。

「我家就在大學的校園裡。我從藥學部的藥架裡拿了一點點。當然是事先就已經拿了的。」

「原來是這樣。」

然後橋本好像不想讓少年聽到一樣，在村木的耳朵邊，小聲地說：

「怎麼覺得好像在上科學講習會。」

御手洗打開另外一間房間的門。這個房間裡沒有旁邊那個房間裡像燐火一樣的微光。這是因為這個房間裡一滴血也沒有。和這個房間比起來，旁邊那個房間好像到處是霓虹燈的繁華街道。

「命案的現場不在這個大房間裡。兩名受害者是在這邊的小房間裡被殺害後，屍體沿著這個路線，通過鋪著木板的走廊間後下樓梯，被搬運到一樓的和室。是這樣的嗎？」

橋本說。少年點點頭。

接著，三人便一起下樓。村木好像已經知道是怎麼一回事了，連忙關掉樓下的電燈。打開和室的房門看，和室的榻榻米上也有發亮的微光。但是，和二樓小房間有如繁華市街的華麗微光比起來，和室的微光就像鄉下的小吃街一樣，只有稀疏的幾點，而且，牆壁上、門上、窗簾、隔扇等等地方，也都不見發光點。中央積血的地方沒有發光的原因，是因為早就知道那裡是血，所以沒有在那裡噴灑。

「這裡的發光處並不多，表示這裡沒有流很多血。」橋本說。

「這裡只有搬屍體來這裡時滴落的血而已。」少年說。

「是嗎？難怪只有榻榻米上面有血。所以這裡才會這麼乾淨。」

「等一下，等一下，我還有些不明白。」村木說：「凶手把兩人的屍體從上面的房間搬運到樓下的和室，並且是把屍體放在畫圖紙上的，是嗎？然後用流出來的血，塗染了鋪在屍體下面的畫圖紙。是這樣的嗎？」

「是吧！」

橋本表示同意地說。

「是吧？御手洗同學。」

橋本又問御手洗。

「不，不是那樣。」

少年搖搖頭說。

「我們再上二樓看看。」

於是御手洗先走。

上了二樓，少年先打開有很多微光的小房間的門。

「你們看，看。這些像棋盤的線。知道這是什麼嗎？」

「不知道。」

橋本說，村木沒有說話，但他應該也是不明白的。

「那是從畫圖紙的縫隙流到地板上的血液痕跡。」

「啊！是嗎？原來如此！」橋本說。

「意思是這裡的地板上原本鋪著畫圖紙嗎？」村木問。

「嗯。」少年回答，又說：「細的線是畫圖紙與畫圖紙之間的縫隙；像水窪一樣的地方是因為鋪在上面的畫圖紙被攪亂，在地板上形成大的空隙後，又有大量的血流到那裡所形成的。由此看來，凶手和受害者曾經在這裡發生扭打。」

「明白了。不過，土田大師不是每年都在二樓的和室評選得獎作品的嗎？不是嗎？」

「去年以前確實是那樣，但是今年改變了。」少年說。

「怎麼變了？」

村木的心情非常不舒服，為什麼他說出來的話，老是不斷地被糾正。

「他在這裡和隔壁的房間，用兩個房間分開評審。」

「分開？這是什麼意思？」

「就是分開成小學的部分和中學的部分。」

「小學的部分和中學的部分？」

「嗯，在這個房間裡評審的是中學生的作品。」

「你怎麼知道在這個房間裡評審的是中學生的作品？」

村木暴躁地說。

「很簡單就可以知道了。昨天我檢查過堆疊在下面的畫圖紙，發現這裡的木板與木板的縫隙線，有一些被壓印在畫圖紙上了。」

村木無話可說了。這是他想也沒有想過的事情。橋本似乎也一樣，所以嘆氣了。

「原來是這樣。那麼，那天凶手到底做了哪些事情呢？」橋本說。

「現在幾點了？」

少年問。橋本打開房間的電燈，然後一邊看手錶，一邊說：

「八點五十分。」

「不行了，沒有時間了，我就簡單地說吧！」

「如果時間晚了，我們會向你的阿姨道歉的。」

「她不是那麼容易被說服的人呀！總之，土田大師把這個房間裡的東西統統拿到外面的三角形走廊間，然後把中學生的入選作品排列在這個房間地板上，在這些作品上來回走動，進行評審。小學生的入選作品則排列在隔壁的房間，也一樣在作品上來回走動、評審。」

「小學生的入選作品件數比較多嗎？」

「嗯，是的。土田大師是在這裡被殺死的，死在鋪在這個房間裡的畫圖紙上。」

「畫圖紙上？」

「是的。所以鋪在地板的畫圖紙上有許多血，而且牆壁上也有很多飛濺上去的血液痕跡。當時被殺死的人的血所形成的血指紋、血腳印，及染了血的衣物，都在畫圖紙上，所以在畫圖紙的正面塗染血液的目的，一定是為了掩飾指紋與腳印。」

「你說『一定』，確認過了嗎？」

「我也不知道凶手為什麼要那麼做。我只是在說明凶手做的事情。」

「嗯，是嗎？然後呢？」

「因為死者流出來的血很多，讓地板上的畫全部染了血。而凶手們有不想讓屍體放在這個房間的理由。」

「『們』？是複數？」

「嗯，我是這麼想的。因為我知道土田康夫不是凶手。不過，有些事情沒有土田同學的話，就不能處理，所以才會認為凶手是複數。」

「為什麼非土田同學不行？」

「這個以後再說。總之，土田同學和凶手不想把父親和那個女人的屍體放在這個房間裡，所以把屍體搬運到樓下的和室。」

「為什麼不想把屍體放在這裡呢？」

「因為那個。」

少年說著，走到東北側的窗戶邊。

「因為那邊的燈光。」

刑警們也走到那個窗戶旁邊，看著少年手指的方向。

「那個房子嗎？那個房子怎麼了？」

「那裡是土田同學的家。是他和他媽媽的家。」

「啊！那就是土田富太郎以前的住家嗎？」

「嗯，土田同學的媽媽站在這裡，打開窗戶，就可以呼叫他了。」

「哦？大聲叫嗎？」村木說。

「嗯，附近的房子都離得很遠。」

「可以用電話呀！」村木說。

「那個房子沒有電話。」橋本說。

「啊，這樣呀！」

「他們太窮了。聽到呼喚後，土田同學便順著鐵塔，來到窗戶的附近。」

御手洗說著，走到西北側的窗戶邊。

「鐵塔離窗戶三公尺遠，跳不過來吧？」

「那邊有資材儲藏處，其中有三公尺以上的木板或角材，然後從塔腳跨到這邊的窗戶，就可以進入這個房間了。」

「這樣做就不會留下腳印了嗎？」

「大概吧！因為鐵塔的下面是水泥地，所以那裡不會有腳印。」

「你的意思是凶手是土田春子？」

「嗯。她是土田富太郎的妻子，所以當然很了解土田富太郎吧？土田富太郎是左撇子、有別的女人、去年之前都是在二樓的和室進行評審的工作等等事情，她都很清楚，當然也很了解這個房子的構造。」御手洗說。

「那——殺人的動機呢？」

「動機是什麼？」

「就是土田春子殺死土田富太郎的理由。」

「這個我就不知道了，而且從房子的情況看來，也沒有辦法推理出理由。這一點叔叔們自己調查吧！」

「嗯。看情形是母子兩人想把屍體移到樓下的和室。」

「因為想到屍體放在這裡不好的關係吧！因為這個房間裡有可以直接看見自家內部的窗戶，還有唯一開在鐵塔旁邊的窗戶。如果屍體是在這裡被發現的，那麼，只要稍微在窗外繞一下，真相可能很快就會被發現。這樣太危險了。」

「嗯，說得也是。像我們這種專家，很快就能了解了。」村木說。

「所以要轉變注意目標，把屍體和鋪在地板上的所有畫圖紙，全部移到樓下的和室。是嗎？」

「嗯。」

「可是，行得通嗎？因為另外一個比較大的房間裡，還有小學生的入選作品呀！而且排得滿滿的。」

「行得通。」

「把原本分開在兩個房間裡的畫圖紙，全部排在和室房間的地板上嗎？沒問題嗎？如果畫太多了，地板排滿後還有剩餘的畫，不是反而讓人起疑嗎？或者是所有的畫都排完之後，還剩下地板空間，那就會露出榻榻米的地面，移動畫圖紙的事情或許就會被拆穿。那樣不是反而會帶來危險嗎？」

橋本說。但是少年搖搖頭，說：

「不，根據畢達哥拉斯定理，絕對不會有畫圖紙無法全部排進去的問題。」

「畢達哥拉斯？」

兩位刑警異口同聲地說。

「那是什麼？」

「是中學的數學會教到的東西。直角三角形夾著直角的兩邊所形成的兩個正方形面積和，等於第三邊的正方形面積。」

「什麼？這是什麼意思？」

村木說。於是橋本便從口袋裡拿出記事簿，用原子筆在上面畫著。他畫了一個直角三角形，並在三角形的每一邊，畫了一個正方形。

「像這樣嗎？」

「嗯。」

少年看了橋本畫的圖後，點頭認同。

「這兩個正方形的面積的和，等於這個最大的正方形面積。」

少年指著橋本畫的圖說。

「所有的三角形都是這樣嗎？」

「如果是直角三角形的話，就都一樣。」

「真的嗎？唔！是耶！這個很有趣。」

橋本很佩服的樣子。

「這是很久以前就被證明出來的定理。從古希臘時代開始，就知道這一點了。是一位叫做畢達哥拉斯的數學家發現的。這個定理也叫做勾股定理。」御手洗說。

「哎呀！上了一課了。」

「喂，等等、等等。」

村木拉拉橋本的衣袖，把橋本拉到角落，悄悄地問：

「什麼是『和』？」

「啊，就是加法的答案。例如一加一的和，就是二。」

「啊，這樣呀！原來『和』是那個意思。」

村木仍然是一臉似懂非懂的表情。

「所以呢？」

橋本重新看著少年問。

「所以這棟房子是按著畢達哥拉斯的定理建造的。因此二樓的兩間正方形房間的地板面積的總和，等於一樓的正方形和室的地板面積。」御手洗說。（圖6）

「啊！原來是這樣的。」橋本說。

「啊！是嗎？是嗎？嗯，是這樣嗎？」

不知道到底是不是真的了解了，但村木也這樣附和著說。

「所以，從計算上來說，鋪滿上面兩間房間地板上的畫圖紙，應該正好可以鋪滿一樓和室的地板。」

「嗯。理論上是這樣沒錯。」

「土田同學清楚這一點，所以才會放心地把所有的畫都移到樓下。但是，畫圖紙有長與寬的問題，而且實際上也少了四張畫圖紙。」

「嗯，本來是在一樓的和室進行評審，因為改到二樓分別進行評審，所以才會改變入選的作品件數。」

「噢。」

「可是為什麼要分開在兩個不同的房間呢？」

「因為想要分開評審小學生的作品和中學生的作品。在同一個地板上進行評審的話，眼睛偶爾會同時看到小學生的作品與中學生的，但兩者是互不作比較的，作了比較也沒有意義。」

「為什麼？」

「因為小學部分的獎與中學部分的獎是分開的。評選小學生部分時，如果看到了中學生的作品，難免會受到干擾，也會浪費精神。」

「原來是這樣。」

「還有，在木板地板上進行評審，比在榻榻米地板上進行評審容易。畫圖紙放在榻榻米上時，腳踩過去的話，很容易摺傷畫圖紙。」

「哦？是嗎？」

「土田大師計算了兩個房間的大小，算好可以排進去的畫圖紙的張數，分別是四十八張和

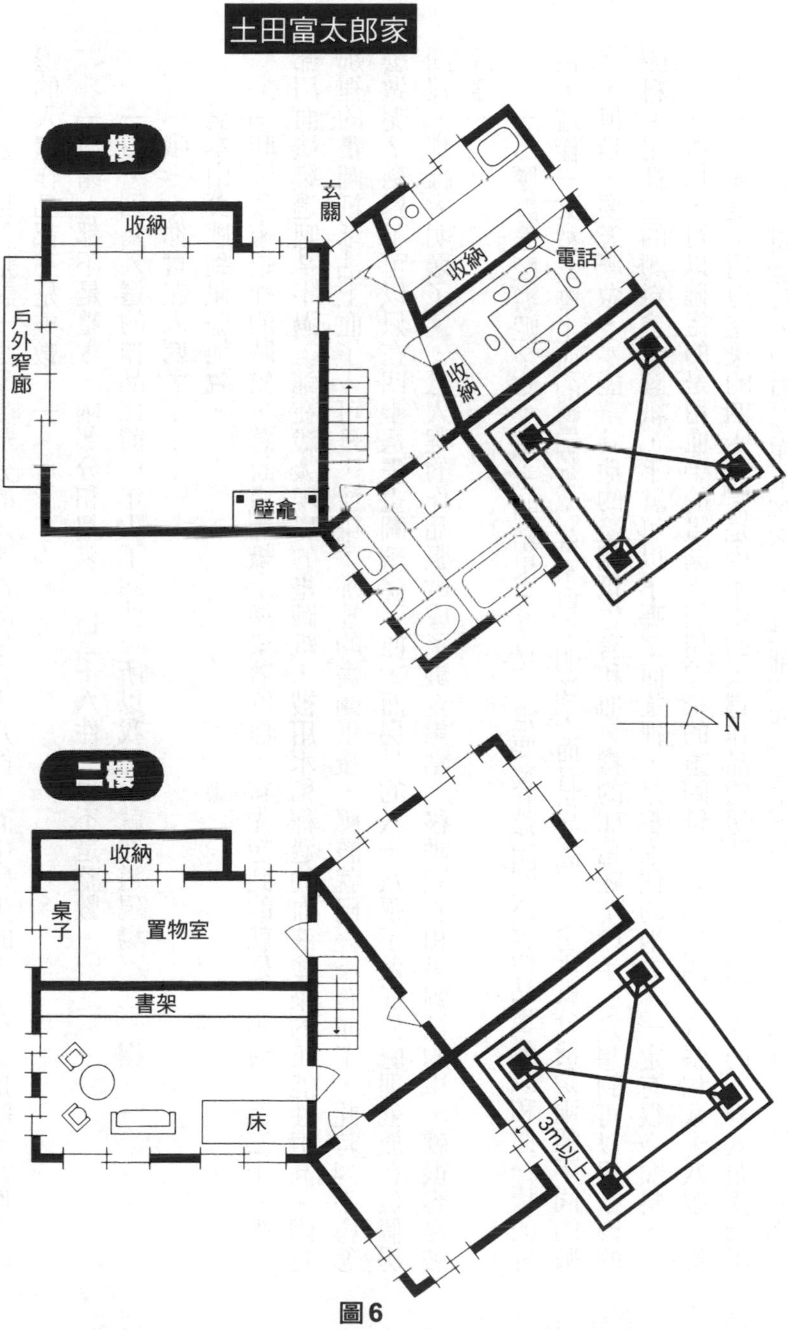

圖6

八十八張。也就是說，小學生部分的入選作品是八十八件，而中學生的入選作品是四十八件。兩邊的入選作品都不是整數。」

「沒錯，都不是整數。兩部分和起來一百三十六件，也不是整數。」

「對。因為入選的作品比前一年少了四件，所以我馬上就知道現場不在一樓。」

「哦……你實在太厲害了……」

橋本由衷感到佩服地說。

「昨天我來這裡的時候，聽說畫圖紙上塗染著鮮血，首先想到的就是：不會一百三十六張全部用血塗染過吧？不過，鋪在殺人現場的畫圖紙，被用水稀釋過的血液塗染的可能性很高。因為那裡的畫圖紙都沾上血了。可是，塗染了那裡的畫圖紙後，應該就已經沒有血了。此時兇手會怎麼做呢？絕對不可以只在四十八張畫圖紙塗了血，而另外的八十八張不做任何處理就放在這個房間裡。那樣太明顯了。一旦入選的作品張數成了調查焦點，移動屍體和畫圖紙的事，就很容易被拆穿。

「那應該怎麼辦呢？想來想去的結果，就是一定要讓其他的入選作品也變成和血一樣的紅色，這樣一來被塗染了血的畫圖紙，就不會太明顯，而且也不會一下子就分清楚兩種不同的數字。但是，要怎麼做，才能讓其他的畫圖紙也有和血一樣的顏色呢？兇手一定想到可以用畫圖的顏料。用紅色的顏料塗畫圖紙，不就可以了嗎？而這裡，是畫家住的地方，一定有很多顏料。

「所以，可以確定的是用血染的畫圖紙與用塗染的畫圖紙，分別是四十八張和八十八張。接下來的問題是：用血塗染的四十八張是中學生的入選作品的房間，和用顏料塗的八十八張畫圖紙的房間，哪一間是殺人的現場呢？答案當然是鋪著四十八張被血塗染的畫圖紙，比較小的那一間。」

橋本和村木都沉默了。橋本是佩服得說不出話，村木是因為不太了解，而不知道從何說起。

「我認為對凶手來說，那間比較小的房間一定有什麼特別的意義，否則，花那麼大的力氣，把屍體移動到樓下的和室會客室，就沒有意義了。果然，我去看過現場後，馬上發現從那個窗戶可以看到土田同學的家。」

「沒錯。」

「鐵塔就在窗戶的旁邊。由這一點可以理解沒有腳印的理由。我認為大房間是土田大師畫油畫的房間，但是，畫架、全套水彩的顏料，都被拿出來放在三角形的走廊間，所以土田同學在那裡看到水彩的顏料後，便用水彩的顏料，把小學生入選作品塗成紅色。」

「明白了。」

「然後，土田同學便和母親一起小心地清潔這間房子，擦掉所有的血跡。他們擦拭得非常仔細，一滴血，一枚指紋也不遺漏地全部擦掉了。他們在進行清潔的工作時，應該都戴著廚房用的橡膠手套，以求不會留下指紋。」

「那麼，他們在哪裡清洗抹布之類的東西呢？」

「這個問題很簡單。」

少年說著，又下樓梯了。他先打開廁所的門，看了看水槽，那裡很暗。

「不是這裡。」

然後，少年走進廚房。廚房裡有不鏽鋼的流理檯。那個不鏽鋼的流理檯正在發亮。

「就是這裡。他們母子二人在這裡的流理檯清洗擦拭用的抹布。」

「啊！就是這裡嗎？」

「不過，他們使用的菜刀或抹布，都被他們帶回家了，所以這裡看不到那些東西。」

「還有，從房子的室內上鎖，這又是為什麼？」

橋本問。

「大概是他們在打掃的時候，把沒有上鎖的門窗，全部從內部上鎖了，並且放下了所有的窗簾。這是因為不想讓人從外面看到裡面的樣子的關係。他們努力地擦掉血，消滅證據，讓房子看起來好像沒有人進去過的樣子。」

「嗯。土田同學的母親也在那個時候清洗了顏料盤和筆吧！」

「喂，先別這麼說。為什麼清洗的事情一定是母親的工作？」

村木不服氣地抱怨著。

「啊，誰清洗都可以，這一點不重要。二樓小房間的窗戶與土田春子家的位置關係、鐵塔與窗戶的位置關係，還有春子好像非常清楚這個房子的內部結構，並且知道土田富太郎是左撇子，有了這些關鍵事證，春子難逃被懷疑的命運。無論如何，她都比天城圭吾更加可疑。接下來就等拘捕令下來和強行搜索物證，例如菜刀……」

「刑警叔叔，還有雨傘……」御手洗說。

「雨傘？」

「對，雨傘。那把雨傘是土田同學和他的母親家裡唯一的一把傘。發生命案那天，還下著雨的時候，土田同學的母親撐著傘來到這個房子，後來發生那樣的事後，她把土田同學叫到這裡來，和她一起消滅證據，最後從這個窗戶，利用木板爬到鐵塔，逃離這間房子。因為逃走的時候已經沒有下雨，所以忘了雨傘還在玄關的傘架裡。這是他們母子二人在這次的事件中，唯一犯下的錯誤。」

「說得沒錯呀！」

橋本感嘆地說。

「你把傘還給她兒子……」

「土田同學家沒有別的雨傘了，才會在下雨的日子用大張紙摺成頭盔擋雨，戴著頭盔回家。」

「家裡太窮了。」

「母子相依為命，窮到買不起傘，所以我拿著那把傘去問他：『是你的傘嗎？』時，他問我：『在哪裡找到的？』我回答他：『在篤岳的小路上撿到的。』當時他雖然有些困惑，但還是把傘拿走了。我是在他拿走傘以後，才敢認定自己的推理完全正確。他本來應該不會拿回傘的，但因為我是小學生，對我沒有防備心，而他又很需要傘，所以才會拿回去的。」

「唔……」

橋本的心情好像變得很沉重。

「也是因為他拿回了傘，所以我知道他不是凶手。如果他是凶手，那麼，他一定無論如何都不會拿回傘。」

「是嗎……因為太窮了……所以……」

橋本說。

「我想，發生這個事件的原因一定是這樣的。還要再調查看看。」

「喂，再回來拿傘不就好了嗎？不是可以再從鐵塔架木板到窗戶？再回來一次就可以了呀！」

一旁的村木發表著謬論。

「那時這間房子已經被他們母子製造成密室了，不是嗎？這個窗戶一旦關起來，就鎖上了，所以沒有辦法再從這個窗戶進來了。」

「哦？是怎麼關起來的？」

「利用了這支拖把。」

御手洗說，從地板上拿起拖把。

「像這樣。先把半月形鎖的提鈕放下到可以緊緊鎖起來的位置，然後立起拖把，手離開拖把後，快速關窗戶就可以了。這樣的話，倒下來的拖把，會敲中半月形鎖的隆起處，窗戶就鎖起來了。」

「哦？這麼簡單嗎？」

「當然不是太容易的事，但是多試幾次，只要一次成功就可以了。成功後，土田同學就可以回到鐵塔，然後沿著鐵架下塔，跨過鐵欄杆後，就過河回家了。所以，他不可能再回到這個房子裡。」

「是嗎？那麼指紋呢？」

「這時他應該也戴著手套。仔細看下面的畫圖紙，其實可以看到橡膠手套的手指痕跡。」

「可是，那個和室的密室，又怎麼解釋呢？」

「那是最簡單的。走，到下面。」

走出房間，御手洗動作很快地下樓梯，走進和室，指著壁龕說：

「看到壁龕的竹子了嗎？從那裡攀爬，再從牆壁上方的格窗空間鑽出來，就可以到達走廊間了。」

「從格窗的空間？可能嗎？那麼窄的空間！」村木說。

「土田同學的個子瘦小，要鑽過那樣的格窗空間並不難。而且，格窗正中央的竹子很細，推壓一下就可以釋放出更多空間出來，像小孩一樣的土田，一定可以從那裡鑽過去的。我可以想像那種情形。只要他母親在走廊間那邊支撐他一下，他就可以順利地從和室裡出來了。」

「是嗎？男孩子喜歡冒險，大概每天都會這樣玩吧！你是這麼估計的嗎？」

「是的。這樣可以了嗎？快點送我回家吧！快要來不及了。」

少年御手洗說。

12

因為丈夫完全不給家裡錢，土田春子因此為了生活費而苦惱萬分。丈夫不給這個家生活費，卻對天城恭子那位年輕的新歡有求必應，不僅替她付房租，還給她生活費，照顧得無微不至。她已經聽到很多這類的傳聞了，而丈夫對這些半開玩笑的傳聞，到底是怎麼想的呢？

她不知道天城恭子那個女人對丈夫有什麼重要性，但是，她這裡還有一個土田的兒子呀！兒子的教養需要用錢，但做為父親的他卻不給生活費，他到底是怎麼想的呢？春子實在不了解。

因為丈夫不給生活費，春子只好外出工作。她曾經在街上賣東西，卻完全賺不到錢，只好當臨時工，出賣勞力。春子來自農村，對自己的體力相當有信心，但最近年紀漸大，體力已經大不如前了。其實，她並不要求丈夫給她與兒子全部的生活費，她還可以繼續工作，丈夫只要支援一下，給一部分的生活費也就可以了。既然有錢給情婦，希望他至少能照顧一下兒子的學費。她勉強可以賺到他們母子兩人的伙食費用，但兒子康夫的學校費用、社團活動費用等等，卻不知道要從何籌出來。尤其是兒子讀國中以後，需要的開銷越來越多，將來進入高中後，一定還會比現在多。就算申請獎學金，恐怕金額也不多。

她很想在家裡裝一支電話，那樣的話，找工作的事情就會變得比較輕鬆，就不必像現在這樣，每天為了知道有沒有工作，而一大早跑到很遠的地方打公共電話詢問了；也不必經常麻煩鄰居轉接電話了。但是，現在實在沒有錢裝電話。

夏天的時候，康夫也會去送報紙打工。康夫是一個聰明的好孩子，生活條件雖然辛苦，卻從不抱怨。但是，春子不希望他把讀書的時間拿去打工賺錢。康夫的成績好，如果有足夠的時間好好讀書，一定可以考上好大學。以前有機會的時候，她就曾經和丈夫土田富太郎商量過經濟上的問題，但他的回答總是模稜兩可，不給一個明確的答覆。如果他也沒有錢，那樣的態度也就算了，但聽說最近他的畫賣得不錯，好像賺了不少。

五月二十四日的下午兩點，春子在淅瀝瀝的雨中撐著傘，直接到丈夫住的地方，想和丈夫談判。她一邊把傘插入傘架中，一邊打著招呼說：

「有人在嗎？」

丈夫很快地從樓梯上下來，但一看到春子，馬上露出厭煩的表情，說：

「又是妳！又是來要錢的嗎？唔？妳夠了吧！」

富太郎臉色非常難看地說。

「你呀！這話應該是我說的才對吧！」春子拚命地說。
「我每天有多辛苦，你應該知道吧？我的辛苦你看得清清楚楚，卻一點也不願意伸出援手。」
春子開始述說沒有錢，日子過得多麼辛苦的種種心酸。但是富太郎完全聽不進去。
「妳就是笨，又沒有知識，所以找不到待遇好的工作。」
又說：
「妳給我好好聽著！如果我讓你們露宿街頭的話，那麼妳來跟我要錢還有點道理。但是，我給你們房子了呀！當很多人還在為了房租而辛辛苦苦工作的時候，你們有受到同樣的辛苦嗎？不要再把我說得我好像是罪大惡極的人。妳不需要煩惱房租的事情，就應該對我感激不盡了。」
富太郎大聲說著。
「你啊！不是只有我一個人呀！還有康夫。學校放假的時候，他就去送報紙。你替他想想吧！」
「混蛋！送報紙怎麼了？我小時候一直都是那樣的！生活在逆境中的男子，才會變得更強壯。」
「他的功課好，可以的話，應該讓他有更多的時間去讀書！」
「功課好又怎麼了？功課好的孩子就是功課好，不必特別去照顧。我不就是這樣過來了嗎？」
「你為什麼要這麼說？如果你沒有錢，那我還能理解。可是，你明明可以那樣浪費大筆錢在年輕女人的身上！」
「浪費？什麼叫浪費？妳是說我花了沒有必要花的錢嗎？是誰這樣告訴妳的？」

「康夫是你的親生兒子呀！」

「那又怎樣？最近很不景氣，畫並不好賣。不要再囉嗦了！如果妳不滿意我，那就離婚吧！不要貪心了。」

「我不是為了過好日子而向你要錢，只是希望你負擔一下康夫的教養費用……」

「又說這種貪心的話！混蛋傢伙！」

「沒有要你拿出多大的金額，只是要你出錢讓他去補習。現在的孩子都去補習班補習……」

「沒有必要！我從來沒有補過一天習。」

「現在的時代和你那個時代不一樣，而且，康夫是很有前途的孩子。」

「他功課好，是因為像我；要是像妳這麼笨就糟糕了。我還是小孩子的時候，過得日子比康夫現在還要苦。」

「我說過了，沒有要很多錢，至少給個三千圓……」

「混帳傢伙！妳知道賺三千圓多辛苦嗎？」

「這句話應該是我說的！我每天都必須工作賺錢，每天都要到工地現場，做著和男人一樣辛苦的工作，被打扮得漂漂亮亮的路過女人同情、嘲笑，經常滿身大汗、腰瘦背痛，咬著牙工作。你能了解我是什麼心情嗎？」

「那樣不是很好嗎？勞動是神聖的。別人要嘲笑，就讓他去笑吧！」

「可是我已經到達極限了！最近經常腰痛到站不起來了。」

「年紀大了，身體不如從前，不是理所當然的事嗎？」

「所以，我說了，我不是不工作，只是……」

這時，廚房的門開了。天城恭子捧著裝著茶與點心的茶盤，出現在玄關前的走廊間。
「不必送茶和點心給這種傢伙！」
富太郎轉頭對恭子直性子地大聲說。
「因為你們談很久了，所以……今天只有這些東西……」
「你！你把這個女人當作自己的妻子了嗎？」
春子說著話的時候，已經怒火中燒，她赤著腳就衝到走廊間，猛然抓起恭子的領口。恭子嚇得大叫，茶杯和茶盤都掉在地板上、破掉了。
春子把恭子撞到一旁後，衝進廚房，很快又從廚房裡出來，但同時，她的手裡還緊緊握著一把菜刀。
恭子繼續尖叫，逃向走廊間的深處。
「住手！春子！混蛋！妳在幹什麼？危險呀！」
恭子跑上樓梯，逃往二樓。而春子發出野獸般的吼叫，追著恭子上二樓。
「混蛋！春子，我要叫警察了！快住手！」
恭子一邊慘叫一邊逃進二樓的工作室，想躲在裡面。但是，就在她要關門的時候，拿著菜刀的春子已經衝進房間裡了。恭子更加激動地大叫，春子也一樣，她一邊大叫，一邊靠近恭子。
那裡是剛剛富太郎評審橫濱市長獎的房間，地板上鋪著中學生的入選作品。兩個女人踩著鋪在地板上的畫對峙著。就在那一瞬間，微開的門大開了，土田富太郎也衝進房間裡了。
「混蛋東西！」
他叫著，然後從春子的背後，倒剪她的雙臂，並且伸手想要奪下春子右手上的菜刀。那只是一瞬間的事。已經失去理智的春子推著他的身體，想要掙脫被富太郎制住的手，並且揮動著手中的菜刀，刀子發出一道閃光。

富太郎的眼睛突然瞪大了，並且以右手按著脖子。血像噴泉一樣地從他的手指間流出來。他的頸動脈中刀了。富太郎發出痛苦的呻吟聲，身體彎曲。

這時春子手中的菜刀，也劃破了拚命想向前逃走的恭子的頸動脈。春子已經處於不顧一切的狀態，唯一知道的事情就是必須一次就擊中要害。自己的力量已經有限，所以一定要一次就擊中要害，如果讓對手有反擊的機會，恐怕自己就會被擊倒了。不過，這些想法並不存在春子的思考裡，她的思考早已被恐懼佔滿，腦袋處於停止運轉的狀態，現在的所有作為，完全出於本能的反應。

在恐懼與怨恨的動力下，她不斷揮舞手中的菜刀。她已經殺紅了眼，眼前早就是一片黑暗，幾乎什麼也看不到。在她模糊的視線中，喉嚨的旁邊不斷冒出鮮血的恭子，已經倒在地板上了。

那一瞬間，春子的腦子裡是無止盡的恐懼。自己會被富太郎攻擊！自己也會被殺死！自己是女人，力量究竟不如男人！她感覺到現實的可怕了。快！一定要快殺死對方才行，否則自己就會遭受對方的報復，就會被殺死。所以自己的動作一定要更快！

春子因為恐懼而一邊哭喊著，一邊不斷揮動手裡的菜刀，刺向倒在地上的畫圖紙上面，還在掙扎的富太郎胸部、側腹、腿、肩膀、手臂等等地方。一刺、再刺、三刺，不斷地刺、刺、刺。鮮血濺到春子的臉上，染紅了她的手臂，像溫水一樣地沐浴著她的身體。她瘋了，根本不知道自己在做什麼事，也不知道自己有沒有發出聲音，只知道被害怕、恐懼圍繞著，她必須打倒害怕與恐懼。

打倒了一個恐懼後，還有一個新的恐懼。她也不能被恭子打倒。所以，她也對著已經倒臥在畫圖紙上的恭子的身體揮刀猛刺，腹部、胸部、手臂、腿、屁股，不分部位地下刀……突然，她覺得好像聽到從自己的口中發出的叫聲，才猛然恢復自我。啊！她看著自己的手，手裡空空的沒有菜刀，卻上下不斷地揮動著。

然後，她的眼睛餘光看到菜刀插在恭子的側腹上。她沒有發現因為鮮血而變得黏黏滑滑的菜刀，不知從何時開始已經不在手上，沒有意識地張開自己的手掌，一大片鮮紅映入眼底，那是自己從來沒有見過的紅。

她覺得全身無力，一屁股跌坐在一團混亂的畫圖紙上。時間到底過去多久了呢？自己到底用刀子刺了那兩個人多久呢？

好像直到這個時候她才發現自己的身邊還有兩個人。那兩個人的身體動也不動，並且全身是血，以至於分辨不出他們身上的衣服顏色。春子尖叫了。到底發生了什麼事情？自己做了什麼事情了？她完全不明白。那兩個人是誰？自己又是誰？還有，自己現在在哪裡？意識慢慢回來後，身體便開始發抖，幾乎到了痙攣的程度，想停也停不下來。

她再度尖叫了，因為環顧四周後，發現自己彷彿坐在血海之中。她的身體強烈地痙攣，又有點失去了意識。在作夢嗎？她突然這樣想。她夢見有人殺死了丈夫和丈夫的情婦——可是，她現在坐在血海之中，並且聞到強烈的血腥味，所以這是現實。旁邊躺著兩具死狀悽慘的屍體，自己茫然地坐在血泊之中。除了自己以外，沒有人能這麼做了。

春子開始哭了。這樣血淋淋的場景，真的是自己造成的嗎？自己不是一個暴戾之人，應該不會做出這種事的。一直以來，自己都是一個行為端正，講究禮儀，做事保守謹慎的人。

怎麼辦呢？春子在茫然中又過了一段時間。但隨著時間的消失，她的力氣好像漸漸復原了。她開始想：一定要做點什麼事才行，一定要堅強才可以，因為我還有一個非照顧不可的兒子，無論如何非突破眼前這個困難的局面不可。

春子搖搖晃晃地站起來，抬起還在發抖的腿走到窗邊，很本能地看著自己住家的方向。她矗立在河邊的樹木縫隙間，看到被雨水淋得濕透，已經相當破舊的住家，也看到了靠近後門廚房門口的窗戶。

啊！在生活在那間屋子裡的時候，自己是多麼的幸福呀！她突然這麼感覺到。雖然窮，但是還沒有犯下殺人的罪行，人生也還有著很多可能性。如果自己不要要求太多就好了。雖然窮，雖然做臨時工的粗活很辛苦，卻都比面對死刑好。自己昔日溫暖的家，距離這裡明明才三十公尺左右，現在好像遠得如在天邊，再也回不去了。

春子茫然站在窗戶旁邊等待著。她也不知道自己在等什麼，直到她看到兒子的臉出現在那邊的窗戶邊，才終於了解自己在等什麼。她在等兒子回家。在等兒子康夫放學。對春子而言，兒子是她現在唯一可以信任的人。

「康夫！」

春子打開窗戶哭著、叫著。她也知道如果被附近的人聽到了會很麻煩，但是，她實在敵不過這強烈的恐懼感。她希望得到幫助，希望有人能夠幫助自己。兒子的頭腦很好，一定會想辦法幫助自己，因為自己是他的母親。

所幸周圍都是田地，鄰居之間的距離都很遠。春子第三次喊叫的時候，兒子康夫好像注意到了。他站在窗戶附近，先是側耳傾聽，然後好像在尋找母親的聲音從哪裡來的般，東張西望著。

春子繼續叫喚兒子的名字，她上半身努力向前伸，還拚命地揮著手。在兒子發現自己這邊時，她不斷地反覆揮手，並且哭著、叫著，再度陷入瘋狂的狀態。萬一兒子沒有發現自己而走開了，那自己也就完了。自己會被警察抓走，名字和照片都被登在報紙上，最後還會被判死刑。

突然，她和兒子四目相對了。兒子發現自己了，他一臉不可思議的表情，好像在疑惑母親為何會在那裡。春子努力地揮著手招呼兒子，她在告訴兒子：來這裡，媽媽需要你的幫忙。兒子的臉不見了，他一定是要來這裡了。春子強烈地感到放心了。

不久，康夫出現在鐵塔的鐵架上，那裡的高度與春子所在的土田家二樓窗戶高度差不多。他慢慢前進，走到春子所在的窗戶前，母子兩人相對，中間隔著三公尺的空間。

「康夫，救救媽媽！」

春子對站在鐵塔上的兒子一邊哭訴，一邊張開手，讓他看自己滿是鮮血的手。其實她根本不必讓康夫看，康夫早就一臉嚴肅了。春子自己沒有注意到而已，她滿臉是血，宛如阿修羅般可怕，康夫一直盯著她看了許久。

「媽媽，不要碰！」

兒子突然叫道。因為他看到母親沾滿血的手，正要去碰觸窗邊的窗簾。

「康夫，怎麼辦？媽媽殺人了。媽媽好害怕，不想被判死刑呀！」

春子一邊哭一邊說。她的兒子一直站著不動。讀中學二年級的康夫第一次看到母親如此軟弱地求助，又聽母親說殺人了，他的心裡應該是非常震驚的，但表面上卻十分冷靜，看不出有震驚、不安的樣子。

兒子不是從玄關來的，而是越過河面，爬過鐵欄杆，沿著鐵塔的鐵架爬到靠近窗戶的。這一帶曾經是康夫冒險的舞台。康夫雖然個頭小，運動神經卻還挺發達的。他把繩子綁在河岸邊的山毛櫸樹枝上，另一端繫在石牆上，常常利用自己做成的繩索之路，越過河面到對岸，然後再越過鐵欄杆，順著鐵架爬上鐵塔，偷窺父親家中的情形。

因為想見到父親與了解父親的生活情形，卻總不被允許，所以才會想出了這樣的窺視方法。此時的康夫或許也因為害怕被父親責備，所以下意識地仍然用自己想出來的這個方法，靠近父親的家。這不是母親的指示。對春子而言，這可以說是幸運吧！

康夫緊緊抱著鐵塔，靜靜地在思索。事情看起來很嚴重，自己不好好地想出辦法處理是不行的。康夫這麼想著。首先看來，好像自己也必須進去看看裡面的情況才行。可是，不能從玄關進去，因為那樣一定會留下腳印。康夫想起常看的「比利．帕克」或「少年偵探團」等偵探漫畫。漫畫中的主人翁們遇到現在的狀況時，會怎麼做呢？自己站的地方離母親所在房間的窗戶，大約是三公尺的距離，雖然不是很遠，卻不是跳得過去的距離，自己要怎麼進入那個房間裡呢？

「媽媽殺死誰了？」

十四歲的兒子問母親。

「你爸爸和他的女人。因為那個女人太可惡了呀！」

春子邊哭邊說。

「真的是一個可惡的女人，把媽媽逼得走投無路了。康夫，媽媽好害怕，一定會被判死刑的。」

做為母親的春子，完全拋棄了大人的尊嚴，向兒子求助。

「媽媽，好好冷靜地想。」

兒子冷靜地說：

「妳安靜地待在原地，什麼也不要碰，否則會留下指紋的。我們慢慢想想要怎麼辦。」

「好，我知道了。」母親一邊哭，一邊聽從了兒子說的話。她已經想過了，現在不管再發生什麼事，都要聽兒子的話。兒子一定會想出什麼辦法。自己太笨了，想不出什麼好意見。

「我現在就過去媽媽那邊。媽媽安靜待在那裡就好了。」

康夫說著，沿著鐵塔的鐵架慢慢下去，然後又翻越鐵欄杆，走到土田家的資材儲藏處，費了一番力氣後，拿了兩塊長木板，從欄杆的縫隙，把木板伸進到鐵塔這邊，自己也再度越過欄杆。他的腳完全沒有踩到泥土的地面。

康夫拿著木板，辛辛苦苦地上了鐵塔，把木板放在鐵塔上後，又到鐵塔的下面，把另一塊木板也拿到鐵塔上來。然後，他自己也攀登到鐵塔上，一塊一塊地把木板拿到靠近窗戶附近。接著，他非常小心地把一塊木板橫跨在鐵塔與窗戶之間。兩塊木板都跨好後，就形成了鐵塔與窗戶間的橋。康夫小心站在木板上，緩緩地從窗戶進入屋子裡。

「啊！太可怕了……」

地板上的畫圖紙亂成一堆，而且不管是畫圖紙上還是地板上，都有令人觸目驚心的血跡。康夫看到了這樣的場景，倒抽了一口氣，身體也開始發抖。

看到已經氣絕，並且全身是血的父親時，康夫哭了。自從懂事以來，康夫從來沒有得到父親對自己說一句像父親會說的話。明明住得這麼近，卻不曾對自己說過一句慈愛的話的父親，就這樣死了。

「康夫，媽媽對不起你，媽媽太笨了。你已經沒有爸爸了，媽媽還這樣給你帶來麻煩。可是，媽媽實在太笨，太害怕了。媽媽怕被警察抓走、怕被殺死，你一定要救媽媽。」

康夫因為受到強烈的打擊而啞然無言。但是，他知道自己現在一定要想辦法解決眼前的問題。不愧是自己的孩子呀！春子這麼想著。如果是和自己沒有關係的人，現在躲開都來不及，哪裡肯來幫助自己呢？換作是自己，老早就跑掉了。

「對不起呀！康夫。是我殺死了你爸爸。可是，媽媽實在太害怕了、太害怕了。」

春子越說越激動。

「讓我好好想想。」

康夫打斷母親的話。

這時的康夫對母親的感覺並不是可憐。母親不夠聰明，膽子又小，即使被父親拋棄了，康夫也不覺得她可憐。然而，為了養育兒子，母親每日為生活而奮鬥的樣子，讓他有著強烈的感激之情。現在，這樣的母親犯下無法彌補的過錯，像小貓一樣地發抖害怕，自己無論如何都要想辦法幫助她。

「媽媽，妳先把妳手上、臉上的血洗乾淨吧！」

兒子對母親說。

「啊，是呀！」

母親被兒子這麼一說，才終於想到這一點。

「不過，要小心，千萬不要在走廊上留下沾血的腳印。絕對不可以留下會讓人認出是媽媽的腳印。我現在要在這裡脫下鞋子，把鞋子放在窗框上。媽媽也去把穿來這裡時的鞋子拿到這裡來放吧。不過，先讓我看看腳掌。」

兒子脫掉自己的運動鞋，把鞋子放在窗框上後，再脫下襪子，把襪子塞進運動鞋裡。接著，兒子檢查了母親的腳底。母親的腳底果然沾滿了血跡。再看，地板的許多畫圖紙上，都可以很清楚地看出被血染紅的母親的血腳印，有些畫圖紙上，甚至清清楚楚地印著母親的腳趾趾紋。

「啊！這樣不行。媽媽就站在畫圖紙上不要動。我先去樓下的廚房拿抹布上來。在擦乾淨腳底以前，千萬不要再走動了。」

兒子為了不讓自己的腳底也沾染到血，小心地避開有血的地方，走出房間，然後橫過三角形的走廊間，走下樓梯。走廊間有兩具畫架和兩張高腳花瓶几，兩張花瓶几上的花瓶裡，都沒有花。

從廚房裡拿了抹布，回到房間後，康夫先用抹布擦母親的腳底，並且小心地擦去血跡。為了讓空氣流通，他把所有的窗戶都打開，才帶著母親走下樓梯。母親比兒子更了解樓下的廚房。

母親先把自己一隻腳伸進廚房的水槽內清洗，然後再換另一隻腳、洗手、洗臉。兒子看著母親清洗身上血跡的時候，發現水槽邊有兩組橡膠手套，便讓母親戴上其中一組，自己也戴上另外一組。因為母親是殺人凶手，所以絕對不能在這個屋子裡留下任何指紋。

接著，母子兩人便首先前往玄關，用戴著手套的手，把玻璃門的窗栓鎖好。以這個玻璃門的窗栓為開端，所有可以對外打開的一樓的門、窗上的和室窗栓，他們一一巡視一遍，並且鎖上每一個鎖，還放下所有的窗簾。做完這件事後，他們才開始對這個房子做徹底的擦拭、打掃。萬一在進行消滅痕跡的清潔工作時被人看到，或有人突然進入這間房子裡，那就麻煩了。所以他們必須鎖上門窗，放下窗簾。

一樓清潔完畢後，接著就是二樓了。考慮到萬一被看到的狀況，他們還是先關了二樓的所有窗戶，也放下了窗簾。終於二樓也清潔完畢，打掃的工作告一段落，至少不必再擔心被看到裡面了。將母親的涼鞋從玄關拿到殺人現場的窗戶邊，擺放在自己的運動鞋旁邊後，兒子認真地思考了一會兒後，對母親說：

「媽媽，我們現在出去的話，一定會在地面上留下痕跡。因為雨剛剛停，泥土地面還很軟，媽媽穿的涼鞋如果踩在那樣的泥土上面留下腳印，一定會特別醒目，而且一看就知道是女人的腳印。因為我們和爸爸有血緣關係，警方一定會到我們家裡來調查，只要調查一下媽媽的涼鞋，馬上就會發現與現場的鞋印一致。所以一定不能碰到地面。只要一走到外面的地面，就會被逮捕。知道嗎？」

「嗯。」

母親回答。

「還有，如果被人發現這個房間是爸爸和那個女人被殺害的現場，警察就會知道媽媽在這裡叫我來幫忙。因為從這個窗戶可以看到我們家的房子。這……要怎麼辦呢……」

「康夫，不能走出去嗎？那麼……媽媽不能回家了嗎？」

「我現在正在想這個問題。媽媽先別急，一定可以想到解決之道的。對了，媽媽，為什麼房間的地板上要鋪著畫呢？」

「因為你爸爸正在評審橫濱市長獎的入選作品。他會把入選的作品全部鋪在地板上，他常說在這些作品上走動時，優秀的作品會發出像電一樣的磁力，他可以從腳底感受到那樣的力量，就能很快選出好的作品。不過，他以前都是在樓下的榻榻米會客室裡進行評審的，這是他告訴我的。我想他是今年才開始在這個房間進行評審的，因為以前沒有聽他說過這件事。」

「那麼，爸爸是今年起才換到這個房間評審的嗎？」

「是吧！」

「這樣嗎？聽說今年入選的作品件數和以前不一樣，所以一定是從今年才開始換房間進行評選的……」

「嗯，一定是這樣。」

「啊！這是什麼？這裡也有我的畫呀。但是已經被血污染，看不出來內容了。學校選了我的畫參加比賽，還送到這裡來了。這張畫現在也被排在這裡的地板上了。可是，我一點也不想再看到這張畫。這次畫圖比賽的題目是『我的家庭』。出這種題目的爸爸也太不用心了，完全沒有顧慮到自己的兒子會怎樣想。為了畫這個題目，我只好從鐵塔那邊看著窗戶裡的爸爸的樣子，才能畫出參加比賽的作品。說起來，我根本就沒有『我的家庭』，所以以這個題目畫出來的畫，根本就是無聊的作品。那是死的作品。」

兒子站起來，打開櫥櫃，拿出一支大號的畫筆，用畫筆沾了血，在動也不動的父親身邊的自己作品上，開始來來回回地塗染。塗染完自己的作品後，又拿起旁邊的作品，繼續在作品上塗血。

「康夫，你在做什麼？」

「這樣很好，就全部這樣做吧！媽媽也來幫忙吧。戴著手套塗顏色，千萬不要留下指紋。那個櫥櫃裡有畫筆。這裡有很多血，就用這些血，把留在這裡畫上的血跡塗染掉吧。這些畫的上面有很多媽媽赤腳留下的腳印，也有我的鞋印，當然也有媽媽的指紋。拿著畫筆像這樣在畫的上面來回塗染，就看不清楚指紋了。」

於是，母子二人便用畫筆沾著從兩具屍體的體內流出來的血，在鋪在地板的畫紙正面上來回塗染。本來以為血很足夠，但連噴濺在牆壁上，已經變硬的血液也拿來稀釋使用了；血液的量似乎沒有想像中的多。已經逐漸變乾的血液因為太濃稠，而不易塗染，只好拿水杯到樓下裝水再拿上來，一邊稀釋濃稠的血液，一邊繼續塗染。滴落在地板上的血，也以畫筆吸取起來，塗染在畫圖紙上。那些被母親的腳走過、手碰過的畫圖紙，因為上面有腳印和指紋，被更仔細地用畫筆在上面來回塗染，絕對不能被看出指紋的紋路。

「唔，好像全部都塗好了，牆壁上的血好像也全部使用了。畫圖紙上有摺紋的地方就反過來再摺一次，就會變平了。天色要變暗了，我們的動作要快一點，開燈的話，怕會引起注意呀！」

因為血不夠使用，所以兩具屍體傷口附近的血液或黏在衣服上的血，也用畫筆吸取起來，塗在畫圖紙上了。大約花了將近一個小時的時間，終於每一張畫圖紙都被塗染過了。

「接下來要怎麼辦呢？康夫。」

「把他們兩個人的屍體搬到樓下的會客室。」兒子說。

「搬到樓下？為什麼呢？」

「因為以前都是在樓下的會客室進行評選的吧？移到樓下去反而不會被懷疑。去年和去年之前，都是在一樓進行評審的。」

「說得也是。那麼，這些畫圖紙也要一起拿下去嗎？」

「嗯，是的。」

「全部？」

「對。」

「為什麼不能放在這裡。」

「因為這個房間可以看到我們的家。警察可能會知道媽媽站在這裡打信號給我，叫我來幫忙收拾善後。」

「哦，是呀……」

於是，母子兩人便把渾身是血的土田富太郎與天城恭子的屍體，分別地搬到樓下的和室。在屍體下面的畫圖紙因為已經和屍體身上的衣服黏在一起了，所以搬運起來並沒有太費事。讓兩具屍體躺在和室裡後，再調整了鋪在下面的畫圖紙位置，讓畫圖紙與畫圖紙之間不會有空隙。

接著，兒子讓母親把塗染了血的畫圖紙也拿到一樓來，一次拿兩張。因為害怕畫圖紙會重疊或黏在一起，所以要一張一張地排好。為了不留下指紋的痕跡，母子兩人都一直沒有脫下手套。他們把畫圖紙圍繞在屍體的周圍，讓樓上房間的模樣重現在一樓的和室會客室裡，並且用沾了淡淡血跡的筆，稍微掃了一下紙與紙之間縫隙下面的榻榻米，還用抹布擦掉從紙與紙之間灑出來的血跡，細心地做了一番處理。

康夫打算好好地冷靜處理，但是這一整件事，實在是讓他無法不驚慌失措。他把整理和室的工作交給母親，自己則到二樓殺人現場隔壁的房間看。一看那個房間，康夫有點被驚嚇到了。那個房間的地板上也滿滿地鋪著畫圖紙。對呀！怎麼忘記了呢？需要被評審的作品中，還有小學生的入選作品呀！

他感到強烈的不安。這個房間裡的畫圖紙要怎麼處理呢？也拿到樓下的和室裡排放嗎？他一時之間無法決定。康夫不知道往年入選作品的總數。他馬上下樓問母親這個問題的答案，但是母親也不知道。

當他再度回到二樓的走廊間思考時，突然注意到走廊間的形狀，是一個直角三角形；同時也發現到二樓的兩個房間，是緊鄰直角三角形兩個短邊的正方形。他走進房間裡，用腳步計算，果然，房間四個邊的長度幾乎是相同的。接著，他走進對面的寢室看。寢室不是正方形的，不過，如果與旁邊的置物室合併在一起的話，那麼這裡也是一個正方形。

說不定是……康夫想到了。被一樓的走廊騙了！一樓也有一個直角三角形，但是，因為玄關前水泥地的關係，廚房和餐廳的一小部分被併入走廊間了。下面的和室雖然有上下立體上的偏差，但是它也是直角三角形最長那一邊的正方形，也就是說，它就是直角三角形三邊的三個正方形中最大的那個正方形。那麼，根據畢達哥拉斯定理，二樓兩間正方形的房間加起來的面積，和一樓和室的地板面積是相等的。所以，排在二樓兩間正方形房間地板上的畫圖紙，不是正好可以排在一樓的和室地板上嗎？

想到這裡，康夫決定把二樓另一個房間裡的小學生入選作品，也拿到樓下，鋪排在和室的房間裡。如此一來，在別人眼中今年應該也和往年一樣，小學生的作品和中學生的作品都集中在一樓的和室裡，一起進行評選。可是，小學生的入選作品都沒有塗血，和已經塗染了血的中學生作品排放在一起的話，一眼就可以看出很大的不同，很容易被猜測原本是分開排評審的。問題是，已經沒有血液可以拿來塗染，而小學生的入選作品，又比中學生的作品多很多。

看看二樓的走廊，那裡有放在箱子裡的全套水彩顏料。而小房間裡的牆壁櫥櫃裡，還有好幾個調色用的碟子。這個小房間好像是畫水彩畫的工作室。那麼，大房間就是畫油畫用的工作室吧！康夫在無奈之下，決定用水彩顏料中的紅色，來塗染小學生的入選作品。於是，他從櫥櫃裡拿出兩個調色盤，把紅色的水彩顏料擠在調色盤中，再用杯子裝來新的水，調開紅色的顏料。

排放在大房間裡的畫圖紙因為不曾有人在上面扭打，所以整整齊齊地鋪在地板上。康夫把母親叫上來後，開始在大房間內的小學生入選作品的正面上，塗染上紅色的顏料。母親也拿著畫筆，什麼也沒有說地幫忙塗染。

「媽媽，小學生的入選作品比較多呀！」康夫說。

「嗯，你爸爸常說：可以從小學生的作品上學習到很多東西。小孩子像畢卡索一樣，有很多大人想像不到的靈感。」

春子如此回答兒子。

「嗯。」

因為小學生的入選作品數量實在太多了，所以花了比預測更多的時間，才完成全部的塗染工作。這些作品因為沒有被污染，所以只要塗上一層紅色的顏料就可以，不需要隱藏什麼痕跡。只是，兩個調色盤上的顏料很快就被使用完，而顏料管也已經擠不出顏料了。於是康夫又在二樓的置物室裡找出新的紅色顏料管，把管裡的顏料全部擠出來後，再把空顏料管放回原位。

康夫讓母親把塗好紅色顏料的畫圖紙拿到樓下，從玻璃門和多寶格式櫥架的方向開始鋪排畫圖紙。橫向鋪排畫圖紙的結果，發現一邊正好可以鋪十張。塗水彩顏料的紙鋪排到屍體周圍的塗血畫圖紙前時，就稍微移動屍體周圍塗血畫圖紙，調整畫圖紙的位置。幾次調整之後，塗血的畫圖紙和在它們周圍的塗紅色水彩畫圖紙，如康夫所預測的，鋪滿了和室的地板，正好是橫向十張成一排，總共排了十四列。「畢達哥拉斯定理」果然是正確的。

一樓的和室地板因為鋪滿了被血和紅色顏料塗染過的畫圖紙，而變成紅色的了。經過這樣的鋪排之後，紅色的畫圖紙好像紅色的海洋，達到了讓人好像無法靠近屍體的效果。康夫滿意了。不過，要完全鋪滿這個房間的地板，老實說還少了四張畫圖紙。再有四張畫圖紙的話，就可以完全覆蓋住榻榻米的地板了。因為畫圖紙是從裡面往外面鋪排的，所以現在能看到榻榻米的部分，只有入口處的一小塊地方。

正在思考接下來要怎麼做的時候，傳來玄關的玻璃門被敲得乒乓響的聲音，嵌在門框內的玻璃也卡嚓卡嚓地躍動起來。經過了漫長的安靜作業，敲門的聲音聽起來好像是破壞世界的巨響。

「恭子！喂，恭子！」

一個男人連續大聲叫喊著。那是極度威嚇，讓人聽了不住畏懼的凶暴聲音。

「啊！」

春子發出害怕的聲音，臉色也變得蒼白，並且抱著康夫，害怕地說：

「怎麼辦？怎麼辦？康夫，有人來了！一定是警察吧？媽媽要被抓走了！怎麼辦？」

「噓！」

康夫說，並且用右手掩著母親的嘴巴。

「恭子！恭子！喂！我知道妳在裡面，快點給我出來！出來呀！不出來的話，我就打爛這裡的門！聽到了沒有？給我出來！」

男人怒罵的聲音和拳頭敲打房子的聲音，從玄關開始，往餐廳的方向移動。這個男人好像沿著房子的外圍在繞行。

「喂！喂！喂！」

聲音漸漸變遠，好像走到鐵塔的方向了，接著便聽到敲打浴室玻璃門的咚咚咚聲音。

啊！康夫突然想到一件事，嚇得幾乎毛髮直立。木板！從鐵塔橫跨到二樓窗戶的木板還沒有放下來！萬一這個男人抬頭看，那就完了！應該把木板拖進室內這一邊的。真是大敗筆！

男人的聲音消失了。好像正在穿越鐵塔周圍的欄杆，和房子與牆壁的縫隙。那裡的空間很狹窄，穿越的時候應該沒有時間抬頭看吧？所幸木板就是在那麼狹窄的地方上面。可是，如果有個萬一——

「怎麼辦？康夫。怎麼辦？萬一他進入屋子裡，那要怎麼辦呢？」

春子驚慌失措地說。

「安靜！」

康夫說。他沒有自信男人一定不會抬頭看，所以不敢說「不要緊」。男人氣勢洶洶的語氣，讓人覺得說不一定會做出什麼可怕的事來。但是，這個男人到底是誰呢？來這裡做什麼？

鏘！會客室前方的玻璃門發出清脆的聲響；已經拉下來的窗簾的另外一邊，站著一個黑影。

「喂！在那裡吧？我就知道！可惡！」

春子害怕地發出呻吟聲，忍不住哭了。康夫雖然也覺得非常害怕，但他還是緊緊地摀住母親的嘴巴。

窗簾外的影子矗立不動一段時間了，那時間長得讓人覺得好像是永遠，而且好像隨時都會衝進來。那個黑影——是真的人嗎？還是石頭？不管是什麼，一定會用什麼東西打破玻璃門吧？不僅母親這麼想，康夫也這樣相信著。

但是，黑影突然消失了，再看，影子好像繞到玄關那邊去了。那個男人等一下一定會敲打玄關的門吧？康夫這麼想著，並且覺得對方一定會這麼做，他已經有覺悟了。可是，沒有聲音了。等了很久之後，還是沒有聽到什麼聲音。不能大意呀！康夫隨時準備應付突發的狀況。可是，過了很久之後，還是沒有再聽到任何敲打門窗，或怒罵的聲音。那個男人如果注意到架在二樓窗戶前的木板，或許會有所行動。

可是，十分鐘過去了，二十分鐘也過去了，仍然什麼聲音也沒有。房子外面沒有聲音了，那個人好像離開了。康夫鬆了一口氣，母親也覺得放心了。春子擦著眼淚，對兒子說：

「那個人大概是恭子的丈夫吧！」

接著又說：

「他一定是來找老婆的。」

等情緒穩定下來後，康夫完成了最後的整理。他讓土田的手裡拿著畫筆。因為母親說父親是左撇子，所以他把畫筆放在父親的左手上。讓父親拿好畫筆後，從最裡面的牆壁邊拿來四張畫，鋪在和室入口的空白部分上。他想讓發現者在入口處也進退不得。

接著，康夫告訴母親，要把這個房間佈置成密室。從房間的裡面鎖上拉門的鎖，再從牆壁上方的格窗出去，以走廊為著落點。所以他告訴母親，叫母親在牆壁外側的走廊接應，幫助他落地。當時他剛看了和密室有關的小說，留下了深刻的印象，所以想把房間製造成密室，想讓人無法輕易接近房間內的屍體。不過，當時康夫完全沒有想過要讓人以為兩名死者是殉情而死的，更沒有想到要讓哪一個死者看起來像是自殺的樣子。只因為這個和室的入口門上的鎖是和室窗栓，只要從房間內上鎖，就可以製造出密室的效果。

讓母親在走廊上等待後，康夫仍舊戴著手套，鎖緊了拉門上的窗栓，小心翼翼地走過顏料已經乾了的畫圖紙上面，抓緊了壁龕的竹子，往上攀爬。體育課裡有爬竿的課，是康夫非常擅長的項目。爬到天花板後，他用腳勾著竹竿，手攀著格窗的空隙，推開空隙間的竹子後，身體便鑽進空隙間內。一番掙扎後，身體便鑽過空隙間，以倒立的姿勢，雙手抓著母親的肩膀和手，以此為支撐點，跳落在走廊上。這種像雜技般的動作，對康夫而言是家常便飯。

之後的工作以母親為主。母親把使用過的畫筆洗乾淨，放回小間工作室的櫥櫃，也仔細地清洗了調血液和調顏料用的小碟子、杯子，認真地擦掉上面的指紋後，才把這些東西倒扣在不鏽鋼的流理台上。她以前做這些事情是很隨便的，但是今天做起來特別用心，因為只要沒有指紋，就應該不會有問題了。

玄關前的走廊間地板上，有兩個茶杯和一個破了的碟子及茶點，她把這些統統撿起來，丟到垃圾桶。這些都不是什麼特別難以處理的事情。餐廳裡有電話，但因為春子說完全沒有碰到，上面不會有她的指紋，所以也就沒有去擦拭了。

母親以女性特有的細心，謹慎地擦拭滴落在走廊上的血，和或許被自己的手觸摸過的地方。康夫監視著母親的每一個動作，並且不讓她脫掉橡膠手套。已經撤走畫圖紙的二樓兩間房間裡，不管是地板、牆壁、窗框、玻璃、半月形的提鈕、門或門把、櫥櫃、櫥櫃上的門等等地方，都是一滴也不能留下般地認真擦拭。為了謹慎起見，有時康夫也自己再擦拭了一次，看到已經變硬了的血跡時，便用指甲把血跡摳下來。至於一次也沒有踏進去過的廁所，母子兩人完全不靠近，以免不小心又留下了什麼痕跡。

處理完兩間工作室後，接著就是把搬到二樓三角形走廊間的畫架和顏料箱、花瓶几、花瓶等的東西，搬回各自的房間裡。因為春子說：這些東西通常都是放在房間裡的。因為要把畫圖紙鋪在房間的地板上，所以才會把這些東西移到走廊間上暫放。在做這些事情的時候，康夫全程都戴著手套。做完了上面的事情後，又擰乾吸滿了血液的抹布，把抹布和洗得很乾淨的凶器——菜刀，一起放進春子的洋裝口袋裡。這時外面已經夕陽西下。移動屍體，再加上消滅證據的清洗工作，總共花了三個小時以上的時間。

屋子裡全部的電燈都關著，春子把放在二樓窗口的涼鞋放進洋裝口袋裡，然後按照兒子的指示，跨上架在鐵塔與二樓窗戶間的兩塊木板。在儘可能不要搖晃木板的情況下，春子慢慢前進，花了一點時間後，終於走到鐵塔上。為了以防萬一，此時春子仍然戴著手套。赤著腳的春子站在鐵塔上，慢慢朝著資材儲藏處的方向移動，然後慢慢地往下降，站在鐵欄杆前面等待兒子。

窗戶全部關緊了，康夫也還戴著橡膠手套。他移動木板，為了關上最後一個窗戶，而來到木板上。他立起拖把，讓重的一方在上，鬆開拿著拖把的手，快速地關窗。這個關窗的動作失敗了好幾次，每次失敗，他就必須再回到房間裡撿拖把，再回到木板上。倒下來的拖把終於敲中半月型勾鎖的把手，終於鎖好窗戶了。然後，康夫立刻來到鐵塔這邊，慢慢抽回木板，把兩塊木板都拉回到鐵塔這邊。

他一塊塊地拿著木板，在鐵塔上移動，傳給站在鐵塔下面水泥地面上的母親。接著，他自己也回到鐵塔的下面，然後越過鐵欄杆，站在資材儲藏處的前面。他一邊注意不讓自己的腳踩到泥土的地面，一邊從鐵欄杆的隙縫，把在鐵塔那邊的木板，拉到資材儲藏處這邊，放回原來的位置。

回家之路的最大難關，便是讓春子越過鐵欄杆上的鐵絲網。好不容易讓春子過去時，天色已經全暗了。康夫很謹慎地確認對岸的路上已經都沒有行人後，首先用繩子跳到對岸，春子則是穿著涼鞋，走進河裡，嘩啦嘩啦地涉水走過小河。然後和已經先到對岸的兒子手牽手，咻地躍上石牆，馬上跑回家裡。回家後的第一件事，就是換下身上的血衣。

康夫再一次回到對岸，爬上山毛櫸樹，鬆開綁在樹枝上的繩索，再從樹上跳下來。接著，他自己也赤腳走入河中，手上提著鞋子和繩索，涉水回家。利用繩子過河的冒險，和爬上鐵塔偷窺父親家中情形的事，已經永遠結束，不會再有下一次了。他已經從喜歡冒險的兒童時期畢業了。

康夫回到家裡後，母子兩人同時發現他們犯下了一個小錯誤。春子去土田富太郎的家時，還在下雨，所以她是撐著傘去的。她把傘遺忘在土田家玄關的傘架裡了。

已經無法再回去拿傘了。不過，康夫並不認為這是致命性的失誤。父親的家裡當然也會有傘，母親帶去的是黑色洋傘，所以大概會被認為那是父親的所有物吧！問題是，貧窮的他和母親家裡只有那一把傘，實在沒有多餘的錢可以買新傘。

第二天，春子發燒臥病在床。兒子為了母親，只能祈求真相不會被發現。他站在簡陋的家中廚房裡，從那裡觀察到警方好像去了土田家了。那時他也做了警察會上門來的心理準備，但警察卻一次也沒有去敲他家的門。

幾天後，報紙刊出警方逮捕了天城恭子的丈夫——天城圭吾的消息。警方在巡視土田家周圍的時候，篩選在那裡找到的鞋印，發現除了報案者——天城恭子市公所的同事鞋印外，唯一可疑的鞋印是天城圭吾留下的。康夫雖然覺得對不起天城圭吾，但是，想到這樣一來母親便能得救，也就安心了。

不久後，母親的燒退了，身體也恢復健康，看起來一切都很好。雖然過著貧窮的日子，但沒有比母子二人能夠在一起平安過日子更好的事情了。康夫想著：從今以後自己要更踏實地努力，如果能夠進入好大學的話，總有一天能讓母親過上好日子。

大約過了一個月後，中學隔壁的小學生，把遺失的雨傘送回來，說是在附近的路上撿到的。傘上面又沒有寫名字，那名小學生怎麼會知道是我家的傘呢？康夫雖然覺得奇怪，但心想：或許那孩子看過我拿這把傘吧！康夫也覺得不安，但又想：連續的下雨天，或許是去父親的家裡執勤的警察從傘架裡拿去使用，不使用後又嫌歸還麻煩，便隨手丟在路邊了。康夫還如此說服自己：說不定只是媽媽情緒不穩定，一時記錯了。不管怎麼說，這把傘對於貧窮的我們，是非常重要的物品。是老天可憐我們母子，所以讓傘回到了我們的手中。

當天晚上大約十點半左右。已經很晚了，康夫寫完作業，正準備就寢，母親春子則在廚房裡為他燙襯衫。外面沿著河岸的馬路上，有兩個男人正朝著土田春子和康夫的家走去。他們把警車停在那邊的橋上，車子的引擎並沒有熄火。村木和橋本送少年御手洗回去位於山手柏葉町的家後，便直接繞到這裡來。沒有申請拘票，就來這裡的原因，除了想早日解決這個案子外，還因為剛才接受了御手洗的意見，希望讓犯罪者以自首的形態到案。站在母子家的簡陋門前時，因為聽到母子兩人在裡面的笑聲，正要敲門的村木暫停了敲門的動作。

春子把剛剛熨燙好的襯衫交給康夫，叫康夫穿穿看。康夫的手才伸進，就覺得太緊了，肚子有一大半都露出來了。看到兒子的樣子，春子忍不住笑了，說：

「明天媽媽給你買一件同款的襯衫。要買更大件的。」

「嗯。但是，不用太辛苦啦。」兒子說。

「什麼太辛苦？媽媽現在可是幹勁十足呢！」

春子說。她很感謝神讓自己逃過了大劫，也慶幸自己有一個這麼聰明的兒子。今後，一定要為了兒子更努力工作賺錢。春子這麼想著。

「從今以後媽媽會更振作，所以康夫一定也要努力唷！」

「嗯。」

康夫回答。春子格格格地笑了，又說：

「快點把襯衫脫下來吧！這個樣子真的很好笑。」

康夫也笑著回答「嗯」。

就在這個時候，他們聽到了門口那邊的敲門聲。春子邊笑邊對著門那邊喊道：「來了。」然後便站起來，小跑步地跑向玄關。

國家圖書館出版品預行編目資料

P的密室 / 島田莊司作；郭清華譯 . --
初版 . -- 臺北市：皇冠，2012.09
面；公分 . --（皇冠叢書；第 4254 種）（島田莊司推理傑作選；32）

譯自：Pの密室
ISBN 978-957-33-2938-1（平裝）

861.57　　　　10106265

皇冠叢書第 4254 種
島田莊司傑作選 32

P的密室

Pの密室

作　者—島田莊司
譯　者—郭清華
發 行 人—平雲
出版發行—皇冠文化出版有限公司
台北市敦化北路 120 巷 50 號
電話◎ 02-27168888
郵撥帳號◎ 15261516 號
皇冠出版社（香港）有限公司
香港上環文咸東街 50 號寶恒商業中心
23 樓 2301-3 室
電話◎ 2529-1778　傳真◎ 2527-0904
責任主編—盧春旭
責任編輯—吳怡萱
美術設計—蘇愉諄
著作完成日期— 1999 年
初版一刷日期— 2012 年 9 月

法律顧問—王惠光律師
有著作權 · 翻印必究
如有破損或裝訂錯誤，請寄回本社更換
讀者服務傳真專線◎ 02-27150507
電腦編號◎ 432032
ISBN ◎ 978-957-33-2938-1
Printed in Taiwan
本書定價◎新台幣 280 元 / 港幣 93 元